Lorenzo Tamburini

IN MEMORIAM

ROMANZO

Alle ragazze dell' Italian Bookshop,
belle parte della mia famiglia inglese.
Con affetto,

A Valentina per le sue canzoni,
a Belinda per il suo primo libro
e a Estilio per la sua ultima poesia.

Hey, baby, can you bleed like me?
Come on baby, can you bleed like me?
GARBAGE, *Bleed Like Me*

Someone to hear your prayers,
someone who cares
DEPECHE MODE, *Personal Jesus*

AGOSTO

Il bambino che urtò contro la gamba di Stefano Ponziani aveva circa nove anni, un caschetto di capelli biondi e un sorrisetto da impunito che poteva suscitare istantanea simpatia. Invece Stefano lo fulminò con un'occhiata, mentre lui gli sorrideva, stringendo in mano il suo cono gelato, prima di uscire dallo stabilimento e allontanarsi lungo la spiaggia.

"Avevi già scattato?" chiese Stefano.

Fred annuì, stringendosi nelle spalle. "Ma siamo nell'epoca del digitale" disse. "Posso farne un'altra".

"Lo scusi, sono ragazzi!" disse il barista, senza togliere il braccio che teneva sulle spalle di Stefano e tornando a mettersi in posa.

Stefano annuì comprensivo e tornò a sorridere. Fred, per precauzione, controllò che non ci fosse nessun altro bambino in avvicinamento e poi scattò. Due volte, per sicurezza. Guardò la foto. Il corpulento barista sfoderava un sorriso trionfante, mentre teneva la testa e il collo di suo fratello sotto la presa del suo braccio destro. Sembrava un cacciatore soddisfatto con la preda che aveva appena abbattuto.

L'ingresso di un gruppo di ragazzi e il conseguente e deciso cenno della testa da parte della moglie riportarono il barista ai suoi doveri. Prese la macchina fotografica dalle mani di Fred e osservò la foto con soddisfazione.

"Grazie! Farà un figurone nella mia bacheca vip" disse, indicando un pannello accanto a una delle finestre.

"Prego!" rispose Stefano e si strinsero la mano con soddisfazione.

"Il gelato era ottimo" disse Fred, protendendo la mano verso il barista, che prontamente lo ignorò, non essendo il giovane imprenditore sufficientemente famoso da meritare la sua attenzione.

Stefano si fermò ad ammirare la bacheca sulla quale, probabilmente la sera stessa, sarebbe stata affissa la sua faccia. Il resto della compagnia era interessante: due calciatori, la pessima protagonista di alcune fiction popolari, un paio di concorrenti del Grande Fratello, persino Antonello Venditti. Tutti con un sorriso di circostanza sul volto, tutti col carnoso braccio destro di un cacciatore di celebrità appoggiato sulle spalle.

"Io esco" disse a Fred, senza neppure voltarsi.

Erano quasi le tre e il riverbero del sole per un attimo non lo fece scontrare con una signora troppo intenta a mandare un sms per accorgersi di lui o dello stipite della porta contro il quale la sentì sbattere. Si appoggiò alla balaustra della terrazza, lo smartphone sempre in mano. Voleva inviare un semplice "Ciao, come va?" ma non riusciva ad arrivare al tasto invio. Cambiò il saluto iniziale, poi la domanda, infine aggiunse una battuta scherzosa che poi tolse, poi riscrisse, infine tolse di nuovo. Il "Ti amo" non fece a tempo ad essere scritto che fu subito cancellato.

"Chiamala" disse Fred, avvicinandosi.

"Sta studiando" rispose Stefano senza nemmeno guardarlo.

Fred scosse la testa e decise di concentrarsi sul panorama. A ovest, oltre lo stabilimento, iniziava la spiaggia libera che si stendeva lungo tutto il tombolo della Feniglia. Gli ombrelloni si facevano sempre più radi, mano a mano che i bagnanti si stufavano di percorrere metri in cerca di uno spiazzo libero e in alcuni punti si vedeva solo la sabbia e gli alberi della pineta a segnarne il confine. In lontananza l'Argentario e l'Isolotto che si affacciava come un'enorme tartaruga marina alla sua sinistra. La loro madre, da ragazza, aveva attraversato quel tratto di mare da sola a nuoto e lo raccontava sempre con orgoglio. Sospirò anche Fred, finendo con l'assumere la stessa espressione corrucciata del fratello. Stavano trascorrendo assieme quel Ferragosto, affinché Stefano gli offrisse sostegno morale per la mancata presenza del suo ormai ex. Stefano aveva accettato subito. Non aveva voglia di viaggi, gli sarebbe dispiaciuto partire senza Sabrina, ma la prospettiva di potersi rifugiare qualche giorno al mare, a una distanza di sicurezza accettabile da Roma e dagli impegni che aveva, era l'occasione per rasserenarsi per poi tornare a scrivere nel modo giusto.

Invece non stava accadendo. Fred era listato a lutto da due giorni e lui da altrettanto tempo fissava il cellulare e provava a buttare giù progetti che puntualmente si bocciava da solo. Si sarebbero arenati lì, su quella balaustra, in silenzio, se non fosse stato per qualcosa che attirò l'attenzione di Stefano. Fred se ne accorse e guardò nella sua direzione, notando una macchia di colore spiccare contro il mare. Era un cappello di una foggia strana, come una campanula rovesciata. E di un rosa che si sarebbe notato perfino al buio. Gli ombrelloni mostravano e nascondevano alternativamente il profilo della sua portatrice, una donna sulla quarantina che camminava sul bagnasciuga. Sorrideva. Quell'improvvisa manifestazione di serenità sciolse Fred dal torpore e lo portò a voltarsi verso Stefano, per un attimo distratto dall'accarezzamento del proprio smartphone, sfilandogli quell'oggetto di mano con rapidità.

"Cazzo fai?" sbottò Stefano, come se lo avessero svegliato da un sogno.

Fred fu velocissimo. Rubrica. Dovette digitare solo la S e apparve subito il nome di Sabrina. Premette invio e appena la chiamata partì, gli appoggiò lo smartphone all'orecchio.

"Adesso devi solo aspettare che risponda e salutarla" disse. "Non è difficile".

Stefano sospirò, togliendogli il telefono di mano e appoggiandolo all'orecchio. Rimase concentrato, mentre squillava a vuoto per alcuni secondi. Troppi secondi per la sua pazienza. Infatti riattaccò.

"Torniamo all'ombrellone" disse e scese gli scalini di corsa.

Marta immaginava che Antonio sarebbe rimasto almeno sorpreso per quell'acquisto così improbabile. Mentre finiva di attraversare il tratto di bagnasciuga davanti allo stabilimento, sorrise al pensiero di come l'avrebbe guardata. Iniziò a risalire lungo la spiaggia libera, diretta verso l'ombrellone azzurro sotto al quale Antonio stava ancora facendo le parole crociate. Era molto concentrato e non si era ancora accorto del suo arrivo. Ma quando fu più prossima all'ombrellone, lo vide alzare lo sguardo, mostrando un'espressione incredula. Marta si fermò davanti a lui. Le veniva quasi da ridere.

"Ti piace?" chiese, mettendosi in posa.

"Hai perso una scommessa, Marta?" chiese Antonio.

Marta alzò gli occhi al cielo, poi si sedette sulla sua poltroncina. "Avevo voglia di qualcosa di frivolo!" disse. "E' estate! Ci vuole un po' di leggerezza!"

"Che quella cosa sia leggera non lo metto in dubbio!" disse Antonio.

Marta non considerò la sua ironia. Continuò a tenere il cappello in testa, lasciando correre lo sguardo sugli altri bagnanti distesi al sole o in acqua.

"Davide?" chiese.

Antonio non alzò lo sguardo dalle sue parole crociate. "Non lo vedo da quando gli hai dato i soldi per il gelato" rispose. "Hai visto i suoi amici in spiaggia?"

"No, non c'era nessuno…"

"Allora saranno ancora al bar. Meglio così. Questo sole picchia anche troppo".

Marta annuì. Tornò a rilassarsi sulla poltroncina, osservando il promontorio di Ansedonia e tutte le residenze per la villeggiatura che vi facevano capolino e che ora, protette dal riverbero del sole, si mimetizzavano ancor più facilmente nella macchia mediterranea.

"Che bel panorama" mormorò.

"Senza tutte quelle ville sarebbe ancora più bello" bofonchiò Antonio alle prese con un 14 orizzontale.

"Antonio, per favore, sono in ferie!" sbottò.

"Anche io, se è per questo!" rispose lui, alzando finalmente la testa dal cruciverba.

Fu a quel punto che si intromise Teresa, raggiungendo la spiaggia attraverso la suoneria del cellulare nella tasca laterale della sua borsa.

"Sarai in vacanza solo quando Teresa smetterà di telefonarti!" disse Marta, ridendo.

Antonio scosse la testa, ignorando le provocazioni di sua moglie.

""Teresa, dimmi..." rispose Antonio con la classica voce di chi si sta rilassando e non vorrebbe essere disturbato.
"Antonio, sono in magazzino" disse Teresa. "Volevo chiederti dove hai nascosto la scorta de *Il secondo prezioso*".

Antonio sospirò, massaggiandosi le tempie. "L'ho messo in cima alla Narrativa" disse con voce annoiata. "Guarda in alto!"

Teresa alzò lo sguardo. Sopra gli scaffali della Narrativa, impilate a gruppi di otto, spuntavano le costole del libro che stava cercando. Proprio davanti a esso, una pila di scatole di Moleskine.

"Più che *messo*, lo hai nascosto in cima alla Narrativa. Grazie mille!" mormorò la libraia al telefono, iniziando a pensare come avrebbe fatto il suo metro e sessantaquattro a raggiungere la cima dello scaffale.

"Lo sai che la prossima settimana lo danno in allegato ad una rivista a cinque euro?" replicò Antonio. "Cosa ce ne facciamo di tutte quelle copie?"

Teresa cercò di ignorare la sua ironia. Si guardò attorno e, tenendo il telefono incollato all'orecchio, costruì una sorta di scala con alcune scatole. Poi iniziò ad arrampicarsi.

"Teresa, ti stai arrampicando sulle scatole?" chiese Antonio, preoccupato.

"Da cosa lo intuisci?" disse lei, portandosi faticosamente in ginocchio sulla più alta.

Teresa fece appena a tempo a udire Antonio dire "Dal fatto che…", poi qualcosa cedette sotto di lei e il cellulare schizzò via dall'orecchio, cadendo a terra. La scatola lo seguì, mancandolo per un soffio e lei rimase attaccata ad uno scaffale con davanti agli occhi la faccia di Neil Gaiman che sorrideva dalla quarta di copertina del suo romanzo. Rimasero per un attimo così, lei e Neil Gaiman, a fissarsi: lui al sicuro sullo scaffale, lei agitando i piedi per aria, alla ricerca di un appiglio di qualsiasi tipo. In lontananza, Antonio gridava nel telefono.

"Sto bene!" urlò Teresa. "Ho tutto sotto controllo!"

"Ti dà noia che sia stato De Matteis, vero?" fu la frase con cui Fred riuscì a risvegliare Stefano dal suo nervoso torpore. Il giovane inizialmente non rispose, limitandosi a togliersi qualche granello di sabbia dalla corta barba.

"Mi odia" mormorò.

"E allora? Da quel che hai sempre detto, odia chiunque eccetto se stesso!"

"Perché è un borioso stronzo".

"Sì, ma è il borioso stronzo che ha offerto a Sabrina un'occasione importante" osservò Fred. "E poi, Stefano, fattene una ragione. Un ventiduenne il cui esordio vince il Premio Ubu per la migliore opera teatrale, è un genio! Te, a ventidue anni, che hai fatto? Sei andato a vivere da solo, no?"

"Volevo la mia indipendenza…"

"E non volevi più correre il rischio di farti sgamare con i porno nel computer da mamma".

"Fred, per favore!"

"Facevo per scherzare…"

"Possiamo scherzare su altro?"

"Perché non mi dici di cosa parla la pièce che portano in scena? Finora ho sentito solo insulti sul suo autore. Magari è interessante".

Stefano si ricompose sulla sdraio sulla quale si era mollemente adagiato e si schiarì la voce: "Muore un importante artista. Uno scultore, mi pare… Ci sono i soliti conflitti per quanto riguarda l'eredità e la compagna si trova a dover fronteggiare i vari parenti e avvoltoi che cercano di impossessarsene".

"Interessante. Arte. Denuncia sociale. E' a caccia di premi".

"Spero che premino Sabrina piuttosto che lui" commentò Stefano con acidità.

"Io sarei contento accadesse" disse Fred, avvicinandosi con la sdraio. "La tua ragazza è intelligente, ha un'ottima presenza scenica e una bellissima voce. Era ora che qualcuno le desse un ruolo in cui le sue qualità potessero emergere!"

"Vuoi dire che quando l'ho scoperta io, queste qualità non si vedevano?"

"No, Stefano, perché erano due commedie del cazzo. Di successo, ma del cazzo. Come i libri da cui erano tratte. E tu lo sai".

Stefano rimase in silenzio. "Erano divertenti…" mormorò.

Fred si fece pensoso. Il suo sguardo oscillò con indecisione dal fratello a un punto vuoto. Poi sorrise per un secondo prima di scoppiare in una risata. Stefano lo guardò quasi con fastidio.

"Ho detto qualcosa di particolarmente divertente?" chiese.

"Chissà se pensava a voi due quando l'ha scritta…"

"Perché avrebbe dovuto?"

"Un importante artista che muore, la compagna…"

Stefano sgranò gli occhi. "Che stronzo!" disse, protendendosi dalla sdraio.

"Sei permaloso. Ti voglio bene, fratellino mio, ma sei troppo permaloso".

Davide aveva fatto ritorno all'ombrellone con la bocca sporca di gelato e un foglio da cinque euro altrettanto sporco stretto nel pugno assieme ad alcuni spiccioli.

"Il resto, mamma" disse, porgendo i soldi a Marta.

"Grazie, tesoro" disse Marta. "C'era gente al bar?"

Davide si strinse nelle spalle. "C'era uno famoso, credo…" disse.

"Ah, sì? E chi era?"

"Non lo so. Il barista ci si è fatto una foto insieme".

"Sarà stato il protagonista di qualche reality…" osservò Antonio, di nuovo intento a fare le parole crociate.

Davide non considerò le parole di suo padre, aggirò l'ombrellone e sfilò il suo materassino blu.

"Torno dagli altri, mamma" disse, allontanandosi senza voltarsi.

"Davide, non avrai mica intenzione di buttarti in acqua?" chiese Antonio, alzando lo sguardo dal cruciverba.

Il bambino si voltò. Non rispose, limitandosi a guardare Antonio con aria contrariata. Marta si schiarì la voce e guardò suo figlio con un sorriso.

"Hai mangiato adesso…" aggiunse Antonio, per nulla impressionato da quello sguardo.

Davide si voltò e corse via, raggiungendo un gruppo di bambini allo stabilimento e mischiandosi a loro. Marta sospirò, appoggiandosi allo schienale della poltroncina.

"Dai, restituiscigli il videogioco" disse con serietà.

"Perché dovrei?" replicò tranquillamente Antonio. "Guarda come sta bene, senza! Si rilassa, si diverte, sta all'aria aperta! Fosse per me glielo butterei via".

"Ti attireresti l'odio di tuo figlio per sempre".

"E invece sarebbe una benedizione!" ribadì Antonio, voltandosi verso di lei. "Questi ragazzi non hanno più fantasia, non hanno più creatività! Passano il tempo a sparare a mostri strani, quando non sono gang rivali. E tutto perché i loro genitori non hanno tempo per stare loro dietro!"

"Esagerato. E poi nemmeno ci passa le giornate!"

"No, però guardalo! Mi tiene il muso perché gli ho nascosto il videogioco, quando invece dovrebbe ringraziarmi perché siamo qui su questa spiaggia, con il sole, il mare…"

Lo sfogo di Antonio fu interrotto dall'arrivo di un sms.

"E' Caterina?" chiese Antonio.

"Sì. Mi ha mandato la foto di un ristorante che secondo lei è perfetto per il pranzo!"

"Oh, Cristo santo!" sbottò Antonio. "Mancano ancora sei mesi! Perché tua sorella non si mette in testa che il battesimo di suo figlio è un evento che non sarà ripreso in mondovisione?"

"E' il primo figlio, cerca di capire…"

"Anche il nostro era il primo figlio, eppure non abbiamo certo fatto tutta questa gazzarra!"

"No, visto che tu nemmeno lo volevi battezzare" osservò Marta, rimettendo il cellulare nella borsa.

"Lo abbiamo battezzato per fare un piacere ai tuoi, rico…"

"E ai tuoi" ribatté Marta, imperturbabile. Poi il suo volto si sciolse in un sorriso. "Però dicesti anche tu che era bellissimo nel vestitino bianco".

Per un attimo la vena polemica di Antonio si smorzò. Sorrise a Marta, accarezzandole una spalla e tornò a sedersi di nuovo con in mano il suo cruciverba quasi completo. Marta si mise a leggere. Attorno a loro, si udiva solo la voce del venditore di cocco che annunciava il suo arrivo, dirigendosi con passo spedito verso lo stabilimento, dove già alcuni bambini gli correvano incontro. In lontananza passò una moto d'acqua, il cui rombo monotono si interruppe, saltando sopra un'onda. Il suono di grida festose e il rumore fatto da alcuni ragazzini che entravano rumorosamente in acqua fece alzare lo sguardo a Antonio. Erano una decina e chi a nuoto, chi in materassino, erano diretti verso la piattaforma galleggiante vicino alla boa. Antonio li squadrò tutti.

"Vedi Davide?" chiese a Marta con apprensione.

Marta alzò lo sguardo. Per un attimo si preoccupò anche lei, poi vide la chioma bionda del figlio sotto uno degli ombrelloni della prima fila.

"E' lì,…" disse. "Finché quella biondina di Viterbo starà all'ombrellone, non penso che andrà da nessuna parte".

Antonio sorrise. "Romantico come il padre!" osservò.

"Spero fosse una battuta" disse Marta.

"Scusami".

Quella parola, pronunciata in tono così dimesso da parte di Stefano, stupì Fred. "Per cosa?" gli chiesi.

"Ho parlato solo di me stesso e nemmeno ti ho chiesto come stai oggi" disse, avvicinando la sdraio.

Fred lo guardò, divertito. "Beh, come sto lo vedi. Però mi fa piacere parlare d'altro, così non mi concentro sulla fine della mia relazione, no?"

Stefano sorrise.

"Certo, se dobbiamo stare qui io e te, uno a rimuginare sulla fine della sua storia e l'altro sull'inizio della pièce della sua compagna, tanto vale andare a cercare due bei sassi pesanti, una corda robusta e fare un salto dalla scogliera, no?"

Stefano rise. "Miranda sarebbe contenta. Ti immagini quante vendite?"

"Visto che l'hai nominata, è strano che non ti abbia mai chiamato in questi due giorni. E' sempre viva?"

"Oh, prima che partissi mi ha torturato ogni giorno per la raccolta di racconti!" disse Stefano. "Forse anche lei ha voluto prendersi due giorni di vacanza! Dopotutto è un essere umano".

"Se lo dici tu…"

Stefano si fece serio. "Fred, è la mia editrice e fa tantissimo per me. Cerca di essere meno aggressivo nei suoi confronti".

"Anche tu fai molto per lei. A partire dall'averle sacrificato la genuinità del tuo talento e la tua relazione dell'epoca. Che era sua cugina di primo grado, tra parentesi".

"Possiamo smetterla di parlare del mio talento e di Rossana?" fece Stefano con fastidio. "Sono passati anni ormai".

"Infatti. Nel mentre lei è sempre felicemente sposata con quell'avvocato di Macerata, mentre tu sei qui a torturarti perché la tua compagna lavora con qualcuno che artisticamente ti disprezza. E tutto questo nonostante il tuo successo. Anzi, strano che dopo il bar, nessuno sia ancora giunto a chiederti un autografo. Eppure le spiagge sono sempre state un punto forte per la lettura dei tuoi libri".

"Forse è per via della quarta di copertina" disse Stefano. "Sono sempre vestito di scuro e magari in costume da bagno non mi riconoscono".

Fred rise. "Questa la dovresti mettere nel prossimo romanzo!"

"O nel prossimo racconto…"

"Zero idee?"

"Il vuoto totale. O meglio, idee che non mi convincono. Scrivo un paragrafo. Lo rileggo. E cancello".

"E Miranda cosa pensa di questa crisi creativa?"

"Perché me lo chiedi? Con la simpatia che provi per lei dovresti immaginartelo".

"Perché sono sadico?"

"Perché sei stronzo, forse…"

"Perché sono tuo fratello, di sicuro".

Quando il telefono squillò per la seconda volta, un altro gruppo di ragazzini si era buttato in acqua, diretto alla piattaforma galleggiante dove gli altri li stavano aspettando. Marta aveva abbandonato la lettura e si era rimessa a guardare la spiaggia. Antonio sonnecchiava ed accolse la nuova telefonata di Teresa con uno sbuffo prolungato. Si alzò in piedi, voltando le spalle al litorale e iniziando una lenta passeggiata verso l'inizio della pineta.

"Teresa, io…" esordì scocciato.

Teresa non fece nemmeno a tempo a accennare che, con quella chiamata, voleva solo chiedergli se poteva acquistarle una bottiglia di liquore dei frati. Si ritrovò ad ascoltare un lungo e inarrestabile sproloquio in cui le fu riassunta l'esatta ubicazione di tutte le scorte, le ultime comunicazioni fatte dagli editori e la data di uscita dei primi titoli di fine agosto. La voce di Antonio stava prendendo un preoccupante crescendo in velocità e tono, quando si affievolì all'improvviso.

Ci fu un lungo momento di silenzio, in cui Teresa lo sentì solo respirare. "Antonio?" mormorò.

"Ti richiamo…" balbettò e riattaccò seccamente.

Aveva visto volare il cappello di Marta. Una macchia rosa era passata davanti ai suoi occhi, quando si era voltato di nuovo verso il mare, rimbalzando sul bagnasciuga, per poi essere investita da un'onda. Antonio si era voltato verso l'ombrellone e lo aveva visto vuoto. Spostando lo sguardo, aveva visto Marta correre a perdifiato lungo la spiaggia. Si era messo a correre anche lui. Correndo, aveva colto gradualmente tutti gli altri elementi: le persone dello stabilimento che si dirigevano verso la spiaggia, le veloci bracciate in acqua di due bagnini, le grida dei ragazzini sulla piattaforma, qualcuno di loro in acqua a cavalcioni del proprio materassino. Il materassino azzurro era stato l'ultimo particolare che aveva colto. Il materassino di Davide, sul quale Davide non era.

Vide Marta raggiungere il capannello di gente sul bagnasciuga e sparirci all'interno. Corse più veloce. Scartò sulla destra, entrando rumorosamente in acqua e fermandosi a pochi metri dal gruppo. I bagnini stavano tornando a riva, portando in braccio qualcuno. Lo sguardo di Antonio non si fermò su di loro ma esaminò uno ad uno i bambini sulla piattaforma. Davide non era tra loro, ma la distanza e soprattutto il riverbero del sole gli impedivano di riconoscere perfettamente suo figlio in quella massa di ragazzini spaventati. Si voltò verso la spiaggia. Marta era in prima fila, accanto a lei la signora di Viterbo, madre dell'amichetta di Davide. Ma Davide non c'era.

Antonio uscì dall'acqua, passando davanti alla prima fila della folla che si era radunata a riva. Udì parole come "ragazzino", "caduto", "onda". Le sue orecchie le recepivano, le giravano al cervello, ma solo il tempo di comprendere di averle udite, per poi buttarle via, lontano. Nel momento in cui raggiunse Marta e lei lo abbracciò, mormorando qualcosa che lui non volle sentire, vide il caschetto di capelli biondi in braccio a un bagnino.

Deglutì. Produsse un suono che il suo cervello aveva elaborato come "Davide!" ma che alle orecchie dei presenti apparve solo come un verso inarticolato e disperato. Con Marta stretta addosso, raggiunsero il punto in cui i bagnanti lo avevano adagiato. Davide aveva gli occhi chiusi. Antonio gridò il nome di suo figlio. Uno dei bagnini disse qualcosa a proposito di un'ambulanza in arrivo che Antonio e Marta capirono solo alcuni secondi dopo, quando si udì il suono di una sirena e il capannello di persone fece spazio ad un dottore e a due infermieri con una barella. Il dottore si avvicinò a Davide, tentando una rianimazione bocca a bocca. Ne sentì il polso. Poi alzò lo sguardo verso gli infermieri e disse che non c'era tempo da perdere.

Marta era sotto shock. "Vai con loro!" le disse Antonio, tenendola per le spalle. "Io vi seguo con la macchina".

Marta annuì. Si avvicinò a Davide, che fu messo sulla barella e poi portato rapidamente verso l'ambulanza. Antonio si diresse dalla parte opposta, facendosi largo tra la folla. Urtò senza volerlo un giovane uomo che non aveva fatto in tempo a scansarsi. Si voltò per scusarsi, guardandolo per una frazione di secondo, e continuò a correre verso l'ombrellone.

Si accorsero che era successo qualcosa dalle grida provenienti dalle prime file. Fred e Stefano si guardarono intorno con aria spaventata e istintivamente si voltarono verso il mare.

"Cos'è successo?" si chiese Stefano, alzandosi in piedi.

Fred lo seguì. Attorno a loro voci confuse. Qualcuno parlava di un bambino che si era sentito male, altri di un'onda che aveva investito un materassino diretto verso la piattaforma galleggiante, gettando sott'acqua il bambino che vi era sopra.
Raggiunto il capannello che si era formato a riva, dopo pochi secondi udirono un grido disperato, un suono distorto e gutturale. Proveniva da un uomo in prima fila, che fu facile identificare come il padre. Una donna gli si mise accanto, stringendogli la mano. La moglie. E quindi la madre. Fred era quasi sicuro che fosse la donna dal buffo cappello rosa vista poco prima.

Stefano avanzò fra la folla, arrivando a pochi metri dallo spiazzo che era stato creato e dove stavano portando il bambino.

"Davide, resisti! Ti prego! Resisti, Davide!" urlava l'uomo, mentre si udiva il suono di una sirena, seguito dalla presenza trafelata di un dottore.

Stefano avrebbe voluto aiutare. Per quello che poteva vedere, tra una testa e l'altra, il dottore aveva tentato una prima respirazione bocca a bocca al ragazzino, poi si era chinato. Aveva provato a sentirne il battito cardiaco. Mormorò qualcosa e, da come si mossero tutti, Stefano pensò che fosse l'ordine di andare all'ospedale. Vide il padre del bambino dire qualcosa alla madre con decisione. Lei annuì, ancora visibilmente scioccata, poi seguì il dottore e gli infermieri che avevano messo il bambino in una barella.

Il padre corse dalla parte opposta. La folla gli fece largo, affinché potesse passare. Stefano non era pronto a scansarsi e l'uomo gli sbatté involontariamente addosso. Per una frazione di secondo si guardarono, l'uomo attonito e disorientato, Stefano mortificato quasi colpevole.

Fred raggiunse suo fratello, ancora immobile. La folla sul bagnasciuga iniziò a disperdersi mentre un uomo corpulento si buttò in acqua con un tonfo, schizzando la moglie che gli urlò contro qualcosa. Lui rise come un idiota.

"Torniamo a casa…" mormorò Stefano.

"Credo sia la cosa migliore" rispose Fred.

La telefonata a Sabrina durò un quarto d'ora. Stefano passò quasi tutto il tempo a commentare con monosillabi di compiacimento il torrenziale ed entusiasta racconto della giornata di prove trascorsa dalla ragazza. Si chiese per un momento se anche lei avesse usato lo stesso tono, due anni prima, quando aveva commentato la preparazione del film di *Tutti i battiti del mio cuore* con le persone a cui teneva. Stefano limitò a un neutro "Tutto bene" il suo commento alla giornata appena trascorsa. Nessun accenno al bambino annegato. E nemmeno al fatto che aveva tenuto le spalle al mare per tutto il tempo della conversazione, perché quella vista, da lui di solito molto amata, improvvisamente lo disturbava.

Tartine al salmone, ai funghi e al prosciutto con maionese, di quest'ultima giusto un velo; una cucchiaiata di insalata di riso appoggiata con cura sul lato destro, sul lato sinistro i fusilli al pesto, a separarli come litiganti un crostino alle acciughe; infine, due carote a bastoncino, collocate con perizia architettonica sull'unico bordo del piatto rimasto libero. Stefano sosteneva che esiste un laureato in architettura dentro ogni individuo e che questa condizione emerge prepotentemente ogni volta che si tratta di impilare in maniera intelligente i vari cibi proposti agli aperitivi.

Fred raggiunse il tavolino con due spritz, facendosi largo tra due ragazze che ballavano e che sembrarono non riconoscerlo. Dagli altoparlanti *Cities In Dust* di Junkie XL era più un tappeto sonoro che musica di accompagnamento, ma era sorprendente come, ogni tanto, i selvaggi scoppi di risa di un gruppo di cinquantenni riuniti a una tavolata alla loro sinistra, riuscisse a coprirla. Fred porse un calice a Stefano. Brindarono.

"Come sta Sabrina?" chiese Fred, bevendo un sorso. "Non mi hai ancora detto di cosa avete parlato".

"Sabrina sta bene" disse Stefano, sbrigativamente. "Ha passato tutto il pomeriggio a ripassare la parte e fare ricerca".

"Brava!"

Stefano fece una smorfia. Sembrava a disagio. "Fred, perché non partiamo subito dopo pranzo domani?" chiese.

"Va bene".

"In serata Sabrina ha una cena per fare il punto sulle prove e parlare della presentazione al pubblico. Volevo passarci qualche minuto assieme…"

"E tu non sei invitato, immagino".

"No. La fanno da Ruggero Orsoni".

"Orsoni? Oh, se la tira il signorino…"

"A parte tirarsela, vive in un bilocale. Quindi è anche un problema di spazio, il suo".

"Non mi verrai a dire che Ruggero Orsoni non ha i soldi per comprarsi una casa più grande!"

"Ce li avrebbe. Solo che è tirchio e detesta avere ospiti!"

Fred rise, scuotendo la testa. "Beh hai tutta la mia solidarietà" disse. "Partiremo dopo pranzo, approfittando della siesta in spiaggia degli altri bagnanti!"

"Mi dispiace solo farti rientrare prima a Roma…"

"Stai tranquillo! Ho sentito Claudio. Stanno a Gallipoli fino a domenica prossima e sto pensando di raggiungerli!"

Stefano parve confortato da quella notizia. Stava per dire qualcosa, quando sulle sue spalle franò una massa indistinta con una cravatta rossa al collo. Stefano se lo scrollò di dosso con un moto di sorpreso disgusto. L'individuo barcollò nello spazio tra i due fratelli che lo guardavano attoniti. Proveniva dal tavolo di cinquantenni ed era un uomo dal volto rubizzo, abbastanza alto con un pizzetto molto curato e dei capelli neri fastidiosamente lucidi. Di fastidioso aveva anche l'ubriachezza.

"Scusa! Mi dispiace!" disse, anche se rideva talmente forte da sembrare tutto meno che dispiaciuto.

"Fa niente…" mormorò Stefano.

"Ti ho riconosciuto, sai?" continuò l'ubriaco. "Te sei Stefano Ponziani, lo scrittore! Io sono Fernando! E' un onore conoscerti!"

"Piacere…" continuò Stefano, ancora sorpreso.

"Lei è un amico?" farfugliò Fernando, rivolto verso Fred. "Mi scusi, eh, non la volevo interrompere!"

"Fa niente, sono solo il fratello…"

"Senta…" disse, tornando a rivolgersi a Stefano. Seguì una specie di lunga pausa, in cui sembrò intento ad elaborare un discorso molto profondo. "Le va di venire al nostro tavolo? Vorrei fosse nostro ospite!"

"Io sono con…" cercò di rispondere Stefano.

"Glielo presto volentieri" disse Fred con un sorriso. "Basta che non lo faccia bere troppo che deve guidare!"

"Grazie!" disse Fernando. "Lei è il marito?"

"Solo il fratello" disse Fred, sorridendo e ignorando lo sguardo stupefatto di Stefano.

"Scusi, eh" fece Fernando. "Ma con questi artisti non si sa mai…"

"Non lo dica a me! Divertitevi!"

Fernando salutò Fred con un sorriso imbarazzato e abbracciò Stefano, quasi trascinandolo via dalla sedia. Stefano poté solo lanciare un lampo di odio a Fred, che lo salutò con la mano, pronto a godersi la scena. Fernando lo portò al tavolo e rimasero in piedi mentre gli altri si voltavano a guardarlo.

"Guardate chi vi ho portato!" disse Fernando con orgoglio. Stefano abbozzò lo stesso sorriso da animale esposto che aveva riservato al barista.

"Un uomo? E che siamo froci?" protestò un tizio abbondante seduto a capotavola, allargando le braccia.

"Bestia!" sbottò Fernando visibilmente offeso. "Questo è Stefano Ponziani, il Re dell'Amore, un grande scrittore!"

L'improvviso arrivo di una personalità al loro tavolo ebbe l'effetto di acquietare per un momento la selvaggia ubriachezza del branco. Si ricomposero tutti, quasi in silenzio, facendo spazio per un'altra sedia che Fernando aveva offerto a Stefano.

"Che libri hai scritto?" disse l'uomo a capotavola. "Perché il tuo nome mi dice qualcosa..."

Stefano si schiarì la voce. "Beh, il più famoso è *Tutti i battiti del mio cuore*. Hanno fatto anche un fi..."

"Eh, io l'ho visto!" lo interruppe l'uomo seduto davanti a lui, tirando un pugno sul tavolo e poi tendendogli la mano. "Bel film! Bellissimo film! Io sono Roberto!"

"Stefano, pia..."

"Ora mi ricordo di te! La mia ex moglie ti leggeva sempre!" disse l'uomo a capotavola, puntandogli contro l'indice. "Quanto me la menava con i tuoi libri! Dovrei levarmi la sedia di sotto al culo e tirartela tra capo e collo!"

Gli altri risero. Stefano cercò di ribattere con ironia. "Spero non lo farà" disse.

"Nah!" sbottò l'uomo. "Oggi è la mia festa!"

"E' il suo compleanno?"

"No, si festeggia il divorzio da quella scassacazzo!" disse l'uomo, alzando il suo bicchiere di vino.

"A-LES-SAN-DRO! A-LES-SAN-DRO!" scandirono in coro gli altri presenti, alzando i loro bicchieri.

"Non potevo uscire quando volevo!" scandì Alessandro. "Non potevo andare alle partite se voleva andare a cena fuori! Non potevo assumere una segretaria che avesse meno di quarant'anni! Ti sembra amore, questo?"

"Beh, io…" provò a dire Stefano.

Roberto si protese sul tavolo. Aveva gli occhi sgranati. "Ecco, dall'alto della tua esperienza, Stefano, ci daresti un parere? Tu cosa ne pensi?" chiese, come se si stesse rivolgendo a un profeta.

Agli occhi di Stefano, visibilmente imbarazzato, quel gruppo confusionario e molesto ricordava un gruppo di rane in uno stagno in cui lui si era incautamente buttato per una nuotata e che ora lo avevano circondato, curiosi anfibi che gracidavano in maniera indistinta seduti sulle ninfee.

Cercò con lo sguardo l'appoggio di Fred, ma notò che suo fratello aveva smesso di fissarlo, anzi, sembrava completamente attratto dallo schermo del televisore, appeso vicino all'angolo bar. Per quello che poté distinguere da quella distanza, Stefano vide l'immagine del loro stabilimento e una panoramica sulla spiaggia che poteva essere stata girata in qualsiasi altro momento. In sovraimpressione apparve una scritta bianca su banda rossa: MUORE BAMBINO ALL'ARGENTARIO. Stefano sobbalzò. Si guardò attorno. Pareva che nessun altro se ne fosse accorto. Le riprese di un gruppetto di persone che, al tramonto, avevano legato un mazzo di fiori alla staccionata esterna resero ancora più indistinto il fragore degli altri ospiti del tavolo. Il servizio mostrò una rapida carrellata sull'esterno dell'ospedale di Orbetello e la linea tornò in studio. Fu in quel momento che Fred si voltò verso di lui e lo guardò con lo stesso identico sconvolgimento che Stefano poteva avvertire sul proprio volto. Stava per alzarsi, quando Fernando lo afferrò brutalmente per un braccio. "Vieni con noi dopo? Ci aspettano delle ragazze in un locale!" disse con aria complice.

"Ehi, se sono trans, faccio un casino!" sbottò Alessandro.

Stefano scosse la testa e senza dire nulla, sfilò rapidamente il braccio dalla presa di Fernando. Si alzò in piedi senza nemmeno guardarli, e si allontanò rapidamente. Rivolse a Fred un cenno con gli occhi e infilò direttamente l'uscita del locale.

Fred si alzò con calma dalla sua sedia e osservò il gruppo rinchiudersi di nuovo a riccio nella loro conversazione, espellendo per sempre la partecipazione di Stefano alla loro tavolata. Avrebbero tutti presto convenuto di quanto fossero stati cortesi e gentili con quel presuntuoso vip che nemmeno li aveva salutati prima di andarsene. Poi uscì all'esterno. Udì i passi affrettati di Stefano sulla ghiaia, diretto verso l'auto. Accolse quel silenzio come una benedizione.

Avrebbe visto tutto ma non avrebbe ricordato niente.

"Lo so che adesso per voi è un momento molto difficile…"

Non avrebbe ricordato il corridoio dell'ospedale o le sedie su cui avevano aspettato.

"…ma abbiamo poco tempo, purtroppo, e in queste situazioni…"

Neppure l'odore pungente dell'acqua della laguna che proveniva da una finestra aperta.

"…bisogna muoverci subito, anche se la nostra urgenza può essere percepita come una mancanza di rispetto del dolore…"

Avrebbe tenuto solo le sensazioni al braccio destro.

"…ma è solo per poter salvare alcune vite".

Il braccio dove Marta aveva tenuto appoggiata la testa per due ore singhiozzando e il polso che aveva stretto con entrambe le mani. Ogni volta avrebbe ripensato a quella sensazione di dolore, l'avrebbe riavvertita forte a stringergli il polso, le unghie dell'indice e del medio conficcate nella pelle anche dopo che il segno fosse sparito e la pelle fosse tornata normalmente chiara.

"Sì" disse Antonio con voce calma e atona, mentre Marta al suo fianco si limitava a annuire, guardando a terra.

Il dottore parve sollevato da quell'assenso e porse loro il modulo per l'autorizzazione all'espianto degli organi.

"Ho bisogno delle vostre firme qui e qui" disse, dando loro una penna.

Antonio e Marta lessero in silenzio, concentrati. Il burocratichese è una lingua orribile, ma in quel momento fu accolto con sollievo. L'attenzione che pretendevano quei termini, che illustravano in maniera così asettica quello che era successo e cosa sarebbe accaduto, li sospese per un istante dal loro dolore. Lessero. Capirono. Firmarono. Il dottore riprese il foglio.

"Vi ringrazio" disse con un sorriso sincero e si avviò con passo rapido verso una porta.

"Dottore…" mormorò Antonio, alzando la testa.

Il dottore si fermò e si voltò verso di lui. "Mi dica…" disse.

"Non gli faccia troppo male… voglio dire…" disse Antonio, poi sentì la sua voce rompersi e il cervello incapace di trovare le parole con cui proseguire la frase. Marta si strinse al suo braccio. Il dottore tornò indietro e gli appoggiò una mano sulla spalla.

"Non abbia timore" disse con voce calma. Poi se ne andò.

Quando la porta si richiuse, Antonio e Marta lasciarono che l'eco di quel suono si disperdesse nel corridoio. Si rimisero a sedere. In silenzio, tornarono a fissare il vuoto.

Parlarono poco per tutto il viaggio di ritorno. Fred tenne perlopiù lo sguardo fuori dal finestrino, pronunciando frasi di circostanza sulla coda pugliese della sua vacanza. Stefano si limitava a guidare. Aveva deciso di tenere la mente sgombra per qualche ora, limitandosi a osservare quello che gli passava davanti e la guida degli altri automobilisti. Alle sette e quarantacinque infilò la chiave nella porta del suo appartamento.

Sabrina, in piedi nel corridoio, gli sorrise. Indossava dei jeans scuri e una maglietta nera sulla quale ricadevano i capelli castani, arricchiti dalle tonalità di rosso che si era fatta di recente. Il suo trucco era come al solito molto leggero.

"Scusami... c'è stato casino..." farfugliò Stefano, lasciando cadere il trolley e abbracciandola.

"Come vedi ti ho aspettato" disse lei, baciandolo. "Come sta Fred?"

"Si riprenderà. Poi sai com'è fatto. Ha un grande senso dell'umorismo".

"Mi dispiace che abbiate fatto tutta questa corsa" si rammaricò Sabrina. "Se fosse stata una serata normale, avremmo potuto mangiare una pizza assieme e..."

"Non ci pensare. Lo sai che quando il lavoro chiama..." disse Stefano. "Io, allora... proprio non posso...?"

Sabrina sospirò: "Ho proposto una cena in un ristorante, proprio per togliere questo alone da loggia massonica alla nostra riunione, ma Christian è stato inflessibile. Ho anche dato disponibilità per casa nostra, ma voleva uno spazio per pochi intimi e il bilocale di Ruggero era perfetto".

"Chissà come sarà contento di cucinare per..."

"Ha detto che ordina le pizze".

Stefano la guardò, trattenendo una risata. Sabrina scosse la testa e rise a sua volta.

"Lo so. E' pazzesco!" disse. "Ma ti prometto che domani staremo assieme tutto il giorno".

Si baciarono ancora. "Miranda si è fatta viva?" chiese Stefano.

"Sì, ma le ho detto che non potevi rispondere…"

"Le devi aver detto che sono morto, perché sul cellulare non mi ha cercato!"

Sabrina diede sfoggio del suo talento recitativo. "Sì, Miranda, ha la febbre e non gli si sta accanto da quanto è nervoso! Gli hanno rubato il cellulare in metropolitana ieri. Guarda, in questi giorni averlo intorno è un martirio!" disse con intensità.

"E ci è cascata?"

"Ero verosimile".

"Però mi hai fatto passare per un rompiscatole".

"Era verosimile anche quello…"

Stefano scosse la testa. Sabrina lo baciò di nuovo sulla fronte, poi lo abbracciò. "Amore, devo andare" disse. "Ma sappi che sono orgogliosa di te!"

"Anche io ti amo".

Il tempo di un ultimo rapido bacio sulle guance e Sabrina uscì dall'appartamento. Stefano si guardò intorno. Era stanco. Non aveva fame. Andò nello sgabuzzino, aprì il trolley e vi rovesciò dentro tutti i panni sporchi del weekend. Si tolse anche maglietta e pantaloni e rimase in mutande. Si diresse verso il bagno, aprì la doccia e si stava per infilare sotto l'acqua quando un pensiero gli salì alla testa. Tornò in salotto e accese il portatile, gettandosi subito su Internet. Non dovette cercare molto. L'annegamento della Feniglia era la prima notizia su ogni prima pagina online subito dopo la crisi politica. E a differenza del servizio del telegiornale, c'era un aggiornamento importante in più. La foto.

Stefano trasalì nel riconoscere il sorriso da impunito del bambino che aveva incrociato al bar. Lesse l'articolo. Era avaro di informazioni, a parte le iniziali D.B. Non si poteva scoprire nient'altro su chi fosse e da dove venisse.

Davide fu sepolto in una giornata di sole. Antonio e Marta scelsero una chiesetta di campagna, poco fuori Pisa, un luogo in cui poterlo ricordare senza troppi curiosi intorno. Antonio indossava un completo scuro, lo stesso che aveva comprato per la comunione di suo figlio, e stette per tutta la cerimonia in piedi, il volto scuro, le braccia incrociate sul petto, come se stesse aspettando che Dio si manifestasse, o quantomeno suo figlio scendesse dalla croce e gli spiegasse come mai il suo di figlio era dovuto annegare a nove anni. Marta gli era seduta accanto. Guardava la bara bianca con aria inebetita, singhiozzando stentatamente, senza mai abbandonarsi a urla o pianti liberatori. Teneva la testa appoggiata sulla spalla di sua sorella Caterina. Il filo di trucco che si era data, "per mio figlio" aveva tenuto a spiegare, le stava colando sul volto, una lacrima nera che scorreva lungo la guancia.

Teresa si era seduta in terza fila, accanto a due colleghe di Marta che non facevano che mormorare "Povera Marta, Povera Marta…", suscitando in lei un sentimento di irritazione. Osservava quanto stava accadendo: i canti del coro, il prete che si arrampicava sugli specchi cercando di trovare una spiegazione per quanto successo che non mettesse in cattiva luce il suo principale, le salde pietre delle pareti di quella chiesa costruita circa ottocento anni prima e ancora lì, stabile. Rifletté che loro stavano piangendo la perdita di un ragazzino di nove anni. Un tempo nullo rispetto ad una costruzione di ottocento. Antonio e Marta però avrebbero potuto viverne altrettanti e il ricordo dei nove passati con Davide non avrebbe mai smesso di tormentarli.

Marta si voltò verso il padre di Antonio. Aveva ottantacinque anni e uno stadio avanzato di Alzheimer. Si guardava attorno con aria docile, sorridendo a tutti, contento di essere circondato da così tante persone, preservato dal motivo di quella riunione. Sua moglie accanto a lui piangeva. Lui ogni tanto le carezzava la testa. Gli sorrise, quasi contenta che ci fosse almeno una persona, per quanto a causa di una malattia, messa in salvo da tutto quel dolore.

Uscirono. Teresa da una parte e Caterina dall'altra abbracciarono la coppia che si strinse con forza alle loro braccia.

Tutto quel sole urtò Antonio. Non c'era una nuvola in cielo e il profilo delle Apuane si stagliava nettissimo alla loro destra. Si sarebbe potuto indicare i paesini sulle colline e riprodurre in un disegno la teoria di picchi e canali lungo le montagne. Soffiò il vento. Inspirando, si avvertiva l'odore del mare. Antonio pensò che tutta quella bellezza fosse improvvisamente incongrua, una mancanza di rispetto al momento che stavano vivendo.

Raggiunsero il cimitero in auto. Marta, la testa abbandonata sulle spalle della sorella, non vide subito quello che fece saltare il cuore in gola a Teresa: il camioncino di una troupe televisiva locale parcheggiato fuori dal cimitero con una giornalista e un cameraman già pronti ad avvicinarsi loro.

"State tranquille" disse Antonio con voce calma, tirando il freno a mano. "Scendete di macchina e seguite il carro funebre".

Nessuna delle donne commentò, mentre Antonio scendeva di macchina e si dirigeva a passo spedito verso l'ingresso del cimitero. La giornalista si avvicinò a lui con un'espressione addolorata sul volto.

"Per favore, no" furono le uniche parole che Antonio disse, lasciando la donna interdetta con il microfono in mano. Dopodiché si voltò e raggiunse il gruppo di familiari e amici che seguivano a piedi il feretro. I cancelli si chiusero dietro di loro, mettendoli al riparo da qualsiasi altro imbucato.

Davide venne sepolto in terra, a poca distanza dall'ingresso. I compagni di classe sostenevano un lenzuolo bianco con su scritto il suo nome e sul quale erano attaccate alcune foto scattate a scuola. I partecipanti, disposti a destra e a sinistra della bara lasciarono che fossero Antonio e Marta gli unici a starle davanti. Gli occhi di tutti si protesero verso la fossa mentre la piccola bara bianca veniva calata al suo interno. Teresa resistette solo qualche secondo poi iniziò a guardare Antonio per capire se avesse bisogno di aiuto. Antonio avvertì la presenza di un osservatore su di sé e spostò lo sguardo su Teresa, fissandola in silenzio per un paio di secondi. Poi qualcosa alle spalle della donna attirò più concretamente la sua attenzione. Il suo volto si contrasse, tanto da spingere Teresa a voltarsi a sua volta. La troupe del telegiornale si era affacciata ai cancelli del cimitero e li stava riprendendo a distanza. Teresa guardò Antonio. Lui abbozzò un triste sorriso. La donna cercò con discrezione di spingere coloro che aveva accanto a racchiudersi maggiormente attorno alla cerimonia per schermare la visione alla telecamera. Nel giro di dieci minuti era tutto finito.

Antonio e Marta rincasarono da soli. Ringraziarono tutti con parole di affetto sincero e abbracci sentiti, ma non vollero che nessuno li accompagnasse a casa. Quando aprirono la porta, vennero accolti da un sottile spiraglio di luce. Proveniva dalla camera di Davide, la cui tapparella non era stata abbassata del tutto. Quella consapevolezza spinse Marta a stringersi per qualche istante ad Antonio con più forza.

"Vado a preparare un tè" disse, quasi come un ordine a se stessa, sfilandosi dall'abbraccio e entrando in cucina.

Antonio annuì, rimanendo immobile nell'ingresso. Marta tirò su l'avvolgibile della cucina mentre suo marito, in silenzio, si avvicinava alla porta di camera di Davide e la chiudeva. Rimase per un momento con la mano sulla maniglia, senza staccarla, tirando ancor più la porta verso di sé. Poi lasciò andare. Torno in salotto. Aveva bisogno di luce. Tirò su l'avvolgibile, illuminando la stanza della luce bassa e soffusa della sera, poi si appoggiò alla finestra a guardare i tetti arrossati dal tramonto. Il suo sguardo scese agli appartamenti, indugiò su qualche finestra aperta, immaginando per un attimo la banalità del quotidiano dei suoi vicini. Infine si spostò lungo la strada fino alla sua macchina.

La osservò con attenzione. Alle sue orecchie, il rumore del bollitore del tè e i movimenti silenziosi di Marta in cucina. Deglutì. Avvertì qualcosa che lo turbava, un pensiero, un'idea. Sulle prime cercò di scacciarla dalla sua testa, ma non ci riuscì. Anzi, la sentì radicarsi con maggiore intensità, diventando una voce chiara. Rimase ancora qualche secondo alla finestra a fissare l'auto, poi corse fuori dall'appartamento.

Udì la voce di Marta gridare "Antonio!", mentre lui apriva la porta e se la chiudeva dietro le spalle. Corse. Fece i tre piani di scale, lanciandosi da un pianerottolo all'altro. Uscì in strada. Tirò fuori le chiavi dell'auto dalla tasca. Le sue mani tremavano. Aprì l'auto. Rimase per un istante a fissare il posto di guida, poi si avventò sulla tasca laterale dello sportello. Spostò un panno e due scontrini del parcheggio. Si sdraiò sul sedile, protendendosi verso l'altra tasca dalla parte del passeggero. Era vuota, solo un po' di polvere. Aprì il cruscotto da quella posizione. Buttò all'aria i fogli dell'assicurazione, il catalogo dei premi del suo benzinaio e un volumetto tascabile che aveva dimenticato lì qualche mese prima.

Sospirò con rabbia nel guardare il cassetto buttato all'aria. Si tirò in piedi. Udì un rumore di passi e Marta si fermò davanti a lui.

"Antonio, ma cosa ti succede?" chiese lei, spaventata.

Antonio non le rispose. Uscì dall'auto, lasciando la portiera aperta. Aprì il bagagliaio. Afferrò una vecchia coperta che teneva sul fondo e la tirò fuori. La scosse, ne cadde qualche ago di pino. La lanciò a terra. Scardinò il piano sottostante, scoprendo la ruota di scorta.

"Antonio, ma cosa ti prende!" gridò Marta, tirandolo per un braccio.

Antonio si voltò verso di lei. Aveva lo sguardo frastornato. Si fermò. Sospirò, spossato da quella fatica incomprensibile. Guardò gli sportelli aperti, il bagagliaio spalancato come una bocca, il piano scardinato e gettato da una parte e la coperta afflosciata sull'asfalto. Una singola lacrima gli scese sul volto.

"Il videogioco…" mormorò con un filo di voce. "Il videogioco di Davide. Io non ricordo più dove l'ho messo…"

Antonio finse di dormire per tutta la notte. Lui e Marta erano rimasti sdraiati a letto, perfettamente svegli, fino a oltre le due. Ogni tanto parlavano, l'uno per impedire all'altro di affondare da solo nella disperazione. Frasi brevi, a volte prive di un vero significato, dette solo per provare a colmare quel vuoto. Dall'esterno li accompagnava il rumore della pioggia. Marta era stata vinta dal sonno alle 2:30. La sua voce si era fatta sempre più stanca. C'era stata una pausa e quando Antonio aveva ripreso a parlare, Marta non aveva risposto. Antonio aveva acceso la luce e l'aveva vista addormentata, il volto esausto, il corpo gettato nel letto come dopo una corsa.

Per lui, invece, nonostante un forte mal di testa da stanchezza che non si decideva a sfociare in sonno profondo, ci furono altre ore di veglia a fissare l'oscurità. Si alzò verso le cinque. Fuori era ancora buio e si sedette in salotto con l'Ipod acceso. Alle sei, andò in cucina e tirò su l'avvolgibile. Vide la luce fredda dell'alba e rimase a contemplarla in silenzio, stringendosi le braccia al petto.

Trovò un foglio di carta, piegato in due, pronto per essere gettato nel sacchetto del riciclo. Era bianco, lo rigirò tra le mani. Poi si sedette al tavolo e iniziò a scrivere:

Caro Davide,

domani è lunedì e sarebbe ricominciata la scuola. La pioggia di stanotte ha aiutato tua madre a dormire, ma io ho potuto solo camminare per casa. Sono andato in salotto, in silenzio mi sono messo ad ascoltare l'Ipod che tu e tua madre mi avete regalato per il mio compleanno. Guardavo la pioggia che cadeva sulla strada, mentre le mie canzoni preferite mi scorrevano senza emozione nella testa. Poi è iniziata "Giugno '73". Mi sono ricordato che avevo pensato a quella canzone, proprio quella mattina, mentre tu giocavi con la tua amica di Viterbo.

Ricordi che a volte te la cantavo per addormentarti? Assieme a "Wild Horses"... A tua madre veniva da ridere ma io sostenevo che erano queste le basi per farti crescere interessato alla musica.

Mentre l'ascoltavo, come un telo che si solleva, è riapparsa la spiaggia. E' riapparso anche il cappello di tua madre. Per un momento non sentivo nemmeno la pioggia, ma solo il ricordo del caldo sulla mia pelle. Ho chiuso gli occhi e l'immagine è svanita. E' rimasto solo il suono della chitarra, quei rapidi lampi di musica, staccati dallo strumento come si staccano i petali da un fiore. Sfili il suono dalla corda, lasci che le tue orecchie ne sentano il sapore, poi lo lasci disperdere nell'aria come i petali, sfilati dal fiore, osservati con aria incantata e poi lasciati volare nel vento.

Ci vuole così poco a disperdere un'emozione che si tiene fra le mani. Non importa quanta delicatezza si possa adottare. E' inevitabile.

Quando è finita la canzone, ho spento l'Ipod e sono tornato alla finestra. Non pioveva più. I primi bagliori dell'alba a est si preparavano a dare il benvenuto alla giornata. Volevo quasi uscire di casa, camminare lungo il fiume, senza pensare a dove andavano i miei piedi Volevo raggiungere la foce del fiume, il mare, restare lì a pensare tutto il giorno se fosse stato necessario.

Ma tua madre si sarebbe svegliata e non trovandomi si sarebbe preoccupata. E non posso darle altre preoccupazioni. Devo pensare a scegliere un giorno in cui dovrà iniziare il ritorno alla vita normale, ai sorrisi, alla cortesia, alle battute con gli amici, alla spesa al supermercato, al parcheggio dell'auto, alle telefonate di lavoro, agli incontri con gli autori, ai consigli, ai litigi, alle giornate storte, alla partita della domenica, al film alla televisione.

Una parte di me ha già preparato tutto. Una parte di me ha già pronta una vita da vivere come se tu non ci fossi mai stato. Non prenderà mai il sopravvento su quello che sei stato, ma sarà pronta e vigile nei momenti in cui il ricordo si farà più forte, pronta a nasconderlo agli occhi di chi non lo deve vedere. Mentre io sono qui che parlo di niente, essa già prepara i sorrisi di cortesia per i tuoi insegnanti, per i miei clienti che lo verranno a sapere, per gli sguardi commossi e imbarazzati dei genitori dei tuoi compagni di classe.

Un po' la odio, questa parte di me, perché vuole far finta di niente, poi penso che deve svolgere questo ingrato compito e che lo fa anche per me e alla fine tutto questo diventa più accettabile. Ci permette non di volerci bene ma quantomeno di capirci. Inizieremo a camminare così allora, senza guardarsi in volto, ma fianco a fianco sapendo che l'uno esiste accanto all'altro. Ti voglio bene, te ne vorrò sempre.

Antonio rilesse la lettera due volte, corresse un paio di termini che non gli piacevano. La rilesse ancora. Poi, con calma, la strappò. Prima in due, poi quattro, poi pezzi sempre più piccoli finché non fu una manciata di coriandoli bianchi da lasciar cadere con i giornali vecchi.

PROGETTI

La cerimonia si sarebbe tenuta in un parco in zona Villa Ada. Per l'occasione Sabrina aveva scelto un lungo abito scuro e una pochette ricevuta per il suo compleanno, mentre Stefano indossava uno dei sei completi in cui, a rotazione, presenziava agli eventi da cinque anni.

"Eleganza sobria?" scherzò Stefano.

"Sì" disse Sabrina. "Anche se a questi eventi molte donne preferiscono portare il peggio del proprio guardaroba".

Le teorie di Sabrina furono confermate appena varcarono la soglia del parco assieme all'opinionista Emilia Spaldoni e al bouquet di orchidee che indossava come cappello. Stefano trattenne a malapena una risata, Sabrina non trattenne una gomitata nel fianco del suo fidanzato.

"Non metterti subito in mostra" gli disse, prendendogli le mani. "Questa è la mia serata".

Stefano la baciò sulla fronte, abbracciandola. Lo sguardo gli cadde su un manifesto affisso su un cartellone a pochi metri da loro. Si avvicinarono. Era il calendario con la programmazione teatrale della stagione. Dodici titoli. Stefano lesse i nomi. Classici granitici come Pirandello e Ibsen si alternavano con un'opera poco nota di Harold Pinter e alcune novità. Una scritta rossa, "In prima assoluta", campeggiava accanto al titolo di *In Tuo Onore*.

"Non sei spaventata dalle parole *in prima assoluta*?"

"Non finché i pomodori continuano a essere vietati in sala. Ti piace la foto?"

Stefano guardò il manifesto dove, in alto, era stato assemblato un collage con i volti dei protagonisti delle opere. Nonostante fosse in una posizione defilata, l'ultima a destra, quella di Sabrina era un'immagine che si notava. Il fotografo l'aveva ritratta di tre quarti, le braccia incrociate sul petto, chiarissime, in contrasto con un abito scuro molto simile a quello che indossava quella sera. Sembrava molto più vecchia dei suoi ventinove anni. Il fotografo aveva saputo cogliere perfettamente la drammaticità del suo personaggio, la sofferenza del lutto che stava provando e il suo senso di solitudine.

"E' bellissima! Ti prego, dimmi che è sul manifesto principale!" disse Stefano con entusiasmo.

"Sì".

"Cattura l'essenza del tuo personaggio, almeno da come me l'hai descritto…" continuò Stefano. "Poi… è bello come… ha riportato certe tue espressioni. Sei fantastica!"

"Grazie. Anche Christian era molto contento del risultato. Si è complimentato con se stesso!"

"In che senso?" chiese Stefano.

"Beh, l'ha scattata lui".

L'entusiasmo di Stefano si affievolì. "Ah…" disse. "Senti, facciamo un giro nel parco? Prendiamo qualcosa da bere?"

"Volentieri! Cerchiamo un cameriere".

Ne videro uno venire loro incontro attraverso un vialetto delimitato ai lati da basse siepi e candele accese in vasetti di terracotta. Presero due calici e si guardarono negli occhi prima di brindare.

"Un brindisi alla tua brillante carriera, tesoro" disse Stefano, sollevando il calice.

"E' limitante" osservò Sabrina. "Io proporrei un brindisi alla nostra brillante carriera!"

Totalmente inaspettato, un terzo calice sorretto da una mano femminile andò a cozzare delicatamente contro i loro. La mano apparteneva ad un corpo vestito in un tailleur scuro con sotto una maglietta chiara. Quell'abbigliamento essenziale era completato da un caschetto nero, sistemato con un taglio aggressivo per l'occasione. Occhi penetranti e verdi. E un sorriso ironicamente tagliente subito sotto. Miranda Scavo, l'editrice di Stefano.

"Io proporrei un brindisi alla raccolta di racconti che la mia casa editrice si augura di poter pubblicare" disse Miranda.

"Che bell'ingresso a sorpresa, Miranda!" osservò Stefano.

"Grazie. Anni di letture ti lasciano sempre qualche buon insegnamento, ma…" disse, creando una altrettanto studiata pausa ad effetto. "Pur apprezzandoli, i tuoi complimenti non basteranno a limitare il mio biasimo nei tuoi confronti!"

Sabrina abbozzò una risata. Stefano si limitò a sorridere, giocherellando col suo calice in mano.

"Hai un bel colorito per aver passato una settimana malato" osservò Miranda. "Devo sospettare che tu non sia il solo a saper raccontare bene storie in casa tua?"

"Dai, Miranda, ti ho mandato un racconto nuovo dieci giorni fa, mentre tu eri in vacanza!"

"Ed è stato proprio un bellissimo regalo di bentornato, grazie" ribatté lei, con freddezza. "Ma parliamone dopodomani in riunione. Non roviniamoci questa splendida serata, Né noi, né soprattutto la nostra splendida Sabrina!"

"Splendida! Hai usato proprio la parola giusta, cara!"

La voce che aveva pronunciato quelle parole aveva un timbro limpido che ne evidenziava la sincerità. Apparteneva ad un uomo sulla quarantina, decisamente affascinante, che si stava avvicinando con passo tranquillo al trio. I capelli erano nerissimi così come gli occhi e i baffi che teneva sottili come ombre. Il fisico era asciutto e indossava un bel cappotto cammello di gusto classico. Christian De Matteis aveva fatto una notevole entrata in scena e la completò allargando le braccia in un gesto affettuoso, avvolgendole attorno alle spalle di Sabrina e Miranda e portandosi, in mezzo a esse, al centro della conversazione.

"Una talentuosa editrice" disse, guardando verso Miranda. Poi si voltò verso Sabrina. "E una promettentissima attrice. E qui davanti a noi una vera personalità di successo!"

"Puoi chiamarmi scrittore, Christian" disse Stefano.

Christian non si scompose: "Voleva solo essere un omaggio alla tua popolarità, Stefano" disse.

"Perché non lo prendi come uno stimolo a migliorarti?" lo incalzò Miranda.

Christian sollevò la mano che teneva sulla spalla di Miranda e la lasciò ricadere sullo stesso punto con una pacca affettuosa. "Per favore, non diamo il via a inutili polemiche" disse con voce pacata. "E' una splendida serata per tutti. Siamo qui per stare bene insieme e poi, lasciami aggiungere, devo a Stefano la scoperta di Sabrina, no?"

Christian tese il braccio verso Stefano con fare cerimonioso. Stefano si irrigidì. "A me non devi niente. Sabrina ha talento e sa fare tutto da sola" mormorò Stefano.

Sabrina si limitò a un sorriso imbarazzato. Christian rimase interdetto, ma bastò uno dei suoi sorrisi concilianti a sbloccare quello stallo. "Molto bene" disse. "Ma ora andiamo, o presenteranno *In Tuo Onore* senza di noi".

Sul lato destro del parco c'era un enorme gazebo che in quel momento si stava affollando di gente. I primi applausi furono coperti dai fastidiosi sibili di un microfono che veniva acceso.

"Cosa vi avevo detto?" disse Christian e si avviò. La rapidità con cui sfilò il suo braccio dalle spalle di Miranda fu direttamente proporzionale a quella con cui, con l'altro braccio, strinse il polso di Sabrina, trascinandola con sé. Sabrina fece appena a tempo a voltarsi verso Stefano che Christian l'aveva già allontanata di una decina di metri da loro.

Stefano rimase immobile. Ci pensò Miranda con uno spintone a smuoverlo.

Raggiunsero il gazebo e si accomodarono all'ingresso, accanto ad una colonna. Una platea di giacche eleganti, schiene scoperte ancora abbronzate e un cappello con un bouquet di orchidee davano loro le spalle, mentre applaudivano Christian e Sabrina che salivano sul palco.

Stefano vide Sabrina inchinarsi e rivolgere un saluto ai presenti. Dalle loro espressioni non parevano molto impressionati, forse perché si chiedevano cosa potesse legare un noto regista teatrale ad un'attrice giovane, ma finora nota solo per due commedie commerciali. La fiducia che provavano per il talento di Christian era pari alla diffidenza per Sabrina, quindi avrebbero applaudito con calore ma senza eccessivo entusiasmo per non creare troppa aspettativa agli occhi di quella bella ragazza del cinema.

Stefano si appoggiò alla colonna. Sabrina lo notò tra la folla e gli sorrise senza scomporsi. Mio fratello replicò allo stesso modo e mentre Christian presentava il suo lavoro, si diedero fiducia l'uno con l'altra. Erano belli quei momenti, quando in mezzo anche al caos più delirante, riuscivano a trovare uno spazio solo per loro stessi.

Teresa lo vide arrivare in mezzo alla foschia del mattino. Pisa si stava svegliando, infastidita dal rumore dei trolley degli studenti che percorrevano Corso Italia di ritorno da casa. Antonio aveva appena salutato la signora Lotti che stava aprendo la sua erboristeria, per poi regalare a Teresa un grande sorriso. La libraia ne fu sollevata. Le ultime due settimane erano state molto difficili e tra permessi e malattie si era adoperata per concedergli più tempo possibile a casa. Adesso Antonio tornava a lavorare ma Teresa era comunque preoccupata di come sarebbe stato il primo impatto.

"Buongiorno" le disse, avvicinandosi. Indossava un maglione che Teresa riconobbe come nuovo. I suoi capelli, di solito un caos ingestibile, erano in perfetto ordine così come la barba.

Si abbracciarono con affetto. "Buongiorno a te" disse Teresa.

Antonio si sfilò dall'abbraccio e si chinò a sbloccare il lucchetto della saracinesca, sollevandola con un gesto rapido. La strada si riempì del rumore metallico della saracinesca che risaliva lungo le guide. Teresa aprì la porta a vetri della libreria e passò a Antonio un cartellone da mettere all'esterno. Potevano ricominciare.

"Aggiornamenti sulle novità in uscita?" chiese Antonio.

"Poche" rispose Teresa, entrando e sistemando alcuni magneti abbandonati davanti alla cassa. "Solo qualche stringata mail dalle case editrici per gennaio. Tra gli italiani, per ora, annunciano solo il nuovo di Stefano Ponziani".

"Oh, che gioia!" commentò Antonio. "Sono sollevato nel vedere che la letteratura italiana manda in campo uno dei suoi pezzi migliori!"

"Antonio, ci terrei a ricordarti che il pezzo migliore è uno di quelli che permettono alla nostra libreria di sopravvivere. Di *Tutti i battiti del mio cuore* vendiamo ancora cinque copie a settimana!"

"Potremmo vendere cinque copie a settimana di titoli molto più belli. A questo punto, è inutile che io scriva quelle appassionanti recensioni se devono restare su uno scaffale".

"Alla professoressa Marconi piacciono tantissimo! Mi ha chiesto anche quando scrivi le prossime!"

"Teresa, la Marconi ha ottantadue anni e anche se ha una salute di ferro, non sappiamo per quanto ancora sarà qui fra noi. Manca il ricambio generazionale. Qui, come in tutta Italia, del resto!"

"Tornando a Ponziani" disse Teresa, per scongiurare l'inizio di qualche predica "pensa che i soldi che fa consentono alla sua editrice di pubblicare scrittori più di tuo gradimento!"

"E come ti ho detto, preferirei che fossero altri scrittori più di mio gradimento a foraggiare..."

Teresa allungò la mano destra in segno di resa. "D'accordo" disse. "Mi arrendo! Depongo le armi!"

"Sono davvero così estenuante?"

"Come sempre. E sono contenta che sia così".

Il sorriso di Antonio si fece più triste. Si strinse nelle spalle. "Teresa, non ho scelta" disse con calma. "Incupirmi e stare chiuso in casa non mi restituirà mio figlio..."

"Antonio, se senti di avere bisogno di altro tempo..."

Antonio la interruppe bruscamente. "Ho solo bisogno di stare qui" disse. "Di riprendere il mio ritmo, le mie cose. Marta da lunedì farà lo stesso e... Ci aiuterà, anche se non potrà farci stare meglio!"

"Certo..." mormorò Teresa. Si sentì una cretina.

Antonio guardò l'orologio. "Tra dieci minuti arriva il corriere. Vado ad aprire il magazzino" disse e si allontanò.

Era la prima volta che Marta faceva le pulizie di casa senza Antonio. Per quelle due settimane si erano organizzati, facendo tutto assieme. Era un'abitudine nata spontaneamente, di cui avevano preso consapevolezza solo quando si era già assestata nei loro ritmi, ma in cui si erano resi conto di trovare molto conforto e che si erano quindi ben guardati dal violare. Le poche volte in cui si erano separati, a entrambi era sembrato che fosse venuto a mancare qualcosa. Era entrata la paura che l'altro potesse sparire per sempre come era successo a Davide. La sera prima ne avevano parlato. Antonio sarebbe tornato al lavoro il mattino seguente e Marta il lunedì dopo. Qualsiasi abitudine avessero preso, doveva essere ridimensionata o terminata.

Marta lasciò la camera di Davide per ultima. La prima volta che vi avevano rimesso piede era stato drammatico. Avevano aperto la porta ed erano rimasti sulla soglia per qualche istante. Senza guardarsi, si erano presi per mano e Antonio aveva stretto forte. Si erano aggirati per la stanza come visitatori in un museo, guardando i mobili, i libri e i giochi di Davide.

Marta era rimasta ipnotizzata dal letto. L'ultima volta che lo aveva rifatto era stato il giorno in cui erano partiti per il mare, cinque giorni prima che accadesse tutto. Lo aveva guardato, richiamando alla memoria quei gesti, mentre Davide faceva colazione svogliatamente e Antonio saliva e scendeva dalle scale, portando giù i bagagli e dicendogli di sbrigarsi a finire. Adesso non aveva il coraggio di toccarlo. Aveva cristallizzato quel ricordo, dandogli un valore assoluto e ora toccare il letto avrebbe voluto dire aggiornare mentalmente quei ricordi con la notizia che Davide era morto e che in quel letto non avrebbe dormito più. Invece tenendolo lì, senza toccarlo, una piccola porzione di illusione sarebbe sopravvissuta e Davide, in qualche punto remoto della sua mente, sarebbe stato ancora vivo e presente. Ma fu il pensiero di un giorno. Capirono presto che lasciare quella stanza senza toccarla, l'avrebbe resa solo un museo polveroso e allora sì che Davide sarebbe stato veramente morto. Così, due giorni dopo, avevano pulito assieme la scrivania e dato aria al letto. I loro gesti si erano così aggiornati e Davide era fisicamente morto anche in quella stanza. Un cugino aveva proposto di informarsi presso strutture di beneficienza per dare loro i giochi e gli abiti di Davide. Un gesto importante, ma al quale Marta e Antonio ancora non si sentivano pronti.

Marta entrò in camera di Davide col terrore che tutto il lavoro fatto fino ad allora si azzerasse in un secondo. Prima lavò il pavimento, così da poter avere qualche minuto in un'altra stanza. Quando vi tornò, pulì i vetri delle finestre e spolverò le mensole sopra il letto. Aprì gli armadi, ebbe un momento di sbandamento quando vide i vestiti appesi alle grucce. Passò. Pulì il comodino accanto al letto. Da ultima lasciò la scrivania. Aveva appena spruzzato lo spray sul legno e stava alzando il braccio con il panno per pulire, quando l'occhio le cadde sulla foto che Antonio aveva scattato loro a maggio in piscina. Marta, in ginocchio sul bordo della piscina e Davide che emergeva dall'acqua facendo una linguaccia. Marta strinse il panno in mano e lasciò cadere il pugno sulla scrivania con un tonfo sordo. Poi si sedette sul letto e lasciò che le lacrime le sgorgassero dagli occhi.

Quando veniva il momento in cui Miranda stava per esprimere un giudizio sul suo operato narrativo, lo sguardo di ogni suo scrittore percorreva sempre la parete del suo ufficio alle sue spalle, dove campeggiava, al posto d'onore, la foto che la ritraeva con l'attuale Pontefice durante un'udienza. In questo tipo di fotografia, il soggetto assume sempre un atteggiamento deferente e umile nei confronti del Santo Padre. Miranda aveva optato sì, per un inchino rispettoso, ma accompagnato da un sorriso aperto che ad uno sconosciuto poteva sembrare commosso entusiasmo per l'incontro, mentre per chi la conosceva bene era un'orgogliosa rivendicazione per quanto appena accaduto.

"Stefano…" mormorò Miranda, tamburellando le dita sulla scrivania e fissandolo con disprezzo.

Stefano, fino a quel momento appoggiato alla sedia, si protese in avanti. "Non ti piace?" mormorò.

"E' osceno" sentenziò Miranda.

Stefano sospirò, guardandosi intorno in cerca di un'ispirazione per un appiglio difensivo. "Dai, è carino!" disse.

"E' puerile. Non ho la minima intenzione di inserirlo nella raccolta. Buttalo via!" disse e lanciò il mucchietto di fogli davanti agli occhi di Stefano.

"Non capisco perché tutto questo sdegno, Miranda…" disse Stefano, riprendendo i fogli. "Non mi sembra peggio di tutto quello che ho scritto finora!"

"Appunto!" ribadì Miranda, sempre più contrariata. "E' la solita cosa! Perché ho voluto questa raccolta di racconti, Stefano? Perché vorrei farti provare a chiudere una fase della tua carriera. Vorrei che chi comprerà e leggera questa raccolta, sempre che tu la faccia uscire, noti il pezzo inedito e pensi che tu hai scritto qualcosa di nuovo, che resti incuriosito e faccia speculazioni curiose e succulente sull'impostazione che potrai dare ad un futuro romanzo. Anzi, visto che le stai tenendo in mano, fammi e fatti un favore. Strappa quella merda e buttala nel cestino!"

"Miranda, con tutto il rispetto, io…"

"Stefano, o quelle pagine vanno dentro al cestino o vai tu fuori dalla finestra" lo interruppe Miranda.

Stefano sbuffò. Sollevò le pagine davanti agli occhi di Miranda, le strappò con gesto plateale e le gettò senza smettere di guardarla negli occhi. "Contenta ora?" chiese, senza nascondere il proprio disappunto.

Miranda sorrise. Lo stesso sorriso della foto col Papa. "Adesso, sì" disse. "E per ricompensarti della tua autocritica creativa così… spontanea, posso anche concedere una proroga di un paio di settimane per la consegna del nuovo racconto".

"E se non ce la dovessi fare?"

"Stefano, conosci il significato del termine *inadempienza contrattuale*, immagino…"

"Volevo dire, se non riesco a scrivere un racconto che ti piaccia, se non riesco a creare qualcosa che ai tuoi occhi appaia nuovo, diverso, migliore!"

"Non capisco come questo sia un mio problema. Hai del talento, che io ho foraggiato per anni, e che sono convinta ti spingerà naturalmente nella direzione che della storia che il pubblico vuole e che soprattutto io voglio. *Il secondo prezioso* è andato bene, ma meno delle aspettative e molti recensori lo hanno definito *ripetitivo*. E a me dispiace, perché entrambi sappiamo quanto questa sia un termine ingiusto nei tuoi confronti. Io ho molta fiducia in te, Stefano".

Stefano sospirò, calmandosi. "E' un periodo che sono un po'... Non saprei, ho tremila pensieri e non riesco a scegliere bene cosa possa pubblicare e cosa debba invece tenermi per me".

Il tono di voce di Miranda non cambiò nemmeno dopo questo sentito atto di contrizione. "Come ti ho detto, guardati intorno e troverai una soluzione. Anzi, perché non guardi nell'altra metà del letto di camera tua? Lì trovi un ottimo esempio di... sorprendente reinvenzione".

Quella frase e soprattutto l'espressione che la accompagnò, fecero passare un lampo omicida negli occhi di Stefano . Sospirò guardando Miranda con aria di sfida, mentre lei si complimentava silenziosamente per quella frecciata assestata così bene.

"Avrai il tuo racconto".

"Di questo sono più che certa".

Antonio stava dando le spalle all'ingresso, impegnato a inserire i libri nell'ordine alfabetico, quindi fu Teresa a intercettare quella presenza, la sua camminata allegra e il suo braccio che si levava in segno di saluto. Ma non poté avvisarlo in alcun modo, poiché il "Ciao Grande!" del Cliente Molesto riecheggiò nella libreria, facendo voltare tutti. Compreso Antonio, che lo salutò con un pacato e sorridente "Buongiorno".

Non avevano mai saputo il suo nome. Aveva fatto il suo ingresso nella libreria per la prima volta un paio di anni prima con quel suo fare compagnone. Aveva dei capelli neri che sembravano pettinati con i petardi, un completo grigio stropicciato e un sorriso ilare che rendeva tutto migliore. Cercava *dei libri*, voleva *qualcosa di bello da leggere* e domande del genere possono mettere in crisi il libraio più esperto. Antonio non si era fatto spaventare. Lo aveva preso con sé, parlandoci un poco per capire come orientarsi nei suoi gusti e finendo con il consigliargli un paio di volumi per il quale lui non riusciva a smettere di ringraziare. Non lo avevano mai visto prima e non credevano di doverci più avere a che fare. Invece era riapparso un paio di settimane dopo, elogiando i libri che gli avevano consigliato e supplicando Antonio di consigliargliene di nuovi. Da allora, a cadenza bisettimanale, si presentava alla libreria. Scoprirono che non era di Pisa, ma che ci capitava ogni quattordici giorni per non meglio specificati motivi di lavoro. Da allora, per lui Antonio divenne *il mio amico Antonio* e per Antonio, in mancanza di un nome proprio, il Cliente Molesto.

Il Cliente Molesto si avvicinò con un sorriso stampato in fronte. Antonio gli tese cortesemente la mano e lui la strinse con vigore.

"Grande Antonio!" disse con entusiasmo. "Come stai? Quanto tempo, eh? Sono stato via tutta l'estate e ho un sacco di cose da raccontarti!"

"Immagino…" disse Antonio con cortesia. "Io devo mettere a posto i libri. Ti ascolto comunque, okay?"

"Ci mancherebbe, Antonio! E' che mi sono ritrovato con un problema, Antonio, e solo tu mi puoi aiutare!"

Antonio annuì mentre continuava a scorrere l'ordine alfabetico. Vidi il Cliente Molesto trarre un profondo respiro, come se si stesse preparando a rivelare chissà quale segreto.

"Ho conosciuto una, Antonio" disse poi con voce grave. Il nome del libraio, pronunciato ossessivamente come un intercalare, fu emesso con un'importanza ancora più evidente.

"Lo immaginavo" disse.

"Eh, ma è una cosa grossa, stavolta! Antonio!" disse e lo prese per un braccio, lanciandogli uno sguardo drammatico.

Antonio rimase interdetto da quell'urgenza. "Dimmi, ti stavo ascoltando" disse.

"Quanti anni ho, secondo te?"

"Quarantadue, no? Me lo hai detto tu".

"Ma non gli anni che ho veramente!" protestò il Cliente Molesto. "Dicevo, quanti anni mi daresti. Quanti anni sembra che abbia!"

Antonio riuscì ad essere diplomatico con un cortese e generoso trentotto.

Il Cliente Molesto accolse quella risposta con un sorriso e annuì vigorosamente con la testa. "Antonio, io sono veramente turbato" proseguì.

"Per questa ragazza che hai conosciuto?"

"Antonio, ha ventidue anni!"

"Ventidue?" fece Antonio sorpreso. Stavolta fu lui a fissare il Cliente Molesto con occhi stravolti.

"Che ti devo dire! Questa non era nemmeno nata quando sono andato a vedere i Pink Floyd a Venezia! Ma te la farei vedere! E' intelligente, sensibile, allegra. Legge tantissimo, sai?"

Antonio si accorse che un volume era stato inserito al contrario negli scaffali e si sporse per afferrarlo. Lo sfilò. Contemporaneamente il Cliente Molesto lo afferrò per un braccio, sempre con quello sguardo supplice.

"Mi ci vuole qualcosa di bello, Antonio! Qualcosa di bello, di forte. Lei gli garba tanto la Letteratura Classica, la storia romana… Ma penso abbia tutto di Ovidio… coso lì, Orazio…"

Antonio soppesò il libro fra le sue mani. Era una copia di *Tutti i battiti del mio cuore* e stava per rimetterlo a posto con indifferenza, quando lo sguardo gli cadde sulla quarta di copertina, una bella foto in bianco e nero di Stefano Ponziani. Per un attimo, Antonio si sentì disconnesso dalla realtà. Rimase qualche secondo col volume in mano, gli occhi fissi su quella foto. Non seppe neanche lui spiegarsi perché. Poi mormorò qualcosa.

"Che hai detto, Antonio?" chiese il Cliente Molesto che non aveva sentito.

"*Dio di illusioni*" disse Antonio, stavolta a alta voce. Appoggiò il volume di taglio sullo scaffale, poi sfilò *Dio di illusioni*, poco più sotto, porgendolo al Cliente Molesto. "E' un bellissimo romanzo. Penso che le piacerà".

Il Cliente Molesto si rigirò il romanzo tra le mani con aria interrogativa. Lesse la quarta di copertina. Bastarono pochi secondi perché sul suo volto ricomparisse il consueto soave sorriso. "Grande!" disse, sollevando in aria il libro. "Lo vedi che hai una risposta per tutto? Sei un fenomeno!"

Antonio abbozzò un sorriso, poi riprese in mano la copia di *Tutti i battiti del mio cuore* che aveva appoggiato. Il Cliente Molesto si avviò verso la cassa con fare soddisfatto. Teresa gli sorrise, allungando con discrezione un braccio per prendere il libro, quando l'uomo si voltò di nuovo verso Antonio. "Oh, non ti ho neanche chiesto come va a casa? Tutto bene?" chiese.

Antonio si accorse che a Teresa si era gelato il sangue. Fissò alternativamente il sorriso ingenuo del Cliente Molesto e la sua espressione quasi terrificata.

Poi sorrise. Un sorriso franco, pacato. "Tutto bene, grazie!" disse con tranquillità.

Antonio era colpito dalla naturalezza con cui aveva mentito al Cliente Molesto e dalla consapevolezza che non gli era costata alcuno sforzo. Tornò a guardare la foto di Ponziani, stavolta con meno disorientamento, anzi con lo stesso identico sorriso di prima, come a cercare complicità per il superamento di quella prova di forza. Con la coda dell'occhio si accorse che Teresa, una volta congedato il Cliente Molesto, si stava affrettando a uscire da dietro la cassa per varcare la porta della libreria.

"Dove stai andando?" le chiese, rimettendo il libro a posto.

Teresa esitò. "Vado a prendere un caffè" rispose, fermandosi sulla soglia.

"Bene" disse Antonio, guardandola con aria serena. "Temevo che volessi correre dietro al nostro amico per dirgli cosa mi era capitato".

"Non oserei mai".

"Mi fa piacere. Vedi, il fatto che lui venga a trovarci a cadenza bisettimanale non lo rende uno dei miei migliori amici. Anzi, se qualcuno dei nostri clienti ancora ignora la cosa, preferirei che continuasse così. Non voglio passare le giornate a ricevere condoglianze e a spiegare com'è andata. Il mio dolore è privato e desidero che lo resti".

"Discorso perfettamente condivisibile" disse Teresa, iniziando a ritornare lentamente sui suoi passi.

"Per me, macchiato" disse Antonio, riprendendo il lavoro.

"Come, prego?"

Antonio la guardò con un'espressione ironica. "Il caffè" precisò. "Per me macchiato. Con due bustine di zucchero. Ti rendo i soldi a fine serata o te ne offro uno domani".

Teresa restò, inebetita e sconfitta, sulla soglia della libreria, mentre una signora la scansava per entrare. Antonio scosse la testa, ridacchiando. La libraia uscì.

Antonio rimase leggermente smarrito, quando aprì la porta e trovò la casa immersa nel silenzio e nella penombra.

"Marta?" chiamò. Nessuna risposta.

Si diresse verso il salotto e aprì la porta a vetri. Marta era seduta nella poltrona, che aveva orientato verso la finestra. Aveva lo sguardo calmo, rivolto all'esterno, verso i tetti dei palazzi accanto.

"Marta!" disse Antonio, correndo a inginocchiarsi accanto a lei.

Marta si voltò verso di lui. Lo guardò con aria trasognata. "Scusami" disse serena, con un filo di voce. "Mi ero… addormentata…"

Antonio le strinse le mani. Erano fredde. Sentì la presa di Marta tremare all'inizio, per poi farsi forte.

"Marta, tesoro…" le disse.

"Com'è andata a lavoro?" chiese Marta.

"Le solite cose" disse Antonio, abbozzando un sorriso. "I soliti libri da sistemare, poi è passato quel matto che viene sempre… Niente di particolare".

Marta sorrise.

"Marta, se non… Se preferisci, posso chiedere a Teresa ancora qualche altro giorno. Non è un problema".

Marta scosse la testa. "No, Antonio" disse. "Io ho sistemato casa, poi sono andata giù al supermercato. Sto bene. Ora, sta iniziando a fare buio e fuori c'è un gran silenzio. Ne volevo un po' per me. Tutto qui".

Antonio annuì stringendole forte la mano. "Vado a preparare cena" disse, alzandosi in piedi.

"Vengo con te".

"Se vuoi restare…"

"No" disse Marta. "Va tutto bene".

Fu Sabrina ad aprire la porta di casa. Indossava una maglietta scura tempestata di chiazze di farina. Fred alzò lo sguardo. La ragazza aveva la farina anche nei capelli e l'inequivocabile segno di una mano, altrettanto bianca, lungo la guancia destra. Rideva.

"Non voglio sapere cosa steste combinando prima che io suonassi al citofono" disse Fred.

"Hai portato il vino, piuttosto?"

Fred sollevò un sacchetto. "Rosso come tradizione vuole" disse.

Sabrina fece un cenno con la testa, invitandolo a entrare. Fred percorse il corridoio, guardandosi intorno divertito alla ricerca di altre tracce di eventuali lotte con la farina. Quando si affacciò in cucina, Stefano stava controllando la pizza nel forno, massaggiandosi il mento. Fred notò i capelli lungo il collo, completamente bianchi.

"La stai facendo cuocere con lo sguardo?" chiese.

"Credo stia cercando ispirazione per un nuovo racconto!" scherzò Sabrina, prendendolo per il braccio.

"*I tormenti sentimentali di,* fra parentesi *una, Margherita*! Interessante!"

"Simpatici voi due!" disse Stefano, alzandosi in piedi. "Devo smetterla di avervi a cena nello stesso momento".

"Infatti è stata lei a invitarmi!" disse Fred, indicando Sabrina. "Battute a parte, che ti ha detto Miranda?"

"Sei proprio sicuro di volerlo sapere?" chiese Stefano.

"Sì".

"Bene. La pizza è pronta. Mettiti a sedere".

Fred obbedì. Stefano iniziò a raccontare di come Miranda aveva distrutto il suo racconto. Mentre lo diceva, tagliava la pizza con una forza che faceva sospettare una proiezione del corpo di Miranda in quell'operazione. Sabrina lo ascoltava in silenzio, lanciandogli ogni tanto un sorriso affettuoso e quando Stefano ebbe finito, pensò lei a distribuirla a tutti e tre.

"Devi solo stare tranquillo e lasciare che le tue idee si assestino" disse poi, mettendosi la pizza nel piatto.

"Lo sai com'è fatta Miranda" osservò Fred. "Ha bisogno di prenderti in giro, di stuzzicarti. Lei dovrebbe essere meno aggressiva, ma te di sicuro dovresti essere meno permaloso. Poi, sinceramente, era ora che ti motivasse a scrivere qualcosa di meglio, no?"

Stefano tagliò un pezzo della sua pizza e lo mangiò. "Che ti pare?" chiese.

Fred indicò la sua fetta ancora intera. "Devo ancora iniziare a mangiare. Piuttosto, rispondi alla mia domanda" disse.

Stefano sospirò. Si tagliò con decisione un altro pezzo di pizza. "Fred, a comando non scrive bene nessuno!" disse.

"Ma lei non ti ha detto di parlare di un argomento specifico!" ribattei. "Semplicemente, vuole che tu cambi qualcosa nel tuo stile. Che è quello che ti dico da anni. Precisamente, da prima che Miranda facesse diventare il tuo stile, quel tipo di stile".

"Dovrei recuperare qualcosa di vecchio?"

"Te lo sconsiglio, li ha letti tutti. E poi li hai scritti a vent'anni, la differenza sarebbe evidente".

"Domani il signorino viene a vedere le prove" intervenne Sabrina, accarezzandogli la mano. "Magari trova qualche spunto".

"Certo. Così Christian mi fa causa per plagio…" borbottò Stefano.

"Beh, odiare ti odia di già" osservò Fred. "Un motivo in più, un motivo in meno!"

"Ma non lo odia! E' lui che è fissato…"

"Certo…"

"Ascolta, Ste" disse Fred, protendendosi sul tavolo. "Là fuori c'è la tua faccia che ce la mena con un sorriso marpione sul tuo titolo di Re dell'Amore. Io e la tua dolce compagna non pretendiamo quella stessa faccia, ma quantomeno un po' di allegria..."

"Oh, se non posso essere sincero nemmeno con voi!"

Quello sfogo infantile portò Fred a capire che le cose non andavano molto bene, visto che Stefano aveva sempre la risposta pronta, magari condita con cinismo e autocompiacimento per il suo status di scrittore di successo. Fu Sabrina a prendere in mano la conversazione. Parlò senza troppa enfasi e con molta professionalità delle prove, di un paio di film che volevano andare a vedere al cinema e chiese a Fred come andassero le cose alla ditta, ricevendo come risposta il classico "Tutto bene" che di solito sottintendeva "Una merda". Stefano parlò pochissimo per tutto il resto della serata e mai su iniziativa personale. Rimuginava costantemente su ciò che doveva scrivere e gli si poteva leggere negli occhi che vagavano sul tavolo, salvo alzarsi ogni tanto verso Fred o Sabrina, sorridere e annuire e poi ripiombare nella loro ricerca. Non fu possibile sapere se avesse trovato qualcosa di interessante tra un paio di macchie di vino e di pomodoro e qualche crosta di pizza. Se accadde, non ne fece parola con loro.

Sabrina fu svegliata da un ticchettio esitante ma continuo. Aprì gli occhi, ancora un po' confusa e si accorse della luce in camera, proveniente dalla stanza comunicante che Stefano usava come studio. La porta era socchiusa. Poteva vedere Stefano di schiena, in canottiera e pantaloncini, intento a scrivere. Gettò un'occhiata all'orologio e vide che erano le due passate. Sfidò se stessa ad abbandonare il caldo del letto e fece uscire una gamba da sotto le coperte. Appoggiò il piede in terra in tempo per accorgersi che aveva toccato qualcosa di strano, ruvido, ma che scivolava sotto la spinta del suo piede. Alzò la testa e vide che era un foglio di carta spiegazzato con sopra alcune frasi battute al computer.

Si alzò a sedere e lo sollevò da terra. Conteneva le prime frasi di un racconto. Niente di particolare, giusto un abbozzo. Ma evidentemente non era stato gradito da Stefano che lo aveva appallottolato e gettato lì. Sorrise al pensiero di lei che dormiva mentre Stefano si aggirava per la stanza, leggendo e riflettendo.

Uscì dal letto e si avvicinò alla porta scorrevole. Nello studiolo la confusione regnava sovrana tra pile di cd, libri e fogli stampati senza un criterio definito. Stefano leggeva e contemporaneamente batteva a macchina. I suoi sospiri lasciavano capire che era ancora ben lontano dall'essere soddisfatto.

Sabrina entrò nella stanza e appoggiò le mani sulle spalle di Stefano. Non essendosi accorto di lei, Stefano sobbalzò sulla sedia, poi le prese una mano e la lasciò scivolare sul petto. Sabrina si adagiò su di lui, appoggiando la testa sulla sua spalla e lesse ciò di cui Stefano non era contento al pc.

"Stefano, se ti imponi di scrivere, non otterrai mai niente" disse.

"Sono qui da due ore e non ho avuto nemmeno un'idea valida!"

"In questo modo non puoi farcela! Devi tornare ad avere la mente fredda e rilassata. Solo così potrai sperare di costruire qualcosa di nuovo".

"Beh, ci pensa Miranda a impedirmi di avere la mente rilassata. E poi..."

"E poi?"

"Non lo so..." mormorò Stefano. "Non mi piaccio. Sono inerte, non sento di avere stimoli. Da un paio di mesi mi sento come se fossi un vetro. Non interagisco. Osservo e basta. E osservo male, altrimenti qualcosa dovrebbe restarmi addosso! Dovrei sentire uno stimolo o un'idea!"

"Smettila di colpevolizzarti così".

"Ho praticamente visto morire un bambino questa estate e cosa ho fatto? Niente! Sono rimasto lì, come tutti, senza chiedermi se potevano avere bisogno di aiuto, se potevo fare qualcosa... Ci siamo limitati ad andare via. Tutto qui".

"Beh, c'è chi, una volta ripartita l'ambulanza, si è ributtata in acqua come niente fosse. E' peggio, non credi?"

"Sì, ma..." disse Stefano, cercando di esternare quel che provava. Ma rimase con la frase a metà e, preso dal nervosismo, diede un leggero pugno sul tavolo. "Lasciamo stare..."

Sabrina lo baciò sulla guancia, mentre lui non distoglieva lo sguardo dal pc. "Ti aspetto domani alle tre" disse. "Verrai, vero?"

"Pensi che non lo farei?"

"Voglio solo che tu sia fiero di me".

"Come se servisse l'opera teatrale di un pallone gonfiato perché io lo sia..."

"Non essere così cattivo con Christian!"

Stefano si voltò verso di lei, visibilmente contrariato. "Devo ricordarti come mi ha definito sui giornali?" disse. *"Stefano Ponziani, l'amichetto del cuore delle donne tristi!"*

Sabrina rise. "E ti sembra un'offesa?" disse. "Ogni donna, quando è triste, vorrebbe avere un amico con cui parlare".

Stefano scosse la testa, poi Sabrina lo avvolse nel suo abbraccio. Gli baciò la fronte. "Spegni il computer e vieni a letto" disse.

Stefano avviò la procedura di chiusura. "Okay" disse con un sorriso.

"Ma non aspettarti altro che dormire. E' tardissimo e domani devo alzarmi molto presto".

"Okay".

Aveva deciso di approfittare di quel pomeriggio di sole per uscire. Gli ci era voluta tutta la mattina per convincere Marta, ma alla fine ce l'aveva fatta, scegliendo un posto tranquillo, in mezzo alla natura. Marta non aveva voglia di strade affollate, di vetrine da guardare e soprattutto di ulteriori condoglianze. Antonio individuò nel Monte Serra il posto più adatto dove poter andare. Avevano raggiunto un punto in cui si costituiva una piccola valle con un bar collocato in uno chalet di legno. Dopo aver lasciato la macchina, erano andati a fare un passeggiata. Avevano camminato a lungo in silenzio, senza incontrare nessuno. Ogni tanto si erano presi per mano.

Avevano fatto ritorno al parcheggio verso le cinque e mezza e Antonio aveva proposto di fare uno spuntino al bar. Marta aveva accettato, scegliendo un panino con prosciutto crudo e fontina. Ed era stato lì al tavolo, mentre Antonio parlava, che Marta aveva riso.

Era stata una risata contenuta, anzi, si portò quasi subito le mani alle labbra per fermarla, ma per la prima volta dalla morte di Davide qualcosa la faceva ridere. Antonio se ne accorse e fece una pausa, cercando di sorridere a sua volta. Le stava raccontando di una cliente che avevano avuto il sabato pomeriggio, una donna fastidiosissima e isterica che Teresa era riuscita a neutralizzare non senza fatica.

"Ma avresti dovuto vederla, Marta" riprese Antonio. "Più Teresa le rispondeva con calma, più lei perdeva i nervi. Non voglio sapere dove possa essere andata, quando ha lasciato la libreria!"

"Ah, io temo di saperlo" disse Marta. "Di sicuro in qualche negozio di abbigliamento a terrorizzare qualche commessa precaria!"

"Può darsi…" mormorò Antonio. Fece una breve pausa, poi riprese a parlare. "Non mi spiego proprio perché delle persone escano di casa col preciso intento di far impazzire un commesso!"

"Semplicemente sanno che siete lì e non avete molte armi con cui difendervi" osservò Marta. "Ma, credimi. In maniera diversa ho anche io problemi di questo tipo".

Antonio passò le mani sul tavolo di legno a cui erano seduti. Marta allungò le proprie verso le sue. Si sfiorarono. In quel momento, il suo cellulare lanciò un bip. Sul volto di entrambi balenò il dispiacere per quel momento interrotto, poi Marta controllò il cellulare. Antonio la guardò leggere il messaggio in silenzio, con un'espressione leggermente infastidita. Marta digitò qualcosa, poi rimise sbrigativamente il cellulare in borsa.

"Era Diana" disse, tornando ad appoggiare le braccia sul tavolo. "Con un messaggio di incoraggiamento per domani".

Antonio si fece serio. "Capisco" disse. "Te la senti di tornare a lavoro?"

Marta si strinse nelle spalle. "E' la cosa migliore" disse.

Antonio annuì Poi si alzò in piedi. "Vado a pagare i panini" disse. "Vuoi nient'altro?"

"No, ti aspetto qui…"

"Bene! Senti, se dopo ti va, allora, potremmo fermarci a Calci alla gelateria…"

"Certo!"

"Perfetto!" disse Antonio, avviandosi verso la porta del bar. "Torno subito!"

Marta lo salutò con un cenno, poi tornò a fissare il tavolo. Con un dito giocò con le linee del legno, seguendo un percorso immaginario. Alzò lo sguardo verso il cielo. Il caldo di metà settembre era stemperato da un vento gradevole che soffiava lungo la piana. Si sentì in pace. Non avrebbe voluto andarsene. Antonio aveva fatto bene a insistere, ad allontanarla da casa.

Poi sentì una risata. Cristallina, giovanissima. Al tavolo davanti c'era un gruppo di motociclisti che rideva di gusto, a destra una coppietta di adolescenti che si baciava. Marta si voltò. Alle sue spalle, un tavolo quasi vuoto, non fosse stato per una bambina bionda sui nove anni che si era messa a sedere sulla panca e faceva cenno a qualcuno di avvicinarsi. Marta seguì la direzione del suo gesto e nel suo campo visivo entrarono un uomo sulla quarantina che portava, a cavalcioni sul collo, un bambino di tre anni, sua moglie all'incirca coetanea che teneva per mano un altro bambino sui sette anni. Sorridevano, guardando la bambina, mentre il maschio più grande cercava di liberarsi dalla stretta materna per correre verso di lei.

La madre lo lasciò andare e il bambino corse verso la sorella. Con un grido scherzoso, si lanciò verso la panca, abbracciando la bambina e rimanendo per un istante in bilico, protesi entrambi verso il terreno.

"Attenti!" mormorò Marta, d'istinto.

Rimase in silenzio a osservare i due bambini che si rimettevano tranquillamente in equilibrio e ridevano di gusto mentre il resto della famiglia li raggiungeva. Il padre li rimproverò bonariamente, scompigliando la testa del maschio.

Poi si misero a sedere, il bambino più piccolo seduto sul tavolo che rideva, camminando gattoni sul piano di legno.

Marta si sorprese ipnotizzata da quella scena, incapace di distogliere lo sguardo dal tavolo. Si voltò soltanto quando sentì la mano di Antonio appoggiarsi sulla sua spalla.

"Marta?" disse Antonio.

Marta si voltò verso Antonio e lo guardò con aria stranita. Antonio si concentrò sui suoi occhi, che tremavano, il respiro lievemente accelerato. Le strinse una mano prima che la smorfia che stava prendendo forma sul suo volto degenerasse in pianto.

"Andiamo, vieni" disse con voce ferma. "Poi troviamo traffico".

Marta lanciò un'ultima occhiata a quella famiglia ignara, poi si alzò. Antonio sfilò la sua mano e camminarono l'uno accanto all'altra, senza guardarsi. Nel volto di Antonio c'era solo la voglia di raggiungere l'auto, infilare la chiave nell'accensione e andarsene immediatamente da lì. Gli era passata pure la voglia del gelato. Marta rallentò il passo.

"Antonio!" disse con la voce strozzata dal dolore.

Antonio si voltò verso di lei. La guardò quasi con durezza. Allargò le braccia in un gesto di resa, le lasciò sospese e tremanti nell'aria, mentre sul suo volto compariva un'identica smorfia di rabbia e di dolore. Poi buttò giù le braccia. Lasciò che Marta lo raggiungesse e si dìressero all'auto, camminando a fianco come due estranei.

Fu il viavai di madri e figli a farla restare in auto. Non si ricordava che fossero così tante, non ci aveva mai fatto caso fino ad allora. Madri che portavano la borsa ai figli. Madri che li rimproveravano per un brutto voto preso a scuola mentre i figli acceleravano il passo verso l'ingresso del centro. Madri che chiacchieravano tra di loro mentre i figli si rincorrevano intorno. C'erano madri che li lasciavano all'ingresso del centro e li baciavano in fronte e madri che accostavano un attimo per farli scendere e ripartire subito senza nemmeno un cenno.

Marta temporeggiò ancora qualche istante, poi prese la borsa e uscì dall'auto. Attraversò con passo affrettato il gruppetto di madri con figli che si era formato all'ingresso, ma solo perché dal cielo nuvoloso cominciava a cadere qualche goccia di pioggia. Percorse il vialetto ed entrò nel centro sportivo, salutando con un rapido "Buongiorno" il custode all'ingresso. Con la coda dell'occhio si accorse che lui si era alzato, probabilmente per dirle qualcosa, ma fece finta di niente e continuò a camminare guardando avanti.

Entrò nello spogliatoio. Era vuoto e questo la sollevò. Si mise a sedere su una delle panche di legno, appoggiando la borsa accanto a sé e si ravviò i capelli. Poi iniziò a cambiarsi. Si vestì velocemente, senza pensare a nulla, salvo piegare con cura i propri vestiti. Lasciò lo spogliatoio dalla porta che dava sulla zona interna, appena in tempo per sentire le voci di qualcuno che si avvicinava.

Percorse il corridoio su cui affacciavano le zone doccia, fissando la porta che conduceva alle vasche. Nel momento in cui toccò la maniglia della porta a vetri si sentì sollevata di non aver ancora incontrato nessuno da dover salutare. Aprì.

Le vasche erano tre. Una proprio davanti a lei, quella con lo scivolo, da cui in quel momento si stavano buttando allegramente i ragazzini di fine corso. Le altre due erano perpendicolari alla prima: quella di sinistra era in piena turbolenza per le bracciate possenti e regolari del corso adulti; quella di destra era calma, salvo per il bordo esterno su cui erano assiepati i bambini in attesa di iniziare.

Marta si stese la maglietta con su scritto *ISTRUTTRICE* sul corpo e si avvicinò alla vasca, cercando di sorridere.

Il luogo che Christian aveva scelto per le prove di *In Tuo Onore* assomigliava all'esterno di un'autofficina e dalla porta di ingresso Stefano si sarebbe aspettato di veder uscire un meccanico che si puliva le mani in uno straccio, piuttosto che Christian De Matteis nel suo cappotto marrone. Vide l'auto di Sabrina parcheggiata lungo il marciapiede e si convinse che era nel posto giusto. Accelerò il passo, iniziando a sentire le prime gocce di pioggia.

L'edificio era un parallelepipedo dipinto di un bianco smorto e in alcuni punti la facciata presentava ampie macchie di umidità. La porta d'ingresso era nera con i vetri antisfondamento che parevano non aver mantenuto fede al proprio nome, visto che erano entrambi pesantemente incrinati sui lati. Stefano non vide campanelli e provò a bussare piano. Non vi fu risposta. Cercò di guardare attraverso i vetri, ma non riuscì a vedere niente. Bussò più forte.

"Arrivo, arrivo" si udì dall'interno.

La porta si aprì. Dall'interno si affacciò un uomo basso, sulla sessantina. Indossava una giacca grigia e lisa, ma il suo portamento era talmente autorevole che pareva indossasse un abito da serata di gala.

"Desidera?" chiese con voce chiara e accento lievemente romanesco.

Stefano fu quasi preso alla sprovvista da quel tono così professionale. "Io…" mormorò "Sono qui per le prove…"

"Il dottor de Matteis non vuole giornalisti alle prove" disse il custode con compostezza.

"Guardi, io non sono un giornalista, ma…" disse, mentre la pioggia iniziava a farsi più forte.

"Se è un attore, le conviene tornare alla sua auto ed andarsene. Il dottor de Matteis non tollera i ritardi".

"Mi lasci spiegare! Io non sono neanche un attore…"

"E allora chi è?"

"Sono Stefano Ponziani" disse Stefano con un sorriso.

La risposta del portiere lo fece morire, quel sorriso: "Eh, siamo al punto di prima, signor mio…" disse.

"Sono il compagno di Sabrina Livi…"

Il volto del portiere si illuminò. La sua compostezza lasciò il posto ad un'espressione di pura meraviglia. Gli occhi si allargarono e la bocca si distese in un sorriso. Allargò addirittura le braccia.

"Ah, ma lei è il fidanzato della signorina Sabrina!" disse con entusiasmo. "E lo poteva dire subito, caro ragazzo! Che angelo, la signorina, che donna! Lei è l'uomo più fortunato del mondo".

In quella, un tuono.

"La ringrazio molto" disse Stefano con la schiena ormai fradicia. "Adesso posso entrare?"

"Prego, si accomodi!" disse il portiere, aprendo con un gesto cerimonioso. "Guardi come ha iniziato a piovere forte".

"Eh, già" commentò Stefano, toccandosi la schiena fradicia.

Il portiere indicò una porta, nella penombra alla loro sinistra. "Le prove sono in quella stanza" disse. "Faccia piano che la signorina sta recitando proprio in questo momento!"

"Grazie" disse Stefano e si avviò verso la porta. Già da fuori, in sottofondo, si poteva udire la voce di Sabrina.

"Claudia, devi battere più veloce!"

Marta li osservò con attenzione, mentre nuotavano lungo la vasca. Alcuni approfittavano già della propria velocità per far passare in secondo piano la poca coordinazione. Altri, più precisi, erano ancora abbastanza lenti nei movimenti. Marta si soffermò sugli ultimi due che annaspavano, ma continuavano a avanzare in maniera coraggiosamente tenera.

"Samuele, trattieni di più il fiato!" disse all'ultimo bambino, una testina bionda che aveva adottato un curioso mix di rana e cane nel nuotare.

Quando ebbero raggiunto la fine della vasca, Marta li radunò sul bordo, inginocchiandosi davanti a loro.

"Ragazzi miei, c'è tanto lavoro da fare, lo sapete?"

I bambini non risposero, limitandosi a ridacchiare o a immergersi sott'acqua.

"Ecco, è proprio quello che volevo dirvi" disse Marta, indicando i due che si erano sommersi. "Dovete imparare a trattenere maggiormente il fiato quando siete sotto. Fate dei bei respiri profondi!"

"Io non so trattenere l'aria" disse Samuele.

"Infatti sei qui per imparare" disse Marta, alzandosi in piedi. "Forza! Mettetevi lungo la vasca! Distendetevi, testa sotto e fatemi vedere tante bollicine!"

I bambini si disposero sul bordo. Fecero un bel respiro, abbastanza sincronizzati, e misero la testa sotto. Qualcuno iniziò a battere le gambe.

"Non battete le gambe!" disse Marta. "Fermi. State fermi e buttate fuori l'aria!"

Aveva avvertito qualcosa mentre si allineavano e mettevano la testa sott'acqua, ma era troppo impegnata a dare istruzioni per potercisi concentrare con attenzione. Adesso però doveva solamente guardare i bambini che eseguivano l'esercizio. E guardandoli in silenzio, qualcosa dentro Marta colse l'occasione di modellarsi in maniera più concreta. La avvolse, rapido e silenzioso, concentrandosi sui suoi occhi e sul suo battito cardiaco. Azzerò la sua capacità di ragionare, concedendole soltanto la possibilità di guardare. Ma quelle immagini che venivano spedite al cervello non trovarono qualcosa che potesse analizzarle e dar loro un senso. Si trovarono a sbattere contro un muro appositamente costruito, riecheggiando in testa e arrivando anche a toccare il cuore che aveva iniziato a battere più forte. Quelle immagini erano bambini nell'acqua, bambini che tenevano la testa sotto, buttando tutta l'acqua fuori senza inspirare. Senza portare aria dentro. Con la bocca aperta.

Come Davide. Quando si era ribaltato il materassino ed era andato sotto, Davide aveva aperto la bocca, spaventato e sorpreso. Era rimasto sotto, impaurito, con l'acqua che gli entrava in bocca tossendo e agitandosi in maniera convulsa.

"Basta ora…" mormorò Marta. Si accorse di averlo appena sussurrato, ma non riusciva a dare maggiore forza alla propria voce. I polmoni erano come bloccati, respirava a fatica.

"Basta" si sforzò di dire ancora, ma i bambini non l'ascoltavano.

Il suo sguardo incrociò quello di Diana che le si avvicinò.

"Tutto bene?" chiese Diana.

"Diana, dì loro di smettere" disse Marta, la voce spezzata, gli occhi fissi sui bambini.

Diana si voltò verso la vasca e batté forte le mani. "Basta ora, bambini!" gridò. La sua voce sottile sapeva farsi incredibilmente penetrante quando alzava la voce.

I bambini tirarono fuori la testa, qualcuno tossicchiando ma molti ridendo. Marta sentì quella cosa dentro di sé sciogliersi e scivolare via. Il battito cardiaco si fece regolare e la testa meno pesante. Avvertì un forte senso di spossatezza.

Diana si voltò per un secondo a guardarla, poi tornò a parlare ai bambini. "Due vasche sul dorso ora, su!" ordinò.

I bambini iniziarono a nuotare, allontanandosi lungo la vasca. Diana si avvicinò a Marta. "Tutto bene?" le chiese, preoccupata.

"Sì" disse Marta, appoggiandosi alla sedia di plastica lì vicino. "Grazie davvero".

Stefano aprì con cautela le porte della sala come gli aveva detto il custode. La voce di Sabrina si fece più forte. Da quel che poteva sentire, si stava confrontando in scena con qualcuno. La voce che ribatteva debolmente alle proteste del suo personaggio aveva l'inconfondibile timbro roco di Ruggero Orsoni, il cui personaggio pareva non riuscire a venire a patti con quello di Sabrina.

Scivolò nella stanza. Il palco era illuminato dai riflettori che mostravano in scena Sabrina, Orsoni e altri due figuranti. Sabrina era in piedi accanto ad un tavolo di legno e guardava con disprezzo il coprotagonista che, dall'altro del palco, aveva assunto una posa ieratica.

La platea era immersa nel buio. Qualche faccia emergeva, illuminata di riflesso dalle luci sul palco. Stefano si fermò sull'ingresso da dove vide Christian, in mezzo alla stanza, totalmente concentrato sulla rappresentazione. Si teneva una mano sul mento, mormorando le parole che i suoi attori stavano recitando. Si voltò per un istante e incrociò il suo sguardo. Abbozzò un sorriso e gli fece cenno di avvicinarsi. Stefano, camminando pianissimo col terrore di disturbare, raggiunse il regista. Sul palco, Orsoni stava controbattendo al lungo monologo di Sabrina.

"Sei arrivato giusto in tempo" mormorò Christian.

"Ciao" mormorò Stefano, sorridendo, e si mise fianco a lui in silenzio a osservare la scena.

"Cerca di capire. Era suo fratello!" disse Orsoni, lasciando vibrare la voce.

"Ed era molto fraterno, vero, quando lo umiliava alle riunioni di famiglia?" fu la risposta secca e rabbiosa di Sabrina.

Christian emise un sospiro soddisfatto. Stefano lo guardò di sottecchi, osservandone il compiacimento ammirato con cui stava assistendo alla scena.

"Che te ne pare?" mormorò Christian, senza guardarlo.

"Oh, io...Beh, è tutto molto bello per ora".

"Sii sincero, per favore. Odio i leccaculo, anche quelli in buona fede".

Stefano lo guardò, stupito. Istintivamente pensò di allontanarsi, ma rimase, trattenuto dal sorriso complice che Christian gli rivolse.

"Dai, ragazzo mio" disse ancora il regista. "Sono prove. Servono apposta per limare le imperfezioni".

"Orsoni" disse Stefano. "Lo trovo troppo teatrale..."

"Voglio che chi ha deriso il suo lavoro non possa trarne vantaggi ora che lui non c'è più" gridò Sabrina sul palco.

"Vedi?" osservò Stefano, prendendo coraggio. "Sabrina è molto spontanea, ma lui... si vede chiaramente che è su un palco!"

Christian riportò la mano sul mento e sorrise della critica di Stefano. "E' esattamente quello che pensavo anche io" mormorò. "Ma non sapevo con chi poter avere un riscontro. Qui tutti sono molto... timidi, diciamo. Apprezzo davvero la tua sincerità".

"Attenta. Modera le tue parole!" disse Orsoni, puntando un indice contro Sabrina.

"Guardalo. Sembra un profeta della Bibbia!" disse Stefano.

"Non mettermi paura. Non ci riuscirai" fu la replica di Sabrina.

"Guarda che presenza. La voce. Il modo in cui sta sul palco" osservò Christian con ammirazione. "Perfetta! Non si direbbe che finora abbia fatto solo commedie. Oh, ti prego, non prenderla come un'offesa".

Stefano tenne per sé i suoi pensieri, scegliendo di rimanere concentrato sulla scena. Sabrina si allontanò dal tavolo, portandosi al centro sotto i riflettori. Stefano colse un moto di stupore negli occhi di Christian, come se stesse accadendo qualcosa di imprevisto. Sabrina si portò le mani al volto, le appoggiò sulle guance e le lasciò ricadere lungo il corpo.

"Chiama Stasi. Voglio parlare con lui" disse a Orsoni, senza guardarlo.

Christian sorrise, meravigliato. "Ammirevole!" mormorò. "Tutta la rabbia e l'orgoglio che ha espresso finora, annullati in una frase! Quante attrici conosci, Stefano, che sappiano asciugare così rapidamente un'emozione?"

"Sabrina si sta impegnando molto, Christian..." commentò Stefano.

"Sabrina sta facendo un lavoro superlativo" disse Christian, poi alzò la mano destra e le luci si accesero anche in platea. Stefano, sorpreso, si schermò la faccia con il braccio. Sabrina sul palco chiuse gli occhi e rilassò il volto in un'espressione sorridente.

"Brava!" gridò Christian, applaudendo. "Brava! Bravissima!"

Sabrina riaprì gli occhi. Era entusiasta per quelle approvazioni ma lo lasciava trasparire solo leggermente. Quando vide Stefano che applaudiva accanto a Christian, scese giù dal palco e lo abbracciò.

"Ti è piaciuto?" chiese a Stefano, baciandolo sulla guancia.

"Sei stata fantastica!" disse Stefano, entusiasta. "Ne parlavo con..."

Sabrina si voltò verso il suo regista, interrompendolo bruscamente. "Che te ne è parso, Christian?" chiese con ansia. "Andava bene? C'era troppa enfasi?"

"Sei stata perfetta!" disse Christian, poi si voltò verso il palco con aria seria. "Ruggero. A proposito di enfasi... Te lo taglio quel dito indice, se lo rivedo ancora una volta puntato contro qualcuno! Sembri un profeta biblico!"

Orsoni bofonchiò qualcosa, contrariato. Stefano si chiese se si potesse denunciare qualcuno per plagio di una critica.

"Un po' più di naturalezza, suvvia!" insistette Christian. "Si vede che sei in scena. Si vede troppo!"

"Cercherò di farci attenzione, Christian" mormorò Orsoni.

Christian si congedò con un inchino da Ruggero e tornò a voltarsi verso Stefano e Sabrina.

"Scusami, Christian…" disse lei, facendosi stranamente dispiaciuta. "Avevi scritto che dovevo appoggiarmi al tavolo alla fine, ma… Ho pensato che restare in piedi desse un maggiore effetto drammatico. Credo che evidenzi meglio la solitudine del personaggio e…"

"Sabrina, sei stata fantastica!" la interruppe Christian, prendendole delicatamente le mani. "Sì, la tua decisione mi ha sorpreso, ma riguardandola a posteriori è perfetta! Hai migliorato il testo! Per un autore non c'è maggior soddisfazione! Non sei d'accordo, Stefano?"

"Sei stata eccellente!" commentò Stefano.

Christian si schiarì la voce. "Immagino che Stefano vorrà esprimere personalmente i suoi commenti" disse, appoggiando una mano sulla spalla di Sabrina. "Vi lascio soli".

Christian si allontanò, dirigendosi verso il tecnico delle luci. Stefano e Sabrina rimasero soli a guardarsi negli occhi. Lui era sul punto di dire qualcosa, ma Sabrina lo strinse improvvisamente forte e scoppiò in lacrime fra le sue braccia.

"Ehi, ehi!" disse Stefano, sorpreso, stringendola. "Ma costa ti prende?"

"Scusami, tensione nervosa!" disse lei, appoggiando la testa sulla sua spalla.

Stefano le prese la testa fra le mani e le baciò la fronte. "Sei stata fantastica!" disse, guardandola negli occhi. "E io sono veramente orgoglioso di te!"

Sabrina sorrise. "Anche io ti amo" disse.

Era già buio quando Marta uscì dalla piscina. Si era trattenuta più a lungo a fare la doccia per evitare di incontrare le sue colleghe. Non ne aveva voglia.

Aveva smesso di piovere, ma era rimasta molta umidità nell'aria che si appiccicava ai capelli e agli abiti. Il meteo aveva rimesso pioggia per tutta la notte e anche il giorno dopo.

Lo vide subito all'ingresso del cancello e si stupì. Stava lì in piedi, con le mani nelle tasche del giubbotto. Le sorrideva. Marta ricambiò quel sorriso e affrettò il passo, fino a quel momento indolente, verso l'uscita.

"Cosa ci fai qui?" gli chiese appena lo ebbe raggiunto.

"Mi sono fatto dare un paio d'ore di permesso" rispose Antonio.

"Volevi essere sicuro che venissi al lavoro?"

Antonio la abbracciò. Sentì il corpo di Marta tremare, poi le sue braccia si strinsero attorno alla sua schiena. Strinsero forte. Credeva che l'avrebbe sentita singhiozzare, invece Marta rimase in silenzio.

"Mi dispiace per ieri…" mormorò Antonio.

Marta non rispose. Si limitò a scuotere la testa contro la sua spalla.

Il pomeriggio seguente, dopo aver attraversato il cancello del centro sportivo a passo spedito, riuscì a cambiarsi con calma nello spogliatoio, cercando di convincersi che non sarebbe successo niente. Era andata in bagno. Si era osservata, mentre si lavava la faccia, concentrandosi sui propri capelli scomposti dal vento e sulle rughe attorno agli occhi e alla bocca. Aveva pensato distrattamente che si erano fatte più profonde dalla morte di Davide. Era uscita nella zona vasche, concentrandosi sugli esercizi da far eseguire ai bambini. La sua mente era libera.

"Adesso, bambini, ripetiamo l'esercizio dell'altra volta. Testa sotto e fate le bollicine!" aveva detto.

I bambini avevano obbedito. Marta li aveva osservati eseguire l'esercizio. Aveva tratto un respiro profondo e dopo pochi secondi la sua voce che diceva "Bravi, ragazzi, ora basta!" aveva risuonato con chiarezza nella piscina.

Si stava avvicinando allo spogliatoio istruttrici, quando udì un chiacchierio entusiasta provenire dall'interno. Rallentò il passo, appoggiandosi alla parete e ascoltando di cosa si stesse parlando.

Distinse subito la voce squillante di Diana. "Oh, Renata!" le sentì dire. "E' una bambina davvero splendida!"

"Guarda che guancione che ha!" disse Elisabetta, la cui voce pastosa voleva probabilmente richiamare l'immagine di una bambina dalle gote carnose.

La terza fu la voce di Renata. Chiara e orgogliosa. Quella che risuonava più forte quando c'era da dire cosa fare in vasca o da richiamare qualche nuotatore che stava sbagliando. "E' bellissima" sentenziò. "Avreste dovuto vedere com'è stata buona!"

"Oh, fosse stata così anche la mia…" sospirò Elisabetta.

Marta sentì un brivido lungo la schiena, ma nascondersi non aveva senso. Elisabetta aveva avuto una figlia, Diana si era sposata da poco e si era trasferita col marito in una casa più grande col chiaro intento di destinare almeno una stanza alla cameretta del bambino. Era solo questione di affrontare l'argomento la prima volta.

Entrò rapidamente, dando l'illusione di arrivare direttamente dalla zona vasche. "Buongiorno a tutte!" disse con voce ilare.

"Ciao Marta..." fu la risposta del trio.

Mentre sorrideva loro, dirigendosi verso il proprio armadietto, notò come il capannello che avevano formato si fosse rapidamente sciolto e le loro facce, che immaginava contente, si fossero trasformate in espressioni imbarazzate. Tranne Renata, che pareva mantenere un contegno serio, ma che aveva rapidamente nascosto lo smartphone nella tasca posteriore dei pantaloni. Fu proprio lei, da capo consumato, a spezzare il silenzio.

"Come stai, Marta?" chiese con tono atono.

Marta aprì l'armadietto e ne sfilò la borsa. "Tutto bene, grazie!" disse. "Cos'era tutto quell'entusiasmo che si udiva da fuori?"

Elisabetta distolse lo sguardo, stupidamente imbarazzata.

"La ba..." iniziò a dire Diana d'istinto.

Renata fu abile a interromperla. "Niente, Marta. Una sciocchezza" disse con voce forte e chiara.

Marta estrasse il portafogli. Guardò Renata. "Capisco" disse con naturalezza. Poi rimise la borsa nell'armadietto e lo richiuse. "Vado a prendermi un caffè" aggiunse. "Volete niente?"

"No, ti ringrazio" disse Renata, ormai portavoce del trio, con un sorriso aperto.

"Okay, ci vediamo alle vasche" disse Marta con naturalezza e si avviò all'uscita.

"Marta, hai bisogno di una mano?" chiese Elisabetta.

Marta si fermò sulla soglia. "No, grazie" disse, mantenendo quel sorriso calmo. "Perché dovrei?"

Uscì. Le altre tre aspettarono di udire i suoi passi allontanarsi lungo il corridoio. Udirono la porta di comunicazione aprirsi e chiudersi.

"Povera Marta…" mormorò Diana, scuotendo la testa.

"Eh, lo so, Povera Marta!" sbottò Renata. "Ma cosa dovevo fare? Stare lì con la foto della bambina? Non mi sembrava certo il caso"

"Dobbiamo fare qualcosa, però" disse Diana con aria seria, incrociando anche le braccia per darsi un tono.

"La portiamo fuori?" propose Elisabetta.

Le altre due la guardarono incredule. "Portarla fuori?" ripeté Renata.

"Ma, sì" disse Elisabetta, abbozzando un sorriso. "Facciamo una cena. La facciamo distrarre!"

"Elisabetta, ma sei cretina?" sbottò Renata. "Le è morto il figlio, mica ha divorziato!"

Preparò la cena, dandosi della scema. Apparecchiò, pensando che avrebbe dovuto parlare con Renata appena possibile. Ma non subito o sarebbe sembrato un gesto dettato dall'impulso come tutti quelli che aveva avuto finora. Dispose le posate, poi si soffermò su questa ultima considerazione e si chiese perché. Era lei quella in diritto di comportarsi in modo strano rispetto al solito. Era lei ad avere subito un lutto, non le altre. Era perfettamente comprensibile che fosse smarrita, imprevedibile, vittima di debolezze. Non lo era invece che le sue colleghe, e si supponeva amiche, si facessero trovare in silenzio, intimidite dal suo dolore, arrivando a censurare argomenti riguardanti i propri figli. Di cosa avevano paura? Che parlare dei loro figli con una donna che aveva perso il proprio, li avrebbe fatti morire a loro volta?

Un odore intenso la riportò alla realtà. La pappa al pomodoro che aveva messo a scaldare stava iniziando a bollire nella pentola. Corse a spengerla. Contemporaneamente, il rumore di chiavi che ruotavano nella serratura avvertì Marta che Antonio stava rientrando a casa.

"Sono tornato" annunciò Antonio dal corridoio.

"Ehilà!" disse Marta, voltandosi verso di lui con un sorriso.

Antonio si affacciò in cucina. Aveva il cappotto semiaperto e cercava di aprire la cerniera lampo che si era incastrata in fondo.

"Sono rimasto bloccato!" disse, indicando la cerniera con un cenno della testa.

"Lascia, ci penso io" disse Marta, avvicinandosi. "Ecco, è rimasta presa con il bordo. Scommetto che te lo sei infilato di corsa, vero?"

Antonio non rispose subito. Stava osservando la tavola apparecchiata, cercando di ricordarsi chi avessero invitato.

"Chi abbiamo stasera a cena?" chiese Antonio, mentre Marta finiva di disincagliare la cerniera.

"Nessuno, perché?" chiese lei, alzando la testa verso Antonio.

Ad Antonio mancò il tempo materiale per cambiare espressione. Era impossibile. Gli si era gelato il sangue nel sentire la risposta di Marta, mentre fissava quei tre, non due, tre, posti apparecchiati a tavola. Avrebbe voluto mascherare il proprio stupito dolore agli occhi della moglie e si diede dello stupido per non essere stato zitto senza aver provato a intuire. Se lo avesse fatto, forse avrebbe potuto distrarre Marta dalla cucina con una scusa e poi togliere quei piatti dalla tavola. Ma non c'era stato tempo. Così come ora non ce n'era per evitare quello che stava accadendo.

Marta aveva alzato gli occhi verso di lui. Erano spalancati nel vedere il suo sguardo attonito, perché per un attimo si erano ricordati di cosa avessero fatto. Avevano riportato a galla quel gesto automatico fatto così tante volte da poter essere eseguito senza pensarci. Gli automatismi non tengono conto di una variazione nell'ordine delle cose. Se un pensiero distrae la ragione, essi continuano a compiere quello per cui sono stati programmati, totalmente incolpevoli. Sta alla ragione arrivare sul posto e constatare i danni.

Marta si alzò in piedi, osservando la tavola apparecchiata. Si lanciò in avanti, emettendo una specie di gemito doloroso, ma Antonio la trattenne, tirandola a sé. La tenne abbracciata, la sua schiena contro il suo petto. La strinse forte, contenendo il tremito nervoso che scuoteva quel corpo.

"Sono una maledetta stupida!"

"Marta, va tutto bene".

Marta si liberò dalla sua stretta con un gesto rabbioso che lo lasciò attonito. "No, non va tutto bene!" gridò.

Antonio la guardò esterrefatto.

"Non va tutto bene…" mormorò a quel punto Marta.

Si strinse nelle braccia e si allontanò per evitare che Antonio la abbracciasse di nuovo. Sparecchiò il posto in più in silenzio, singhiozzando debolmente. Antonio rimase a guardarla, sospirando. Al suo naso arrivò l'odore della pappa col pomodoro, piatto che era fra i suoi preferiti, ma che in quel momento non sentiva proprio il bisogno di mangiare.

Le dispiacerebbe chiudere la porta, per favore? Altrimenti entra il freddo.

Aveva riflettuto su questa frase per tutto il pomeriggio. A pronunciarla, verso le quattro del pomeriggio, l'anziana proprietaria di una piccola libreria antiquaria che non aveva mai visitato. Stefano aveva chiuso con cautela la porta, come se anche quella fosse stata fragile come i libri che la signora vendeva. Quella frase così banale gli aveva iniziato subito a ronzare in testa mentre si aggirava tra gli scaffali della singola stanza e la signora sorseggiava una bevanda calda. Si chiese se c'era il modo di poterla associare in maniera più decisa a quella scenografia. Il freddo avrebbe potuto danneggiare i libri. Alcuni esemplari potevano essere particolarmente rari e pregiati. Uno di loro magari nascondeva un segreto.

Stefano si sentì inizialmente galvanizzato da tutto questo fiorire di sensazioni. Poi, mano a mano che esse continuavano a orbitare nella sua testa senza prendere una decisione precisa, finì col sentirsi deluso e frustrato.

E con queste sensazioni, assieme alle parole che ancora volteggiavano nel suo pensiero, si ritrovò davanti al citofono di Fred. Stava per suonare. Poi, controllato l'orologio, decise di optare per una più rassicurante telefonata. Compose il numero e attese.

"Dimmi" disse Fred con un tono di voce che era tutto meno che disponibile all'ascolto.

"Che stai facendo?" chiese Stefano dall'altro capo.

"Mi stavo rilassando dopo una pesante giornata di lavoro".

La voce di Stefano si fece esitante. "Capito" disse. "Mi chiedevo se avevi voglia di fare due passi?"

"Adesso? Scordatelo. Sto vedendo *Six Feet Under*!"

"Per l'ottava volta?"

"Undicesima".

"Ma solo una mezz'ora…" insistette.

"Dai, Ste! Non puoi chiedermi di uscire adesso! Sono stanco e ho anche freddo!"

"Volevo fare solo due passi qui attorno… Non volevo portarti da nessuna parte".

Fred si alzò a sedere sul divano. "Qui attorno? Mi stai dicendo che sei già qui?" chiese.

"Esatto…"

"Okay, mi metto una giacca e scendo…"

Stefano lo stava aspettando appoggiato al muro sul lato destro. Sorrise nel vedere il suo sguardo scocciato.

"Bene!" disse Fred, allargando le braccia. "Benvenuto in questo delizioso quartiere residenziale dove non ci sono molti parchi, facciate di chiese illuminate e nemmeno un tratto di lungotevere da potersi gustare la notte. Ora mi dici che ci fai?"

Stefano lo abbracciò. "Volevo fare il gioco delle finestre" disse.

Fred rise. "Il gioco delle finestre?" disse. "Stai messo così male da aver bisogno di un ritorno all'infanzia?"

"Sì".

Fred tossicchiò, quasi imbarazzato. Stefano gli fece un cenno con la testa e iniziarono a camminare. Per un paio di minuti, avanzò con la testa fissa a terra, muovendo piano i piedi e ondeggiando. Fred lo guardava, aspettando che dicesse qualcosa.

"Non riesco a uscirne" disse finalmente.

"Sempre per via del racconto?"

Stefano annuì con la testa.

"Secondo me ti stai mettendo troppa pressione".

"E' quello che dice anche Sabrina" disse Stefano, tirando un calcio svogliato ad una lattina.

"Perché non cerchi di affrontare la cosa con più calma?"

"Perché ho una scadenza da rispettare" rispose Stefano, alzando la voce. "Io non vi capisco, sia tu che Sabrina! Lo dovreste sapere come ci si sente quando una cosa va finita entro un determinato giorno!"

"Hai ragione" disse Fred, mettendo le mani avanti. "Resta il fatto che questo nervosismo non ti aiuterà a migliorare le cose".

"Pure questo lo dice Sabrina…" brontolò Stefano, continuando a camminare con la testa bassa.

Fred sbuffò e gli tagliò la strada, mettendosi davanti a lui e obbligandolo a guardarlo. "Beh, signorino!" gli disse. "Visto che mi hai sottratto al divano e al riposo per giocare alle finestre, alza quei cazzo di occhi da terra e guardati intorno!"

Stefano rise. Alzò lo sguardo verso i condomini che li circondavano. A duecento metri si ergeva una palazzina isolata, probabilmente una ex residenza di campagna, che ora si era trovata circondata da altri palazzi più alti e dallo stile moderno e anonimo.

Stefano la indicò con un cenno della testa. "Chissà quanto si è incazzato, quando hanno costruito questi edifici!" disse.

"Forse è per questo che tiene sempre le finestre sbarrate".

"Davvero?" chiese Stefano. Nei suoi occhi si era risvegliato un lampo di interesse.

"Sì, anche di giorno" disse Fred. "Ci avevo fatto caso subito dopo essermi trasferito. Pensavo fosse disabitato, invece vedo che lasciano la posta nella cassetta esterna e qualcuno la toglie. E poi c'è una Fiesta parcheggiata nel giardino abbastanza spesso. Guarda, c'è anche adesso".

"Già" osservò Stefano. "Probabilmente il proprietario è lo stesso di sempre. Ha combattuto con tutte le sue forze la cementificazione e quando ha perso si è recluso in casa, chiudendo tutto per preservare i ricordi che aveva".

Questo era il gioco delle finestre. In una sua nuova variazione. Fred e Stefano lo facevano spesso anni prima, soprattutto nelle serate invernali, quando il buio arrivava presto. Mentre tornavano a casa, si mettevano a guardare le finestre degli appartamenti degli altri. Cercavano di cogliere dettagli dell'arredamento, una figura che passava nella stanza.

Ovviamente era partito tutto da Stefano ma era stato un gioco a cui il fratello aveva aderito con entusiasmo. Talmente tanto che una sera erano rimasti a concepire una storia su una coppia che stava cenando e discutendo animatamente al pianterreno di una palazzina. I commenti di Stefano e i suggerimenti di Fred si erano fatti sempre più fitti e a voce alta e una risata scappata d'impulso ad alta voce aveva fatto girare l'uomo che si era voltato verso la finestra, li aveva visto e si era alzato di corsa. Erano fuggiti in tempo per sentire le sue urla furiose quando erano già al sicuro dietro l'angolo di una strada parallela.

"Però perché muove la macchina se ha deciso di recludersi?" chiese Fred, contestando la teoria di Stefano.

"Non la muove lui" disse Stefano. "Probabilmente ha dei figli che non capiscono la sua scelta così conservatrice, ma per affetto decidono di assecondare le sue manie e gli tolgono la posta dalla cassetta o gli fanno la spesa. La macchina, poi..."

"Questi condomini hanno circa trent'anni e quel modello è posteriore alla loro costruzione. Dammi una spiegazione per questo".

Stefano fece una smorfia, concentrandosi sull'auto. Poi sorrise compiaciuto. "La macchina è stato un tentativo dei figli di farlo uscire di casa" osservò. "Hanno comprato un auto per provare a smuoverlo. Lui, però, è testardo e allora loro hanno deciso di lasciarla lì e la usano ogni tanto".

"Regalare un auto che resta ferma. Soldi buttati!"

"Beh, se osservi la palazzina, ti rendi conto che il proprietario non dovrebbe avere problemi economici. Magari i figli hanno a loro volta un ottimo stipendio".

"Cinque anni fa la palazzina fu restaurata" continuò Fred. "Questo come me lo spieghi? Secondo me sono stati i figli per paura che il palazzo cadesse a pezzi una volta per tutte".

"E invece secondo me è stato lui" disse Stefano. "Lo ha fatto come atto d'orgoglio contro il quartiere. Per dire che, nonostante tutto, casa sua è ancora viva e sarà sempre più bella di ciò che ha attorno".

Fred applaudì con convinzione. Stefano continuava a guardare la casa, cercando nuovi particolari che potessero fornire spunti alla narrazione.

"Secondo me è un nobile" disse ancora. "Ma un nobile idealista. La sua reclusione è anche una sorta di metafora del rifiuto della società. Non crede in questa società superficiale e nei suoi valori effimeri! Da giovane forse era addirittura comunista. Vorrebbe una restaurazione spirituale, ma sente di essere solo contro tutti e nemmeno i figli in fondo, pur assecondando i suoi progetti, riescono a capi…"

"Signori, scusino" disse una voce dall'alto. "State a parlà della casa de Giovannoni?"

I due fratelli si voltarono di scatto. A parlare era stato un signore anziano che li fissava divertito dalla finestra del palazzo alle loro spalle.

"Sa chi ci abita?" chiese Stefano.

"Come no!" rispose l'uomo cordialmente. "Lì ce stava Vincenzo Giovannoni. Mezzo litorale de Ostia era suo. Era, perché poi ha combinato dei guai col fisco ed è dovuto annassene, dieci anni fa, a Panama. Ha una casa là".

"Ah, davvero?" commentò Fred divertito mentre Stefano diventava il ritratto della delusione. "Comunque la casa è sempre ben tenuta".

"Eh, perché ce pensano i figli" spiegò l'uomo. "Lui mica molla. Ha detto che quanno ci sarà la giustizia in Italia, lui tornerà come un re. Ora ce stanno troppi giudici comunisti, dice lui".

"Capisco…"

"Ah, giovanotto!" disse l'uomo, indicando Stefano. "Nun so come mai t'è venuto da pensare che fosse comunista, ma nun te fa sentì, perché quello…"

L'uomo sollevò in alto il braccio destro, ridacchiando. "Capito, eh?" disse. "Buonanotte!"

Salutarono l'uomo con un cenno, mentre richiudeva la finestra e tirava giù la tapparella. Fred e Stefano guardammo ancora una volta la palazzina e poi si fissarono. Fred non riusciva a trattenere le risate. Rifece a Stefano il saluto romano. "Capito, eh?" disse, ridendo.

Stefano scosse la testa con un sorriso bonario. "Torniamo a casa" disse e si incamminò lungo la strada.

Antonio aveva sempre lasciato a Teresa il compito di organizzare il calendario degli eventi in libreria, ascoltando in religioso silenzio le sue elucubrazioni. Il foglio su cui stavo scrivendo era un guazzabuglio di nomi, date e frecce che li spostavano da un lato all'altro del calendario, a seconda degli imprevisti dell'ultimo minuto che finivano col condizionare l'organizzazione generale. Aveva potuto miracolosamente confermare il filosofo Filippo Mangini per il diciotto novembre, dopo due rinvii per manifestazioni contro il governo organizzate all'ultimo secondo, mentre su Elena Bastianoni non c'erano ancora certezze, ma il sette novembre pareva la data migliore, sempre che il suo agente…

"…non rompa il cazzo come sempre!" mormorò.

Si accorse di averlo fatto a voce alta. Alzò lo sguardo verso Antonio per scusarsi e vide che stava fissando la parete con aria assente.

"Antonio, tutto bene?" chiese.

Lo vide scuotersi per un istante come se si fosse svegliato da un sogno. Si ricompose sulla sedia e la guardò stranito. "Sì, perché?" chiese.

Teresa allargò le braccia, cercando di sorridere. "Hai uno sguardo fisso..." disse.

"Ti stavo ascoltando" mugugnò Antonio, ancora chiaramente distratto.

"Non mi sembra proprio. Antonio, è successo qualcosa?"

Antonio distolse lo sguardo con una smorfia involontaria ma abbastanza rivelatrice. Teresa rimase in silenzio, lasciando che la domanda che aveva appena fatto restasse sospesa nell'aria e lo spingesse a parlare.

"E' successo di tutto..." mormorò.

Teresa continuò a tacere. Non voleva essere l'amica che pungola, incapace di farsi gli affari propri. Antonio parlò con piccole frasi, non un discorso unico, ma gocce di parole che lasciava cadere, esitante, quasi vergognandosi. Seppe così del picnic in montagna, delle frasi delle colleghe di Marta e della tavola apparecchiata per tre. Una pausa più lunga delle altre e un'occhiata interrogativa di Antonio le fecero capire che il suo racconto era finito e si aspettava un suo commento.

"Antonio, voi dovete parlare con uno psicologo" disse con molta calma.

"Pensi che sia la soluzione giusta?" chiese.

"Beh, tu hai altre soluzioni?"

"Non lo so, Teresa..." mormorò Antonio. "Non ho mai avuto a che fare con gli psicologi. Alla fine sono sempre sconosciuti. Che cosa ne sanno di te?"

"Beh, è gente che ha passato la vita a studiare casi come il tuo apposta per poterne affrontare altri in futuro!"

"Appunto, studiare! Mica ci sono passati di persona! Loro si basano sulle loro teorie, sui loro studi, sui loro casi, ma cosa ne sanno loro? Perché devono pensare che la mia reazione sia uguale a quella di tutti gli altri casi che hanno analizzato prima? Cosa ne sanno? Hanno mai perso un figlio? Perché dovrei parlarne con loro?"

"E allora smettila di parlarne anche con me" disse. "Dato che nemmeno io ho mai perso un figlio".

Bastò a calmarlo. Teresa approfittò del suo smarrimento per aprire la borsa, frugare tra un paio di tessere fedeltà, ed estrarre un cartoncino bianco, un po' spiegazzato con su un nome e un numero di telefono.

"Si chiama Sebastiano Foglia" disse, porgendo il biglietto a Antonio. "Abbiamo fatto insieme le superiori. E' un amico. Ed è una persona in gamba".

Antonio si rigirò il bigliettino fra le mani, guardandolo con aria poco convinta. "E mi… studierebbe?" chiese poi, guardandola.

"Magari prima ti aiuta. Valuta anche questa possibilità".

Antonio continuò a fissarla con indecisione. Ma Teresa non disse nulla, finché non lo vide infilarsi il biglietto da visita nella tasca della giacca.

Stefano era talmente entusiasta che inserì le pagine dattiloscritte tra il volto di Sabrina e la sua mano che stava sollevando la tazza con il latte.

"Leggi!" disse eccitato.

Sabrina, ancora assonnata, ci mise un paio di secondi a capire come mai delle pagine scritte si fossero sostituite ad una tazza di latte nel suo campo visivo.

"Fare colazione prima? No, eh?" chiese, appoggiando la tazza sul tavolo.

Stefano si sedette accanto a lei, continuando a puntarle le pagine davanti agli occhi.

"Voglio un tuo parere ora, dai! Stavolta ci siamo!"

Sabrina scosse la testa, scostandosi i capelli dal volto. Sorrise. "E va bene" disse e iniziò a leggere.

Stefano rimase in silenzio accanto a lei, osservando ogni suo minimo cambiamento d'espressione. Le pagine erano quindici e raccontavano la storia dell'uomo che si rinchiude nella propria villetta, rifiutando la vista dei palazzi in costruzione attorno a lui. Sabrina si morse il labbro inferiore, mentre un'espressione divertita le comparve sul volto.

"Allora?" chiese Stefano.

"Ho letto solo due pagine" rispose Sabrina, senza alzare lo sguardo dai fogli. "Il giudizio completo si dà alla fine".

Stefano si ritirò al suo posto, in silenzio. Rimase a girarsi i pollici mentre Sabrina leggeva. Mangiò un biscotto. Si distrasse ascoltando una sirena della polizia che passava sotto le finestre di casa a sirene spiegate.

Sabrina appoggiò i fogli sul tavolo, bevendo il latte che aveva accantonato. "Sennò si fredda" disse, intuendo possibili proteste.

Passarono altri dieci minuti in silenzio. Sabrina finì di leggere con attenzione l'ultima pagina, poi appoggiò il foglio sul tavolo con gli altri e si voltò verso Stefano. Sorrise nel vedere l'ansia palpabile nel suo sguardo, poi gli prese le guance con la mano destra e lo baciò sulla bocca.

"E bravo!" disse.

"Ti è piaciuto davvero?"

"Certo che mi è piaciuto! E non penso che Miranda ti farà obiezioni. E' carino, affronta un tema che…"

"Aspetta, aspetta!" la interruppe Stefano, improvvisamente serio. "Hai detto che è carino?"

"Sì, ho detto così. Cosa c'è di male?"

"Speravo dicessi *bello*…" disse Stefano, facendo una smorfia delusa. "*Carino* è un termine che… boh, resta lì, non è né carne né pesce…"

"Stefano, per favore" rispose Sabrina. "Non cominciare con queste paranoie o non leggerò più niente di ciò che scriverai!"

Stefano si passò una mano fra i capelli. Sospirò. "Scusami" disse. "Sono solo nervoso…"

"Queste pagine sono fresche, appassionate, solari" continuò Sabrina. "Lo hai scritto stanotte, no? Immagino non fossi nervoso, visto l'entusiasmo con cui me lo hai fatto leggere".

"No, ero contento. Mi sembrava una buona storia!"

"Ma lo è! Forse non è un capolavoro, ma è una cosa diversa nel tuo percorso ed è una bella lettura. Non è quello che volevi?"

Stefano non rispose. Mangiò un altro biscotto.

"Mandalo a Miranda" disse Sabrina, prendendogli la mano. "E stai calmo. Ti ho visto cercare giudizi più spietati del suo. Non capisco perché ora tu abbia tutta questa paura".

Sabrina avvicinò la sua testa alla sua. Gli carezzò la fronte con una guancia, poi scese fino a che le loro labbra si toccarono. Iniziarono a baciarsi con passione. Stefano avvicinò la sedia alla sua e spostò Sabrina sulle sue ginocchia. Interruppero il bacio per guardarsi. Sabrina tenne stretta la testa di Stefano tra le mani prima di tornare a baciarlo con forza.

In quel momento suonò il cellulare di Sabrina. La ragazza si protese ad afferrarlo e Stefano notò il lampo di felicità nei suoi occhi quando vide che a chiamare era Christian. Sabrina si aggrappò a Stefano per una spalla e rispose.

"Buongiorno Christian!" disse con entusiasmo.

Stefano sentì un metallico *Buongiorno* provenire dal cellulare, poi Christian disse qualcosa col suo consueto tono di voce pacato.

"Sì, scusami davvero, ma ieri ero stanchissima e sono andata a letto presto... No, no... mi dispiace di non averti fatto sapere nulla. Era un articolo bellissimo! Sì bellissimo, un'analisi perfetta! Devo anche farlo leggere a Stefano e..."

Sabrina si sfilò dall'abbraccio di Stefano e si alzò in piedi, dirigendosi verso la camera. Stefano rimase in silenzio, ascoltando le entusiasmanti lodi che Sabrina stava decantando a Christian. Allungò la mano sul tavolo, poco convinto, e prese le pagine del suo racconto. Un racconto carino, mentre l'articolo di Christian era *bellissimo*. Rilesse l'incipit, ripensò a quanto detto da Sabrina e decise che lo avrebbe inviato a Miranda.

Antonio stava aprendo il cancello d'ingresso al palazzo, quando il portone si aprì e ne uscì un prete. Lo riconobbe. Era il sacerdote che aveva officiato il funerale di Davide, ma fu sorpreso di trovarlo nel vialetto d'ingresso a casa sua. Il prete si diresse verso di lui. Aveva circa una sessantina d'anni, il passo rapido e un volto bonario.

"Buonasera".

"Buonasera" disse Antonio.

Sembrò che il religioso volesse fermarsi a parlare con lui, ma il modo in cui Antonio si scansò di lato per farlo passare, lo fece desistere. Abbozzò un sorriso cordiale e uscì dal vialetto, percorrendo la strada. Antonio si chiuse il cancello dietro le spalle, continuando a guardare il prete che si allontanava. Attraversò il vialetto di casa, infilò la chiave nel portone ma, prima di entrare, gettò un'altra occhiata lungo la strada. Il sacerdote aveva raggiunto la fermata dell'autobus. Poi entrò.

Aprì la porta di casa e vide subito la luce in cucina. Udì il rumore di sportelli che si aprivano e si chiudevano e di qualcosa che veniva tolto dal tavolo e appoggiato sul piano del lavandino.

"Sono a casa" disse, togliendosi il cappotto e appendendolo all'attaccapanni.

"Ciao" fu la risposta di Marta dalla cucina.

Antonio si affacciò sulla porta della cucina. "C'era un prete fuori e…" disse, ma si interruppe quando vide Marta che lo guardava con in mano una teiera e due tazze vuote sul tavolo. Osservò le bustine del tè appoggiate mollemente sui lati delle tazze. "Avevi visite?" chiese.

"Sì" .

"Era il prete?"

"Sì".

Antonio fece una smorfia ironica. Appoggiò le mani sulla sedia, pronto ad aprire bocca.

Marta fu più rapida di lui. "Avevo bisogno di parlare con qualcuno" disse.

"Non abbiamo abbastanza amici?"

"Volevo qualcuno che non mi desse risposte scontate…" continuò Marta, prendendo una delle tazze.

"E ti sei rivolta a un prete?" sbottò Antonio.

"Proponimi tu qualcosa di meglio!" reagì Marta, sbattendo la tazza sul tavolo.

Antonio rimase in silenzio. La tazza roteò sul piattino e si rovesciò sul tavolo. Il poco tè rimasto sul fondo si sparse rapidamente sulla tavola.

"Cazzo…" mormorò Marta. Si voltò verso il lavandino e prese un panno giallo che vi era appoggiato sopra. Lo passò sul tavolo, senza guardare Antonio.

"Marta… io…" disse Antonio costernato. "Scusami…"

Marta non lo guardò. Passò il panno con forza sul tavolo, premendo forte nei punti in cui si era sporcato. Represse un singhiozzo. ""No, scusami tu…" disse. "E' colpa mia. Non ho saputo avere una pronta reazione. Né ora, né sulla spiaggia. Altrimenti Davide sarebbe vivo".

"Ma cosa stai dicendo?" chiese Antonio, rimanendo in piedi con le mani sulla sedia.

Marta si voltò verso di lui. Lo guardò con rabbia. "Io sono un'insegnante di nuoto, Antonio!" gridò. "Insegno alle persone come si fa a non annegare! E mio figlio è annegato! Io sono rimasta lì..."

Antonio osservò Marta rimanere in silenzio, la voce spezzata, il braccio teso verso la parete davanti a sé. Fissava qualcosa che solo lei poteva vedere con rabbiosa intensità. Si mosse per avvicinarsi a lei e abbracciarla, ma Marta riprese a parlare e quel tono feroce lo fece arretrare.

"Io sono rimasta lì!" disse Marta. "Non ho potuto fare niente per salvarlo! Non sono stata in grado! Dovevo buttarmi in acqua! Non ho..."

In quel momento crollò. Marta si piegò in due, appoggiandosi al tavolo e abbassando la testa. La schiena ebbe uno spasmo di ribellione a quel dolore che la stava piegando. Fu un attimo. Marta ricadde verso il basso, picchiando un pugno sul tavolo e facendo tremare l'altra tazza rimasta in piedi. Solo allora, Antonio riuscì a muoversi, a abbracciarla, sollevandola da quel tavolo che era diventato come un magnete.

La tirò su. La vide piangere. La tirò a sé, la schiena di Marta completamente contro il suo petto. Cinse i suoi seni con le braccia e appoggiò la testa sull'incavo destro del collo, mentre Marta continuava a piangere di rabbia.

"Non l'ho salvato..."

"Marta".

"Non l'ho salvato..."

Teresa stava chiudendo la saracinesca della libreria quando lo vide arrivare. Camminava a passo abbastanza spedito e questo le fece piacere. Volle pensare che la conversazione con Sebastiano Foglia lo avesse liberato da un peso. Si voltò verso di lui e lo salutò con un cenno. Antonio rispose con un gesto timido e un sorriso impacciato e già da quel gesto, Teresa capì che c'era qualcosa che non andava.

"Allora?" gli chiese.

Antonio sospirò, poi parlò con tono deciso. "Ho deciso di non andare" disse.

"Come hai detto?" chiese Teresa, continuando a guardare il marciapiede e stringendo in mano il lucchetto. Era furiosa.

"Teresa, dai…"

"No, ora mi spieghi perché non sei andato!"

"Ci sono andato, eh, fino alla porta del suo studio" disse Antonio. Sembrava un bambino bisognoso di giustificarsi.

"Vai avanti".

"E con venti minuti di anticipo" proseguì esitante. "Sono rimasto fuori. Ho guardato la targhetta dorata all'esterno del palazzo. E mi ci sono visto riflesso. Mi sono reso conto che non guardavo più quella targhetta ma me stesso. I miei occhi. Il mio sguardo. E mi stavo chiedendo cosa ci stessi facendo là fuori…"

Antonio tacque. Forse sperava che a quel punto Teresa si alzasse e lo abbracciasse, comprensiva. Invece continuava a stare in ginocchio davanti alla saracinesca abbassata, fissandolo come fosse un idiota.

"Teresa…" mormorò. "Possiamo farcela io e Marta. Tu devi…"

"Vai a farti fottere" sibilò la donna, mettendo il lucchetto alla saracinesca.

"Vuoi ascoltarmi?"

"Mi sembra di averti già ascoltato anche troppo e mi sembra di aver fatto a sufficienza la figura della cretina!"

"Non ne ho parlato nemmeno con Marta e forse..."

"Questa cazzo di chiave nemmeno vuole saperne di girare!" disse Teresa. Mosse la mano di scatto, con violenza, picchiando una nocca contro il marciapiede.

"Lascia che ti aiuti!" disse Antonio, inginocchiandosi accanto a lei.

"No!"

"Teresa..."

"Fanculo!" disse lei, gettando il lucchetto a terra e alzandosi in piedi.

Antonio prese il lucchetto e sfilò la chiave. La inserì di nuovo, stavolta piano e girò. Il lucchetto si chiuse in un attimo. Antonio si alzò in piedi. Si guardarono. Teresa lo stava fissando con le braccia incrociate sul petto e la bocca piegata dalla rabbia.

"Grazie" mormorò e se ne andò senza nemmeno salutarlo.

La mail era arrivata alle 16:28, ma, per sua fortuna, Stefano l'aveva vista solamente in serata, evitando così di rovinarsi quello che era stato un tranquillo pomeriggio di shopping con Sabrina, in vista della cena che lei aveva quella sera con le sue ex compagne di classe.

"Caro Stefano" scriveva Miranda, pur avendo il dono di far sentire perfettamente il tono severo e pungente della propria voce anche attraverso un'impersonale schermata di pc. "Non nego che il racconto che mi hai fatto avere oggi non sia simpatico e innovativo, ma, detto francamente, preferirei metterlo da parte per quando il Comune vorrà un'antologia sullo Sviluppo Edilizio Responsabile. Io voglio altro per l'Inedito. Voglio qualcosa di veramente forte. Questo ancora non mi basta. Ma apprezzo la buona volontà. Fino ad ora. Cordiali saluti, Miranda".

Stefano era rimasto impietrito di fronte a quelle parole, chiudendosi in un polemico silenzio.

"Amore, io vado" disse Sabrina, entrando nella camera.

"Vaffanculo" aveva detto Stefano, fissando il pc.

"Come?"

"Scusami!" disse Stefano, realizzando quel che aveva appena detto. Sabrina lo stava fissando incredula dalla porta dello studio, un braccio infilato nella manica della giacca, l'altro rimasto a mezz'aria dopo la frase di Stefano.

"Che è successo?" chiese Sabrina, finendo di infilarsi la giacca.

"Miranda…" mormorò Stefano, indicando lo schermo del pc. "Ha bocciato il racconto".

"Non posso crederci" disse Sabrina, sporgendosi a leggere il testo della mail.

"Va beh, scriverò qualcos'altro… Ora non perdiamo tempo o farai tardi".

"La solita esagerata" commentò Sabrina, finendo di leggere la mail. "Okay, ti ho lasciato la carne nel microonde. Cinque minuti ed è pronta".

"Va bene" disse Stefano.

Sabrina gli prese la testa fra le mani. "Ti prego, però" disse, baciandogli la fronte. "Guardati un film, una serie tv, telefona a Fred… Ma non ti fissare su questa storia del racconto per tutto il dopocena, va bene?"

"Va bene" disse Stefano. Si abbracciarono e si baciarono.

Sabrina gli accarezzò una guancia. Sapeva che Stefano le aveva appena mentito e in quel modo cercò di perdonarlo.

Antonio era tornato a casa a piedi. Nonostante fosse già buio, in quei giorni di metà novembre si era aperta una gradita finestra di clima mite che aveva permesso alla gente di camminare per strada senza battere i denti dal freddo e reso meno traumatico l'abbandono degli appartamenti riscaldati per il freddo delle strade. Salutò la signora Lotti e camminò in direzione del Ponte di Mezzo. Il di lei "Buonasera" fu timido e esitante, quasi ci fossero altre parole in attesa di seguirlo. Quello di Antonio fu cordiale e solare, ma diretto come un colpo d'ascia e rapido come il suo passo.

Antonio percorse tutto Borgo Stretto senza prestare caso a cosa accadesse attorno. Attraversò piazza Santa Caterina, passò accanto alle segreterie universitarie e uscì dalle mura della città. Entrò nel suo quartiere. Sulla strada, rinchiusi nelle auto, scorse volti decisamente meno sereni del suo e questa cosa lo fece quasi sorridere. Raggiunse il suo palazzo. Aprì il cancelletto di ferro e arrivò alla porta d'ingresso. La lampada sopra la porta era ancora rotta, avrebbe dovuto farlo presente all'amministratore per l'ennesima volta. Nel buio, non trovò subito la serratura e la chiave sfregò fastidiosamente contro l'acciaio. Ritentò e stavolta la chiave si incastrò ma senza girare. Antonio la sfilò, afferrò la maniglia e con forza la tenne verso di sé, come se quella porta fosse un animale selvaggio da domare. Girò la chiave con violenza e aprì la porta. Rimase per un attimo fermo con la porta che oscillava aperta, chiedendosi quanto la rabbia di quel gesto fosse giustificata.

Richiuse piano la porta alle sue spalle, accese la luce e salì le scale. Sentì il battito cardiaco tornare ad un livello accettabile. Una volta sul pianerottolo, aprì la porta di casa. Marta era in cucina, stava preparando cena. Antonio la raggiunse senza nemmeno togliersi il cappotto. L'abbracciò, baciandole il collo e stringendola forte.

Marta sorrise. "Tutto bene?" gli chiese, cingendolo a sé col braccio sinistro, mentre con il destro girava la carne che cuoceva nella padella.

"Giornata tranquilla" rispose Antonio

Per un momento tornò a pensare alla targa dello studio di Sebastiano Foglia, alla reazione di Teresa, ai volti cupi nelle auto e alla chiave che non girava nella porta. Chiuse gli occhi, abbracciando sua moglie e si convinse che era tutto a posto. Tutto normale.

La televisione era spenta, lo stereo pure. E nonostante fosse la sua barriera sonora preferita per concentrarsi sulla scrittura, Stefano aveva messo da parte persino l'Ipod.

Quella sera voleva silenzio. Guardò lo schermo e una pagina bianca di Word che chiedeva di essere riempita con una serie di frasi di senso compiuto, possibilmente appassionanti e/o divertenti. Ne scrisse una. Le sue dita si mossero piano sulla tastiera, gli occhi fissi sullo schermo. Quando giunse al punto rilesse quei pensieri che aveva materializzato davanti a sé. Li trovò banali. Li cancellò con la stessa cura che aveva impiegato a scriverli.

Sospirò. Fece un secondo tentativo. Stavolta completò due paragrafi. Nella sua mente e sulla pagina bianca comparvero zainetti, musica pop italiana, i cancelli di una scuola e graffiti vari. Rilesse tutto. Arrivò di nuovo alla fine. Cancellò tutto senza batter ciglio. Perfettamente consapevole.

"Porca puttana!" urlò, sbattendo il pugno sul tavolo.

Restò di nuovo in silenzio. Avrebbe voluto spegnere tutto, mettere due cose in una borsa e andarsene. Sparire per due giorni senza dare notizia e ritornare come se niente fosse accaduto.

Stefano si alzò e fece un giro della stanza. Sentì la rabbia passare, le idee che tornavano a posarsi a terra nel suo cervello. Ma, facendo un rapido ripasso, constatò che nemmeno una di queste meritava di essere portata fuori e messa su carta. Guardò la tastiera. La O sembrava una bocca spalancata dallo stupore, in attesa di sapere cosa fare. Allargò il campo visivo alla P alla sua destra e allo zero subito sopra e quello che vide fu un volto che gli faceva una linguaccia.

Sospirò di nuovo. Si rimise a sedere. Chiuse gli occhi. Fu allora che lo avvertì. Vide qualcosa riemergere dal fondo della sua memoria. Era un ricordo molto semplice. Un sorriso. Ma non era quello di Sabrina, di Fred o di sua madre. Era il sorriso di un bambino. Quel sorriso dolce assunse un aspetto monello quando sopra di esso comparvero due occhi furbi. Occhi molto chiari. Sopra di essi un caschetto biondo. Il bambino annegato alla spiaggia.

Stefano riaprì gli occhi. Fu come se un brivido lo avesse scosso da capo a piedi. Si riassestò sulla sedia e rimase con le mani sospese sopra la tastiera. Guardò la pagina vuota sullo schermo. Poi di nuovo la tastiera. Sentì qualcosa nelle mani, un'urgenza improvvisa, che era partita dal cuore e stava scorrendo lungo le sue braccia fino alle dita. Avvertì che quando fosse giunta ai polpastrelli, si sarebbe gettata fuori. Ed era bene che trovasse la tastiera sotto di essa ad attenderlo.

Chiuse di nuovo gli occhi. Frenò per un attimo quel tumultuoso flusso interno, giusto il tempo per ricompattarlo mentalmente. Poi lo lasciò di nuovo libero di scorrere. E quando riaprì gli occhi, cominciò a scrivere.

Non diede un titolo, nemmeno provvisorio, a ciò che stava scrivendo. Buttò giù una prima frase. Ne seguì un'altra. Le due frasi diventarono un paragrafo. I paragrafi diventarono due e aumentarono fino a raggiungere la fine della pagina. Le pagine diventarono due in poco tempo. Non sapeva nemmeno lui cosa stesse scrivendo, era come correre su una pista, buttando fuori una parola dietro l'altra. L'unica cosa di cui

Stefano si rendeva conto era che si trattava di qualcosa di diverso. Aumentò la velocità delle dita sulla tastiera, con il terrore che l'idea che aveva in mente potesse sparire da un momento all'altro. Sentì di doverla mettere su carta, inchiodarcela sopra, bloccarla lì o sarebbe svanita per sempre.

Raggiunse le tre pagine. Non si fece proiezioni mentali su quanto ancora potesse scrivere, andò giù e basta. Parole su parole. Era qualcosa di diverso, di profondo. Il volto del bambino si fece più nitido, quel sorrisetto impunito divenne più chiaro, eppure nemmeno stava parlando di lui. Non c'entrava niente con quanto stava scrivendo, ma era lì, dietro quelle parole che lo nascondevano come una tendina. Avanti, ancora avanti. Quattro pagine. Cinque. Sei.

Sopravvenne il terrore che qualcuno suonasse alla porta o chiamasse al telefono, rompendo quell'inarrestabile flusso creativo. Con una mossa rapida del braccio, lanciò il telefono fuori dalla stanza. Lo udì atterrare con un tonfo sul pavimento, ma non si preoccupò minimamente della sua integrità. Se necessario, ne avrebbe recuperato uno vecchio.

Sentiva dolore alle dita. Proseguì. Lanciò lettere nere in uno spazio bianco, le legò una accanto all'altra. Non era più la scrittura di un testo, era un ricamo, era una tela che stava tessendo. Il suo disegno iniziò a delinearsi con chiarezza ai suoi occhi. Nove pagine. Dieci pagine. Undici pagine. Si passò una mano sugli occhi a togliere un velo di stanchezza. Dodici pagine. Tredici. Quattordici. Il racconto si allungò, si snodò nel suo percorso. Sentì la testa farsi più leggera, perché si stava svuotando dell'idea che le pulsava dentro. Eccola lì, aveva quasi finito

L'ultimo paragrafo. Scrisse piano le ultime lettere, lasciò che si incastrassero con delicatezza in questo disegno. Poi arrivò il suo turno. Il punto finale. Punto. Un'insignificante macchiolina nera che chiudeva il discorso. L'ultima goccia di pensiero fluita su carta. Stefano sentì che ora la sua testa era finalmente libera.

Si rilassò sulla sedia. Scorse col mouse quanto aveva scritto. Non sentì neanche il bisogno di rileggerlo. Andava bene così. Era una storia diversa da quanto scritto finora. Qualcosa sulla perdita, sulla rabbia che può fare una giornata di sole al pensiero che una certa persona non è più a condividerla con te. Una riflessione sul dolore, gelido come una coltellata di ghiaccio e sterile come un campo prosciugato.

Il nuovo racconto.

Stefano scrisse il suo nome. Mancava il titolo. Si parlava di dolore, si parlava di perdita… si parlava di ricordi anche. *In Memoria…* poteva andare bene, anzi, *In Memoria Di* a questo punto. Però *In Memoria Di* di Stefano Ponziani suonò alle sue orecchie come una fastidiosa ripetizione. Allora si ricordò di quando a scuola studiava latino con molto entusiasmo ed esiti scarsi e aggiunse una emme. *In Memoriam.* Lo rilesse. Apprezzò quel tocco di solennità quasi austera. Premette invio e salvò. Mentre la stampante iniziava a fare uscire le prime pagine, si rilassò sulla sedia, osservando il soffitto con aria soddisfatta.

IN MEMORIAM

Aprì gli occhi e sobbalzò di paura. Si aggrappò con le mani al coprimaterasso, respirando convulsamente, gli occhi smarriti rivolti al soffitto. Impiegò qualche secondo a calmarsi. Le finestre di camera erano aperte e un sole già alto illuminava la stanza. Stefano si alzò a sedere sul letto. Si guardò. Indossava la maglietta della sera prima e le mutande. Si voltò verso il lato di Sabrina. Era vuoto con il lenzuolo gettato dalla sua parte. Quando era rincasata? Stefano fissò le proprie gambe incrociate e quasi gli venne da ridere. Non si ricordava del rientro di Sabrina, semplicemente perché nemmeno si ricordava di essersi addormentato. Ora che era più calmo, ricordava tutto: l'eccitazione per il nuovo racconto, la rilettura sul letto, in maglietta e mutande. Le successive riflessioni. Più rilassato, era scivolato nel sonno senza accorgersene.

Il racconto. Si voltò verso il comodino ma non c'era. Ricordò di averlo appoggiato sul cassettone accanto alla finestra e fece per alzare lo sguardo in quella direzione, quando un debole singhiozzare attirò la sua attenzione. Proveniva dalla cucina.

Stefano uscì dal letto e camminò scalzo fino all'ingresso della cucina. Quando la vide fece per chiamarla, ma la voce gli si fermò in un "Sa…" quasi sussurrato.

Sabrina era in piedi accanto al lavandino. Stringeva in mano una cartella di plastica rossa dentro la quale si scorgevano delle pagine scritte che stava leggendo. Stefano si ritirò all'interno del corridoio, continuando a guardarla senza dire niente. Vide il volto che, pur piangendo, cercava di comporre un sorriso. Sabrina sollevò una mano e si scostò una ciocca di capelli dal viso. Girò una pagina. Continuò a leggere, tenendo stretto a sé il raccoglitore.

Stefano pensò ad un regalo di Christian. Un'aggiunta a sorpresa nella pièce, una scena madre talmente potente da aver portato Sabrina alle lacrime. E quel sorriso lasciava intendere che non vedeva l'ora di cimentarsi artisticamente con quelle parole. Era meglio non pensarci e tornare in camera e rileggere alla luce del giorno le parole scritte la sera prima. Si voltò e si sorprese nel vedere che la superficie del cassettone, dove si ricordava di aver lasciato *In Memoriam* la sera precedente, era vuota. Fece per tornare in camera, ma Sabrina si era appena accorta della sua presenza.

"Ste..." mormorò con la voce ancora rotta dalle lacrime.

Stefano si affacciò in cucina, cercando di togliere l'imbarazzo dal proprio sorriso. "Buongiorno, Sabrina" mormorò.

Sabrina sollevò il raccoglitore di plastica rossa, puntandolo nella sua direzione. "E' un capolavoro, Ste" disse con entusiasmo. "Non ho mai letto niente di così bello!"

"Il mio racconto!" disse Stefano, stupito. Corse verso Sabrina, abbracciandola e guardando con stupore le pagine di *In Memoriam*, rilegate nella plastica.

"Sono tornata stanotte. Tu già dormivi! Il racconto era sul cassettone, ma alcune pagine erano cadute in terra. Allora ho preso questo raccoglitore e ce l'ho messo dentro. Poi l'ho portato qui per leggerlo con calma adesso e... Stefano, hai scritto un capolavoro!"

"Lo pensi veramente?" chiese Stefano.

"Certo!" disse Sabrina, baciandolo sulla guancia. "Da quanto ci lavoravi senza dirmi niente?"

"E' nato stanotte, di getto. Non... L'ho giusto riletto, per vedere se la sintassi era corretta..."

"Ma è fantastico! Devi mandarlo subito a Miranda!"

"Dici?"

"Certo! E anche a Fred! Stefano, è questo il racconto che Miranda vuole. E se ti dice di no, beh, dovrà vedersela con me, te lo assicuro!"

Stefano la abbracciò. Si baciarono per un paio di minuti senza fermarsi, appoggiati al tavolo di cucina. Il raccoglitore rosso finì schiacciato tra le braccia di Stefano e la schiena di Sabrina.

"Pranziamo assieme, allora?"

"Va bene, però io non posso uscire dall'ufficio. Porti un panino e mangiamo qui?"

"Pranziamo in ufficio? Ma…"

"Eh, ti farò una sorpresa…"

"Piuttosto dimmi se ti è piaciuto il racconto!"

"Ne parliamo a voce domani…"

"Preparo la pasta fredda invece dei panini, okay?"

"Okay, ma del racconto ne parliamo a voce domani".

"Sei uno stronzo…"

"No, sono tuo fratello".

Stefano arrivò verso le una. E quando entrò nell'ufficio di Fred, lo trovò seduto in terra come un monaco buddista, le gambe incrociate, alla sua sinistra il portatile aperto, alla sua destra piattini di carta e posate. Attorno, niente scrivania, mobilia o quadri. Solo pareti bianche e pile di giornali pronte per essere stese sul pavimento. Stefano rimase in piedi sulla soglia con il sacchetto della pasta fredda che ondeggiava in mano.

"Che è successo?" chiese Stefano.

"La settimana prossima viene a trovarci un grosso cliente da San Francisco" spiegò Fred. "E mi sono accorto che le pareti dell'ufficio erano di un bianco ospedaliero deprimente, quindi ho deciso di dare una ritinteggiata generale".

Stefano si guardò attorno, a cercare conferma delle sue parole. "Effettivamente" disse. Poi indicò in alto. "Là negli angoli ci sono anche delle sfumature di verde muffa... Ma quando vengono a ridipingere?"

"Beh, dovevano venire ieri, ma mi hanno detto che hanno avuto un contrattempo... Allora abbiamo fissato per oggi, ma pare che il loro camion si sia guastato... Comunque, è bello, no? Molto zen, con un suo fascino..."

Stefano si mise a sedere. "Meno male ho portato le tovagliette!" disse aprendo il sacchetto.

"E meno male che ci sono ancora i piatti e le posate dalla festa di pensionamento di Postiglione".

"Ma perché non parliamo d'altro?" chiese Stefano, porgendogli la vaschetta con la pasta fredda. "Prendi la tua porzione".

"Hai portato l'olio piccante?"

"Lo sai che non lo teniamo. Dovrai accontentarti".

"Sempre accontentarmi, devo" commentò Fred. "Vorrà dire che mi terrò il parere sul tuo racconto per me!"

"Fred!" disse Stefano.

Fred sorrise. "Era tanto che non ti vedevo così, lo sai?" disse con affetto. "Da almeno quindici anni. Da quando studiavo Giurisprudenza e te entravi in camera mia senza nemmeno bussare per farmi leggere i tuoi racconti".

Stefano parve commuoversi. "Ti è piaciuto così tanto?" chiese.

"All'inizio mi ha incuriosito il titolo" disse Fred. "Quando poi ho iniziato a leggerlo, è stato come ritornare nella mia camera con *Tubthumping* che passava continuamente su Mtv".

"Come sei proustiano!"

"Come sei idiota!" disse Fred, cercando a sua volta di mascherare un moto emotivo. "Ho solo ritrovato quel tuo modo di scrivere che mi piaceva tanto. E' come se tu ti fossi voltato a guardare il ragazzino di quegli anni e gli avessi lanciato una corda, tirandolo a te, oltre *Tutti i battiti del mio cuore*, *Questa alba così chiara* e *Il secondo prezioso*. E a quel punto, una volta ricongiunti, la bellezza di quella scrittura così libera e entusiasta si è fusa con l'esperienza dell'uomo, le sue prime disillusioni, le sue ferite e i lampi di bellezza incastonati tra i momenti brutti, rilucendo ancora di più in questo magnifico splendore".

"Fred, è... bellissimo quello che hai detto" disse Stefano, commosso.

"Lo so".

"Stai piangendo…"

"So anche quello. Pure tu, però…"

Stefano si asciugò di scatto una lacrima dagli occhi. Fred, ridendo, fece lo stesso ma con più calma.

"Mi hai fatto venire la pelle d'oca…" disse Stefano.

"Ho fatto una gran prosopopea, mi rendo conto…" mormorò Fred, quasi in imbarazzo. "Ma sono gay, è nella mia natura comportarmi da Drama Queen. Ma, davvero, quella parte di te, quel tuo mondo di creare storie mi era mancato tantissimo".

"Ti ringrazio" disse Stefano.

"La stronza cosa ha detto?"

"Oh… Miranda?"

"Non oserei mai dirlo di Sabrina".

"Devo ancora parlarci. Ci vedremo domani. Mi ha chiesto di portarglielo perché stavolta lo vuole leggere insieme a me".

"Non si fida di quello che le mandi, eh?"

Stefano si strinse nelle spalle. Poi mise in bocca una forchettata di pasta. "Sono molto contento di questo racconto" disse.

"Devi esserlo. Come ti è venuta l'idea?"

Per un momento, lo sguardo di Stefano si fece incerto. Rivide la spiaggia, il bambino, la concitazione della gente e la disperazione dei genitori. Rivide anche l'idiota che si era tuffato subito dopo. Socchiuse le labbra, pronto a parlare, ma poi tacque. Si accorse che Fred lo stava fissando. Gli dispiaceva tacere a suo fratello le reali motivazioni dietro a quel racconto, ma al momento era come se una sorta di profondo pudore gli impedisse di raccontarlo.

"Non saprei dirti" mormorò. "E' stato un misto di emozioni ed esperienze, forse... Oppure ho semplicemente trovato la chiave giusta per affrontare quello che mi aveva chiesto Miranda".

"Credevo che non si scrivesse a comando".

"Non volevo dire questo. Soltanto che... Boh, forse è davvero qualcosa di nuovo ma ancora è presto per dirlo".

"Comunque se Miranda te lo stronca, vado a parlarci personalmente".

"Mettiti in coda. Sabrina si è già prenotata".

"Cara ragazza! Vorrà dire che andremo insieme!"

Stefano sorrise. Si chinarono sui piatti e mangiarono in silenzio per un paio di minuti. "Sembra di stare in campeggio, non trovi?" osservò Fred.

"A proposito di pranzi..." disse Stefano. "Dai pure conferma a papà e mamma che per Natale ci siamo".

"Non lo mettevo in dubbio! Cambiando argomento, invece..."

Fred si schiarì la voce. Deglutì un pezzetto di fusillo che era rimasto incerto se prendere la via dello stomaco o quella dei polmoni e si voltò con un gesto plastico verso la parete alle loro spalle, quella dove di solito sedeva dietro la sua scrivania.

"Vorrei chiederti un parere" proseguì. "Mi piacerebbe far scrivere qualcosa su quel muro. Lo so che inizio ad avere un'età, ma questa stanza è effettivamente troppo spoglia e mi piacerebbe far scrivere una citazione sulla parete alle mie spalle".

"Una citazione? Che idea ti è venuta?"

"Per dare un tocco di colore. Ma qualcosa di serio, eh, non frasi da romanzo adolescenziale…"

"Tipo le mie?"

"Tipo le tue".

Stefano sospirò. "Un bel poster, no?" fece poi.

"Ah, sei proprio una frana!"

"Ehi, sono uno scrittore non un designer!"

Fred continuò a ridere, finendo di mangiare la pasta.

"Pensa a qualcosa che per te sia molto importante" disse Stefano. "Qualcosa che ti identifichi o che per te significhi molto. Un ricordo, un pensiero…"

"Grazie del consiglio. Finisci la pasta o si fredda!"

"Ma è pasta fredda!"

"Eh, ma così si fredda ancora di più!"

"Per favore, Antonio, parla…"

Antonio non rispose. Si limitò a sospirare mentre metteva la freccia per parcheggiare l'auto. L'automobilista alle sue spalle, difettando evidentemente di pazienza, lo sorpassò con una brusca accelerata, schizzando acqua sul parabrezza da una pozza proprio al centro della strada.

"Figlio di puttana…" mormorò Antonio.

Marta rimase in silenzio, mentre il marito parcheggiava. Guardò la pioggia scendere fitta sul vetro dell'auto, aiutata anche dagli alberi del viale che scaricavano a terra l'acqua accumulatasi su di loro in gocce enormi.

Antonio si sfilò la cintura di sicurezza e fece per aprire la portiera dell'auto. Marta lo fermò. "Antonio, aspetta" disse.

"Cosa c'è?"

"Tanto sta piovendo…"

"Appunto. Prima entriamo in casa, meglio è" disse Antonio con voce affannata.

"Aspetta un momento…" insistette Marta con voce calma.

"Che cosa c'è, Marta?"

"Dimmelo tu cosa c'è. Sei stato in silenzio tutto il pomeriggio da Caterina. Se non ti avessi chiesto un parere sul ristorante, saresti stato tutto il tempo a fissare il tavolo. Le abbiamo dato la nostra parola, Antonio, e dobbiamo aiutarla…"

"Io non so se sia il caso…"

"Caterina ci ha chiesto se ce la sentivamo. Ne abbiamo parlato e abbiamo deciso di darle una mano con l'organizzazione del battesimo. Io non mi tiro indietro ora, Antonio, non con mia sorella!"

Antonio appoggiò le mani sul volante. Chiuse gli occhi, concentrandosi per dare ordine ai pensieri che gli passavano per la testa. "Io non capisco…" disse poi a bassissima voce.

"Cosa non capisci?"

"Perché?" chiese Antonio. "Perché tu ci tenga tanto a fare la madrina di battesimo!"

"Perché è la figlia di mia sorella. E' mia nipote! E voglio essere io".

"E' che non riesco a non pensare alla gente!" ribadì Antonio. "Tu sarai lì con la bambina e tutto ma io starò più dietro e… non so… Ho paura dei commenti. Ho paura di sentir dire qualche *Povera Marta* e di non sapere come reagire!"

Marta lo guardò con un sorriso amaro in volto. "E' questo a spaventarti, Antonio?"

"La gente ha paura di quelli che soffrono. Temono che sia contagioso".

Marta rimase in silenzio qualche secondo. La pioggia sull'auto stava cessando di intensità. Ogni tanto si udiva qualche tonfo più sordo per colpa delle gocce più grandi che cadevano dagli alberi.

"L'altro giorno origliai una conversazione tra le ragazze..." disse Marta. "A proposito di battesimi. C'è stato quello della nipote di Renata, te ne avevo parlato..."

"Sì. E spero non si sia vestita da militare almeno lì..."

"Antonio, è un discorso serio!" disse Marta, girandosi verso di lui. "Sai che quando sono entrata nello spogliatoio, improvvisamente hanno cambiato argomento?"

Antonio rimase sorpreso: "Non è possibile!" disse.

"E invece lo è! E mi sono ripromessa una cosa, Antonio. Di non voler vedere mai più quel tipo di sguardo rivolto verso di me! Non starò chiusa in casa mentre battezzano mia nipote! Allora sì che tutti direbbero *Povero Antonio! Povera Marta!*"

"Hai ragione..." mormorò Antonio, guardando l'acqua colare sul vetro dell'auto.

Marta sfilò il cellulare dalla tasca laterale della portiera e lo lasciò cadere nella borsa. "I nostri amici devono smettere di compatirci" disse. "Devono tornare a amarci".

Antonio annuì, restando in silenzio. "Ha smesso di piovere" disse. "Resta a sedere. Vengo a prenderti con l'ombrello".

Antonio si sporse a afferrare l'ombrello sul sedile posteriore, poi uscì. Marta si concentrò sui riflessi dei fari sul loro vetro, riflessi alterati dall'acqua, ancora acqua.

"Quanta acqua nella nostra vita, Antonio" mormorò.

Antonio aprì la sua portiera. Un getto di vento freddo la fece stringere nel giubbotto. Uscì dall'auto, mettendo il piede in una pozza. Marta reagì con uno scatto nervoso, osservando la scarpa fradicia e gocciolante.

"La asciughiamo a casa…" disse Antonio, prendendola sottobraccio.

"Così è questo il nuovo tentativo?" chiese Miranda con ironia, prendendo in mano i fogli del manoscritto.

Stefano annuì. "Esatto. Stavolta ti sorprenderò".

"E' per questo che ti ho voluto qui, Stefano. Per assistere alla mia immediata reazione".

Stefano non fu intimorito. "Ti assicuro che ti toglierà quel sorriso ironico dalla faccia!" disse.

"Addirittura?" disse Miranda con ironia. Poi gettò un'occhiata sul titolo. "*In Memoriam*… Titolo in latino, pensa te. Come mai questa svolta culturale?"

"Volevi qualcosa di nuovo, no?"

Il sorriso di Miranda si mantenne compiaciuto finché i suoi occhi rimasero su Stefano. Poi abbassò la testa, sfogliò la prima pagina e iniziò a leggere, acquistando un aspetto estremamente serio e professionale. Stefano si schiarì la gola. Si rilassò sulla sedia e gettò uno sguardo fuori dalla parete a vetri dell'ufficio, verso la strada. Le macchine e i passanti potevano distrarlo finché Miranda non avesse finito la lettura.

Erano passati alcuni minuti, quando Miranda sospirò. Non era un tradizionale sospiro di impazienza, sembrava piuttosto sollevata o sorpresa da qualcosa. Stefano si voltò verso di lei, ma la vide sempre a capo chino sui fogli, lo sguardo asettico, le labbra chiuse. Pensò di esserselo immaginato. Però era innegabile che Miranda stesse leggendo da ormai sette minuti senza esprimere un commento. Era una sua prassi, anche di fronte a opere che l'avevano entusiasmata, tirare una frecciatina ironica che mettesse comunque in soggezione l'autore. Giusto per far capire chi comandava. Stavolta, silenzio. Sembrava che stesse leggendo qualcosa di vitale importanza per lei.

"Prendo un bicchiere d'acqua" disse Stefano, alzandosi in piedi.

Miranda non mosse un muscolo. Respirava, fortunatamente. Stefano aveva avuto anche dei dubbi in proposito ma in quel momento il petto si alzava e si abbassava in maniera impercettibile ma regolare. Si avvicinò al mobile accanto alla finestra dove Miranda teneva due bottiglie d'acqua per gli ospiti e si servì. Bevve, guardando fuori dalla finestra. L'unico rumore nella stanza era il regolare frusciare dei fogli che venivano voltati.

Il telefono squillò. Solo una volta. Miranda, senza dire una parola o distrarsi dalla lettura, alzò la cornetta e la riabbassò con violenza.

Passarono ancora dieci minuti, durante i quali il telefono non suonò più. Miranda giunse alla pagina conclusiva. Stefano la fissò, mentre percorreva con gli occhi le righe battute al computer. Quando calcolò che fosse prossima all'ultimo paragrafo, piantò gli occhi direttamente sul suo volto. Capì che aveva raggiunto l'ultima riga dal leggero incresparsi della sua fronte e dalla smorfia impercettibile della sua bocca, come se avesse trattenuto qualcosa che stava per dire, ricacciandolo con un movimento di deglutizione all'interno di se stessa.

Miranda alzò lo sguardo verso Stefano. Rimise insieme i fogli e li appoggiò sul tavolo. Con cura. Stefano si sedette davanti a lei e la guardò con un sorriso convinto.

"E bravo signor Ponziani..." mormorò.

"Ti è piaciuto?" chiese Stefano, protendendosi dalla sedia.

"Hai fatto un buon lavoro, non c'è che dire" rispose Miranda, senza particolare emozione.

Stefano si rimise a sedere. Sembrava deluso. "Soltanto?" chiese. "Mi sembravi più... entusiasta e Fred e Sabrina mi hanno dato molta soddisfazione..."

"Stefano, Fred è tuo fratello e Sabrina la tua compagna. E' normale che ti dimostrino tutto il loro entusiasmo!" spiegò Miranda. "Io sono la tua editrice ma gestisco anche altri autori e se dovessi emozionarmi ogni volta che leggo qualcosa, finirei con lo sfondare questa bellissima parete di vetro in un paio di giorni".

"Capito..."

"Non mi fraintendere, sono molto contenta!"

Stefano recuperò un po' di buonumore e le sorrise. "Quindi ho vinto io? Sono riuscito a portarti un racconto all'altezza delle tue aspettative" osservò.

"No, Stefano. Ho vinto io. Perché ti ho motivato a cercare dentro di te le motivazioni per scrivere qualcosa di diverso".

Miranda applaudì due volte con ironia. Stefano replicò con un sorriso confuso.

"Adesso devi scusarmi" continuò. "Ma ho un paio di telefonate importanti da fare. Anche per te, comunque. Possiamo stampare e voglio farlo uscire subito a gennaio".

"A gennaio? Ce la facciamo?"

"A costo di venderlo per strada la notte di Capodanno!" disse Miranda, sollevando la cornetta. "Ciao Stefano, ci sentiamo presto..."

Stefano era congedato, ma soddisfatto. La salutò con un cenno, si alzò dalla sedia e uscì. Una volta che ebbe chiuso la porta alle sue spalle, rimase appoggiato a essa, sospirando e pensando con lieve delusione alla reazione calma di Miranda. Sperava di sconvolgerla, come aveva fatto con me e con

Sabrina. Almeno una volta nella vita. Almeno lui in tutto il parco autori della casa editrice. Il corridoio era deserto. La segretaria di Miranda doveva essere andata a prendere un caffè. Poco lontano si aprì una porta da cui uscì un giovane in giacca e cravatta che si infilò di corsa nell'ascensore e sparì.

In tutta quella quiete, Stefano si accorse di un altro tipo di silenzio. Quello che proveniva dall'interno dell'ufficio di Miranda. Gli parve strano non udire la sua voce attraverso la porta. si staccò da essa e fece qualche passo in direzione degli ascensori. Ma si voltò quasi subito, tornando a fissare la porta di legno scuro, asettica come l'inquilina della stanza oltre di essa.

Guardò verso gli ascensori. Si era accesa una luce rossa di risalita, probabilmente la segretaria che tornava. Aveva pochissimi secondi per fare quella cazzata e se non la faceva era meglio, ma era talmente convinto di quello a cui stava pensando che agì.

Si inginocchiò davanti alla porta, stando ben attento a non toccarla con le ginocchia. Accostò la testa alla maniglia della porta e allineò l'occhio destro col buco della serratura. E la vide piangere.

Marta la vide appena aprì la porta. Renata era appoggiata al bancone del bar del centro sportivo e stava bevendo un caffè. Era sola, intenta a leggere qualcosa sul suo smartphone. Marta richiuse la porta di accesso allo spogliatoio alle sue spalle. Per un attimo fu indecisa sul da farsi e i suoi passi presero la direzione dell'uscita. Ma cambiò rapidamente idea, curvò dolcemente sulla sinistra e si diresse verso il bar dove Renata fissava il suo smartphone con aria annoiata.

"Ciao Renata" disse Marta, appoggiando il suo borsone a terra.

"Ciao Marta" disse Renata. "Lo prendi un caffè?"

"No, ti ringrazio. Ora vado a casa a preparare cena".

"Capisco... Sono stanca morta! Quest'anno mi è toccato un gruppo veramente ingestibile!"

"A me è andata bene. I miei sono molto tranquilli! Ascolta, Renata..."

"E ora alle sette si è iscritto un gruppo di adulti! E' un dramma! Sono tutti amici. Vedono la piscina come uno scherzo e se dici qualcosa, la prendono a ridere! Li annegherei tutti!"

Marta sorrise in silenzio. Aspettò per capire se Renata avesse finito il suo sfogo, poi le si avvicinò.

"Volevo chiederti una cosa" disse. "Si fa un gran parlare del vestito del battesimo di tua nipote. Tra poco c'è il battesimo della mia e Caterina è a corto di idee. Hai per caso una foto del vestito sul telefono? Così per darmi qualche spunto..."

Un imbarazzato terrore balenò per un istante sul volto di Renata. Subito dopo un sorriso accomodante gli fece posto.

"Certo!" disse Renata con voce insicura. "L'ho qui nella galleria. Aspetta..."

Marta osservò Renata mentre cercava la foto sullo smartphone. Notò i movimenti impacciati e sbrigativi, una novità per una donna sempre decisa e secca nelle parole e nei fatti. Quando poi Renata le passò lo smartphone, mormorando un timido "Ecco qui", Marta la ringraziò con un sorriso. Guardò la foto. La nipote di Renata indossava un vestito bianco con una cuffiettina ricamata in seta. Niente di appariscente, ma molto elegante nella sua semplicità.

"Molto bello!" disse Marta. "Dove lo ha preso?"

"Da Frangioni, vicino San Giuliano..." disse Renata. "Gliel'ho consigliato io".

Marta restituì al cellulare. "Dirò a mia sorella di farci un salto" disse. "Sai, per una bambina si tende a investire molto sull'aspetto".

"Certo" disse Renata, rimettendosi il cellulare in tasca.

"Con Davide fu diverso" proseguì Marta. "Sai, era un maschietto. Poi Antonio nemmeno lo voleva battezzare…"

"Sì, mi ricordo…" disse Renata, abbassando lo sguardo. Poi prese la borsa e fece per alzarsi. "Scusami, ma…"

Marta si allungò e la afferrò per un braccio. "Renata" disse con voce calma.

Renata si fermò e si voltò verso di lei. Sembrava quasi impaurita.

"Renata, mio figlio è morto" disse Marta con tranquillità. "Ed è un colpo che non supererò mai. Ma smettetela con tutta questa paura, con tutto questo imbarazzo. Perché non mi fa sentire meglio, anzi…"

Renata sospirò, riavvicinandosi al bancone. "Mi dispiace, Marta" mormorò.

"Lo so che ti dispiace".

"All'inizio non sapevo cosa dirti. A parte le condoglianze. Non sapevo come comportarmi. C'era il battesimo, Marta, c'era tanta gioia in casa mia. Io ero, io… sono così felice per mia sorella e…"

"E anche io sono sto per avere un battesimo. E anche io sono molto felice per mia sorella" la interruppe Marta.

Renata trasse un profondo respiro, tenendo gli occhi sul bancone. Poi la guardò, decisa come Marta era abituata a vederla. "Mi sembrava di offenderti, Marta" confessò. "E non sapevo come comportarmi".

"Non mi sento offesa, Renata. Stai tranquilla. Sono felice per tutti quanti. Vi chiedo solo di comportarvi nel modo più naturale possibile".

"Marta, io…"

"Ti prego, fai uno sforzo!" disse Marta con decisione.

Renata annuì, mortificata. "Scusami" disse ancora.

Marta la abbracciò. "Lascia stare" disse. "Adesso devo andare. Ci vediamo".

Marta riprese il borsone e si diresse verso l'uscita. Renata rimase al bancone, lo sguardo smarrito, la borsa stretta al petto. "Fammi un altro caffè" disse poi al barista.

Stefano controllò l'orologio un'altra volta. Erano le sei e mezzo e stava aspettando l'uscita di Sabrina dalle prove da oltre quaranta minuti. Questa volta aveva deciso di restare nel parcheggio, lontano dalle cerimonie del custode e soprattutto da Christian con i suoi sorrisi. All'inizio aveva atteso fuori dall'auto, giocherellando con Facebook e passeggiando su e giù per il parcheggio. Poi aveva iniziato a alzarsi il vento, una lama tagliente di gelo. Stefano si era stretto nel cappotto ed era tornato in auto già tremante di freddo. Lì, aveva continuato ad attendere.

Alle sei e trentacinque le porte del capannone si aprirono e il cast di *In Tuo Onore* uscì sul piazzale, ridendo e salutandosi. Sorpresi da quel freddo improvviso, molti accelerarono il passo mentre il vento scompigliava capelli e cappelli. Stefano scese dall'auto. Riconobbe Ruggero Orsoni e altri membri del cast e vide il custode affacciarsi sulla soglia a salutare chi se ne stava andando.

Sabrina apparve dopo un paio di minuti. Si fermò sulla soglia, continuando a parlare animatamente con qualcuno ancora nell'ingresso interno. Stefano intuì che fosse Christian. Sabrina sembrava raggiante, mentre argomentava ciò che stava dicendo con vigoroso entusiasmo, muovendo le mani in aria e mimando delle scene. Christian la raggiunse un paio di secondi dopo. Rideva, guardandola con sincera ammirazione mentre Sabrina non smetteva di parlare. Lui la ascoltava, guardando verso terra.

Christian approfittò del vento freddo per stringere Sabrina a sé, mentre lei continuava a parlare. Stefano la osservò. Era un fiume in piena. Da un lato si sentì inquieto per tutta quella confidenza che Christian si prendeva nei suoi confronti. Dall'altro ripensò a quella mattina in cui si erano conosciuti, al provino per il film di *Tutti i battiti del mio cuore* e a quanto fosse stato bello l'entusiasmo di quella giovane attrice con un paio di esperienze minori in tv ad avere la meglio su bellezza e maggiore esperienza.

Adesso però avrebbe voluto che Sabrina si sfilasse da quell'abbraccio. Stava diventando fastidioso a vedersi. Molto fastidioso. Stefano si accorse che stava tirando dei colpetti con le nocche sul cofano dell'auto.

Sabrina continuava a parlare. Fu Christian a indicare Stefano e a salutarlo con un cenno della mano e un sorriso aperto. Furono però quelle azioni a staccare Sabrina dal suo abbraccio e a farla correre da lui.

"Ciao!" disse Sabrina, abbracciandolo con un'intensità tale che quasi caddero sul cofano dell'auto.

"Ti stavo dando per dispersa" disse Stefano.

"La tua compagna continua a dare notevoli contributi in termini di idee" disse Christian, avvicinandosi a loro. "Sono sinceramente ammirato".

"Christian, devi leggere assolutamente il nuovo racconto di Stefano!" disse Sabrina con entusiasmo. "Ha scritto un capolavoro. Un vero capolavoro!"

"Mi fa molto piacere" disse Christian con pacata cortesia. "Purtroppo, Stefano, ora sono davvero assorbito dal nostro lavoro, ma prometto di leggerlo una volta che avrò un momento libero. Dove ho il piacere di trovarlo?"

"Sto per far uscire una raccolta di racconti" disse Stefano. "A inizio gennaio. E' un racconto inedito".

Christian annuì con la testa. "Interessante" disse. "Noi chiudiamo l'anno con la prima il 27 dicembre e tu apri quello nuovo con la tua raccolta…"

"Già" disse Stefano.

Sabrina si accorse di quello scambio di sorrisi cortesi che in realtà richiamava antiche e ben più sincere tensioni. Sorrise a sua volta e abbracciò Stefano. "A proposito di feste, Ste" disse. "Dobbiamo andare a finire il giro dei regali!"

"Vero!" disse Stefano, lanciando in aria le chiavi dell'auto. "Christian, se non dovessimo rivederci, tanti auguri di buon Natale!"

"Anche a te, Stefano" disse cortesemente Christian, stringendogli la mano per poi dare un bacio affettuoso sulla guancia di Sabrina.

Stefano salì in auto. Christian fu illuminato dai fari. Sorrise loro e li salutò con un cenno a cui Sabrina replicò con simpatia. Stefano represse la tentazione di accelerare all'improvviso.

"I gattini! I gattini!"

La sua voce era quella di un bambino di più di ottant'anni, emozionato per quelle piccole cose della vita che non avrebbe mai pensato di poter riscoprire. Il passo era svelto, nonostante l'età, o forse era solo Antonio che camminava piano su quel sentiero di campagna, gli occhi persi nel paesaggio accanto a lui. Alle sue spalle, l'imponenza del Monte Serra aveva lasciato il posto a colline più basse, circondate da alberi ma la cui roccia scavata era esposta come una cicatrice. Un sole accecante copriva la vista delle Apuane a breve distanza. Antonio e suo padre camminavano in questo pacifico lembo di terra, una pausa nella sinfonia ininterrotta delle montagne.

Antonio aveva sempre odiato il sole a Natale. Per lui era una festa che doveva prevedere, se non la neve, almeno un cielo grigio che potesse generare l'atmosfera. Quell'anno invece il meteo aveva annunciato cielo limpido su tutta la penisola e Antonio, nonostante confidasse in un errore da parte dei meteorologi, si era svegliato la mattina del venticinque con i raggi di sole che filtravano attraverso le tapparelle di camera. Lui e Marta si erano scambiati un rapido "Buon Natale", baciandosi sulle guance e abbracciandosi forte. Avevano fatto colazione in cucina, in silenzio, ignorando il piccolo alberello soprammobile che Marta aveva messo qualche giorno prima, solo per dare una parvenza di atmosfera in vista della cena della vigilia con Caterina. Avevano preso i regali ed erano usciti di casa. Non si erano guardati, mentre Antonio guidava, ignorando anche le palazzine ai lati della strada in cui, in quel momento si stavano tutti scambiando i regali.

Il bambino di ottant'anni prese uno stretto sentiero sterrato che una fila di alberi sul lato destro sembrava voler separare dalle case in lontananza. Antonio si era voltato verso quella da cui erano usciti. Due piccole sagome sul terrazzo. Una era Marta, l'altra sua madre, indistinguibili da quel punto. Antonio si chiese se li stessero vedendo.

Si chiese cosa stesse dicendo Marta e soprattutto come. Se avrebbe guardato verso ovest dove, aguzzando la vista tra le basse case coloniche, si poteva a volte intravedere il mare. Immaginò sua madre che la ascoltava con un'espressione pacata sul volto, ravviandosi i capelli bianchi. Ad un certo punto si sarebbe voltata verso quel pezzo di terra, dove stavano camminando suo figlio e suo marito, il quale aveva trovato una gatta con i cuccioli appena nati e sentiva il bisogno di condividere questo tesoro con qualcuno.

"I gattini! I gattini!" continuava a esclamare il padre di Antonio, voltandosi verso di lui. Antonio intuì che fossero arrivati dal modo in cui l'eccitazione era aumentata nella sua voce. Poco lontano, vide un grosso cespuglio. Suo padre si mise a correre, voltandosi verso di lui, ridendo e facendogli cenno con la mano di muoversi. Il suo passo accelerò. Il cespuglio era a pochi passi, già se ne distinguevano i rami e il fogliame. Suo padre rise più forte, indicando col bastone il cespuglio. "I gattini!" disse ancora, guardando Antonio, orgoglioso del suo tesoro.

"Li abbiamo trovati un paio di giorni fa durante una passeggiata" aveva spiegato sua madre durante il pranzo. "Tuo padre è come impazzito di felicità! Praticamente dobbiamo andare a trovarli almeno tre volte al giorno. L'altra notte mi ha addirittura svegliato, perché voleva andare a vedere se dormivano bene!"

Mentre sua madre parlava, Antonio aveva guardato suo padre ridere, entusiasta di quella nuova responsabilità che si era assunto e che lo faceva sentire importante.

Suo padre si stava sporgendo all'interno del cespuglio. Antonio lo raggiunse, si mise accanto a lui e si affacciò. "Guarda, i gattini!" disse emozionato.

Antonio guardò nel cespuglio. La gatta era visibilmente sospettosa e infastidita da quell'improvvisata. Aveva un aspetto vagamente aristocratico, mentre i piccoli erano delicate masse rosee informi, attaccate con vigore alla sua pancia. Restarono in silenzio. Ogni tanto suo padre emetteva un breve singulto emozionato. Guardava la gatta che, avendo intuito le loro intenzioni pacifiche, era tornata ad adagiarsi pigramente sul terreno, poi volse il suo sguardo entusiasta di nuovo verso Antonio.

Antonio ripensò a quarant'anni prima, quando suo padre lo aveva portato per la prima volta a vedere una gatta che aveva figliato e lui aveva sospirato con entusiasmo, mentre guardava quello spettacolo incredibile ai suoi occhi di bambino. Suo padre gli aveva sorriso, appoggiandogli una mano sulla testa e scompigliandogli i capelli. Guardò suo padre. Rivide quell'entusiasmo di bambino. Antonio sorrise. Appoggiò una mano sulla testa di suo padre, scompigliandogli i capelli mentre lui rideva contento.

I volti che si aggiravano nel foyer e nella platea del teatro fecero pentire Stefano di non essersi mai interessato ad assistere ad un evento mondano il 27 dicembre. Avrebbe voluto avere con sé una macchina fotografica per immortalare adeguatamente quelle pellicce e quegli smoking e soprattutto i personaggi che li indossavano.

Provava pietà per quei volti stremati da due o anche tre giorni di festeggiamenti continui, di cene e aperitivi, a cui avevano dovuto, più che voluto, partecipare per dovere di presenza e che ora erano lì, allo stremo, in quello che la tradizione annovera come il primo giorno di tregua tra l'overdose di feste di Natale e il Capodanno. Persone che sorridevano e chiacchieravano con entusiasmo, ma dietro i cui occhi si celavano tacchini, vini pregiati, dolci, accatastati all'interno dei loro corpi fino alla nausea nei giorni precedenti. Sorrisi liftati, capelli brizzolati pettinati con cura che tempo prima avevano guardato al 27 dicembre come il giorno in cui sarebbero rimasti a casa, gettati su un divano in tuta o camicia da notte finché non era arrivata loro quella busta recante il logo del teatro, con all'interno l'annuncio della prima di *In Tuo Onore* per il giorno 27 dicembre.

Non osava pensare alle maledizioni e ai riferimenti poco consoni sulla virtù della madre che erano piombati addosso a Christian in quelle ore. Ma un ordine è un ordine e quegli elegantissimi soldati della dolce vita capitolina non avrebbero mai potuto accampare una scusa per sottrarsi all'evento, rischiando così di passare da pigri se non da ignoranti. Sarebbero andati, si sarebbero acconciati nelle loro armature di pregio per l'ennesima volta. Le donne avrebbero portato ancora sulle spalle il peso di quelle pellicce più o meno vere e gli uomini si sarebbero aggiustati la cravatta davanti allo specchio, ancora una volta con aria seria e compresa. E, anche se avevano lo stomaco che supplicava pietà per i numerosi banchetti, avrebbero mangiato ancora una volta e con gusto, perché non c'era niente di più disdicevole, ad un evento culturale, che un buffet rimasto intonso.

Scorse Fred che lo aspettava accanto a una colonna. Lo raggiunse, facendosi cortesemente largo tra un gruppo di anziane signore che marciavano compatte come dei rugbisti in campo.

"Ciao Fred" disse, riprendendo fiato.

Il sorriso cordiale di Fred lasciò il posto ad una maschera di orrore non appena si accorse del sacchetto di plastica che Stefano stringeva in mano. "Non è buona norma andare al supermercato a fare la spesa prima di presentarsi a un evento" ironizzò.

"Qui c'è lo champagne!" rispose Stefano, sollevando il sacchetto su cui campeggiava la scritta *non disperdermi nell'ambiente.*

"Per l'amor di Dio, metti subito via quel coso prima che ti veda qualcuno e ti faccia linciare!" mormorò Fred. "Non importa mica essere froci per avere un minimo di buon gusto! Ma non potevi lasciarlo nel camerino?"

"E chi c'è entrato? Ho accompagnato Sabrina alla porta e un custode mi ha bloccato dicendo che l'accesso era vietato a chiunque! Dovrò lasciarlo al guardaroba!"

"Okay, ma muoviti perché non ti si può vedere".

Stefano si allontanò di corsa, continuando a far oscillare paurosamente quel sacchetto. Fred tossicchiò e tornò a curiosare visivamente nel panorama altoborghese che affollava il foyer. Rivolse un sorriso cortese ad un emergente personalità del mondo dello spettacolo che gli passò accanto. Questi lo riconobbe ma si limitò ad uno sguardo sorpreso e imbarazzato di cui non si accorse la ragazza al suo fianco con la quale prudentemente si allontanò. Doveva essere stupito di vedere Fred in quel contesto, ma d'altronde lo era stato anche lui per lo stesso motivo quando due mesi prima si erano incontrati e conosciuti meglio nel privé di una discoteca.

Stefano fece ritorno. Teneva le mani sui fianchi come una massaia e la giacca aperta lasciava intravedere già dei preoccupanti aloni di sudore sotto le ascelle.

"Guarda che in scena va Sabrina, mica te…"

"Beh, dai, è normale essere nervosi per una cosa importante…"

"Sì, ma calmati. O ti verrà un infarto. E niente stasera deve distrarre Sabrina dalla sua performance!"

"Sei proprio un fratello adorabile…" mormorò Stefano.

"Andiamo?" disse Fred, indicando l'ingresso della sala con un cenno. "Tutto questo profumo sta iniziando a darmi noia e se ci mettiamo a sedere, ti calmi pure tu".

Stefano annuì. Si incanalarono in un fiume di smoking che entravano nella platea e ci dirigemmo, quasi mossi per inerzia dalla spinta degli altri spettatori, ai nostri posti in prima fila. Stefano si ritrovò seduto accanto ad una signora dall'aspetto molto elegante la cui chioma bianca era in perfetto pendant con la sua pelliccia. Si scambiarono un sorriso di cortesia, poi lei tornò a osservare il sipario ancora calato.

Qualche secondo dopo un brusio sostenuto fece voltare Stefano. Lungo il corridoio laterale esterno della platea stava scendendo Christian, circondato di persone che già si complimentavano con lui prima ancora di aver visto la pièce in scena. Mostrava un sorriso soddisfatto che agli occhi di Stefano apparve come un modo molto diplomatico per ignorare quello stuolo di compiacenti individui. Entrò nella terza fila, scorrendo educatamente tra chi si era già messo a sedere e raggiunse il suo posto, quasi alla loro altezza. I loro sguardi si incrociarono. Christian fece un rapido cenno di saluto con la mano, Stefano ricambiò sollevando il braccio, in maniera quasi volgare. Lo fece apposta, per turbare l'aura di colta onnipotenza in cui vedeva avvolgersi il regista.

Qualche secondo dopo le luci iniziarono a spengersi. Si udirono i passi affrettati di chi ancora non si era messo a sedere, qualche discorso che veniva concluso rapidamente, due vistosi colpi di tosse e il suono di alcuni cellulari che si spegnevano. Quando il teatro fu completamente immerso nel buio e nel silenzio, il sipario si alzò. Stefano sentì Fred stringergli la mano.

"Hai spento il cellulare, vero" gli chiese, ansioso.

"Ovvio. Se soltanto sapessi come spegnere te".

Il palco ricostruiva l'interno di un appartamento. Vi erano alcune sculture di cartapesta sparse sullo sfondo e due uomini che confabulavano fra loro. Nei cinque minuti che seguirono, il loro dialogo servì a chi era in sala a venire a conoscenza della morte di questo scultore e di come la sua eredità dovesse essere suddivisa. Eredità monetaria, non artistica. I due parlavano di Lei con timore, ma anche evidenziando come fosse loro intenzione sbarazzarsi da un punto di vista legislativo di quella compagna che aveva convissuto con lui ma che legalmente non era niente rispetto a loro.

Poi Sabrina entrò in scena. Aprì la porta laterale destra ed entrò nella stanza, diretta verso i due. Loro ammutolirono e la platea con essi. Aveva una presenza scenica strabiliante, non c'era niente di teatrale in lei. Stefano dovette ammettere in silenzio di aver faticato a riconoscerla. La radiosità che lo aveva colpito era sparita, annullata da un dolore che il suo corpo e la sua espressività parevano aver macerato e accumulato per anni.

"Mio Dio…" mormorò.

La prova di Sabrina fu magistrale. Si muoveva sul palco come una leonessa ferita ma combattiva, rispondendo con dignità e coraggio alle insinuazioni o alle pavide offerte che le giungevano dagli altri personaggi. Gli attori sembravano realmente intimoriti da lei. Era uno spettacolo di vita vera più che un'accurata messa in scena teatrale.

Poi arrivò il monologo finale. Sabrina in scena, al centro del palco, sotto un fascio di luce chiara che la faceva sembrare una bianca vergine fasciata in un bellissimo abito nero. Gli altri attori, invece, immersi nella penombra della loro mediocrità morale.

Sabrina parlò. Con la voce carica di potenza e dolore. "Avreste dovuto volere la nostra arte, il nostro amore. Quelli sì erano preziosi!" disse. "Ma eravate troppo concentrati sui guadagni che si potevano ricavare da quello che io e lui abbiamo realizzato assieme. Se solo aveste capito… Allora avrebbe avuto un senso scannarsi per ottenere una minima parte di… di cosa? Io vedo questa casa. Oggetti e parole che una volta sono serviti a dare felicità e ispirazione alle persone. Ma vivevano quando lui li curava e li accarezzava nel momento in cui fluivano dalla sua mente o li forgiava quando si ribellavano. E io, accanto a lui, a contemplare questa sofferenza, a condividerla. E ora venite a parlarmi di diritti che voi avreste sopra di me? Vigliacchi. Prendetevi tutto. Per quanto potrete allontanarmi, smembrare queste cose, portandole nelle vostre case o vendendole in un mercato, io ne sarò sempre parte. Io c'ero quando sono nate. Tenetevi i soldi. Io ho avuto la vita!"

Il sipario non era ancora completamente calato che dalla platea partì un boato di entusiasmo. Stefano si alzò in piedi, applaudendo vigorosamente. Era commosso. Si voltò verso Fred e si abbracciarono e quando il sipario tornò su e Sabrina fece il suo ingresso sul palco, urlarono un "Brava!" carico di entusiasmo e totalmente privo di ritegno. Sabrina li vide e mandò un bacio.

Stefano poi si voltò. In terza fila, Christian era in piedi che applaudiva, mentre tutto attorno era un continuo congratularsi. Complimenti che lui ignorava, lo sguardo rivolto verso Sabrina, le mani tese in un applauso, in faccia il sorriso del vincitore. Sabrina e Ruggero Orsoni lo omaggiarono con un cenno ed uno dei riflettori passò sulla platea a illuminarlo. Mentre l'entusiasmo della folla si spostava sull'autore, ci fu spazio tra palco e prima fila per un lungo sguardo affettuoso tra Stefano e la bravissima attrice.

Christian fu invitato a salire sul palco. A quel punto successe una cosa curiosa. Uscito dalla fila non salì attraverso le scalette del lato sinistro che aveva praticamente davanti , ma si concesse una passeggiata lungo tutta la prima fila. Quando ebbe raggiunto Stefano, si allungò a dargli una pacca sulla spalla senza smettere di camminare, proseguendo col suo sorriso sardonico in faccia. Stefano smise di applaudire e si fece esitante. Christian salutò tutti con un ampio cenno, salì dalle scalette di destra e camminò sul palco accolto da un'altra ovazione. Allargò le braccia in una sorta di abbraccio riconoscente al pubblico, poi prese Sabrina per un braccio e la portò sul bordo del palco. Si inchinò davanti a lei che rise divertita. Rimasero a godersi l'applauso, abbracciati.

Fred guardò suo fratello con aria stranita. Era come se Christian gli avesse fatto un incantesimo. Anzi, ripensando a tutto quello che era successo finora, partendo addirittura da quando Stefano aveva scelto Sabrina per *Tutti i battiti del mio cuore* era come se Christian avesse voluto rivendicare per sé il successo di quella sera e della sua attrice, togliendo a Stefano tutti i meriti acquisiti fino a quel momento.

"Devi applaudire" disse Fred.

Per Stefano fu come risvegliarsi da uno strano torpore. "Cosa?" fece con voce incerta.

Fred lo guardò con serietà. "Hai capito cosa intendo" disse. "Devi applaudire".

Stefano annuì. Scacciò quei pensieri dalla testa e tornò a guardare Sabrina. Batté forte le mani per convincersi che tutto andava bene.

"Mi sa che ho bevuto troppo…"

"Vuoi che guidi io?"

"No, amore, ormai siamo arrivati…"

Nel camerino avevano abusato dello champagne ma bisognava festeggiare. La tensione si era sciolta, finalmente, sia quella che Sabrina aveva saputo gestire benissimo che quella di Stefano, al contrario liberissimo di comandare la sua psiche. Christian si era limitato ad una breve apparizione, poi era stato risucchiato dai suoi impegni rappresentativi con la stampa.

"Qualcuno potrebbe attraversare la strada in questi ultimi cinquecento metri" osservò Sabrina.

"Tranquilla, non finiremo la serata dalla polizia!"

"Non prendere la curva così, c'è una macchina parcheggiata!"

"Tranquilla, ti ho detto…"

"Attento al muretto!"

"Sabrina, non siamo a scuola guida!"

"D'accordo, fai te".

"E metti la freccia quando parcheggi!"

Stefano sbuffò mentre si inseriva con delicatezza nello spazio riservato. Scesero dall'auto. Sabrina si sistemò il cappotto, guardando male Stefano.

"Sei stata fantastica" disse Stefano.

"Sì. Mentre tu sei un pessimo automobilista".

"E dai…"

"Questi tentativi di arruffianarsi sono patetici" disse Sabrina, avvicinandosi.

Si abbracciarono. Appoggiò la schiena contro il suo petto, giocando con le sue mani. Lasciò che le sue labbra scendessero lungo i capelli, sfiorandole le orecchie.

"Puoi iniziare a spogliarti se vuoi" mormorò Stefano.

Sabrina rise. "Abbiamo un così bell'appartamento. Qui in strada poi fa anche freddo…" disse con voce fintamente sensuale.

Iniziarono a salire le scale, sempre abbracciati. Lungo la seconda rampa di scale, Stefano la voltò, si appoggiarono contro la parete e iniziarono a baciarsi. Sabrina morse le sue labbra, lo tirò a sé, prese la sua mano e la fece insinuare sotto la sua maglia. Lo lasciò fare per un paio di secondi, prima di sfilarsi di scatto e appoggiarsi alla ringhiera.

"C'è ancora una rampa di scale" disse Sabrina con un sorrisetto cattivo.

Il respiro di Stefano era spezzato. "Non lo fare mai più!" disse.

Sabrina salì le scale all'indietro, guardando Stefano. Lui la seguì. Salirono piano, senza staccare gli occhi l'uno dall'altra. Giunti sul pianerottolo, Sabrina si appoggiò alla porta sul lato sinistro. Stefano infilò le chiavi nella serratura, mentre la mano di Sabrina gli carezzava il mento. Stefano aprì la porta. Entrò nell'appartamento, mentre Sabrina restava fuori, lasciando che la sua mano scivolasse su di lui, mentre si allontanava. Poi lo seguì. Stefano si fermò nell'ingresso e si voltò verso di lei. Sabrina chiuse piano la porta. Si guardarono.

Il silenzio attorno era interrotto dal ritmo irregolare del loro respiro. Stefano si avvicinò a lei. Sabrina lo abbracciò, come in una lenta coreografia e iniziò a baciarlo. Si mossero in tondo, poi lei iniziò a spingerlo verso la porta. Stefano ci sbatté contro, mentre lei continuava a premere contro di lui con le labbra e il corpo, stringendo le sue mani. Poi le sentì salire lungo le braccia, fino alle spalle. Le sue labbra lasciarono quelle di Stefano che invece continuarono a cercarle e scesero lungo il suo collo, spostandosi dalla pelle al tessuto fine della camicia. Il respiro di Stefano aumentò, come se la sua pelle volesse squarciare l'abito e tornare ad avere direttamente le sue labbra. Sabrina continuò a scendere e il corpo di Stefano si tese verso di lei. Raggiunse la cintura. La slacciò e rimase immobile. Stefano chiuse gli occhi mentre lei apriva il primo bottone.

Stefano li riaprì e di scatto, a sorpresa, la sollevò verso di sé, premendo di nuovo le sue labbra contro le sue. Si voltarono ed era Sabrina ora a essere contro la porta, con Stefano che premeva contro di lei. Lui prese le sue gambe, le sollevò, avvolgendole attorno al suo bacino. Rimasero così, i corpi in tensione l'uno contro l'altra. Si sorrisero. E iniziarono a scivolare in terra, sul pavimento.

Il tavolo del salotto era letteralmente scomparso sotto vassoi di tartine, pizzette, lasagne e torte salate. Al centro troneggiava una ciotola di sangria. Francesca, la battezzanda figlia di Caterina, dormiva nella culla, incurante del chiacchiericcio degli adulti presenti e delle corse e delle risate di suo fratello Simone e del cuginetto Luca. Antonio la guardava con un sorriso stanco, giocherellando con il bicchiere di plastica vuoto. Le accarezzò la testa con una mano, delicatamente. La bambina strinse gli occhi e le mani, aprì la bocca per un secondo, poi tornò ad acquietarsi nel sonno. Antonio preferiva stare lì, in silenzio, a osservare la bambina, piuttosto che perdersi nelle chiacchiere di lavoro o di vita sociale che venivano affrontate dal gruppo degli adulti in piedi. Osservare quella neonata che dormiva lo calmava, aveva sospeso per un attimo il flusso dei suoi pensieri e dato un senso a quei festeggiamenti per l'anno nuovo a cui inizialmente non voleva partecipare.

Marta chiacchierava con Caterina e Tommaso, mentre Andrea, il migliore amico di Tommaso, ingegnere la cui spocchia Antonio non aveva mai sopportato, pontificava in mezzo agli altri sulla società italiana.

"Oh, alla mezzanotte voglio un bel brindisi, eh?" disse, con la bocca ancora aperta. "Un bel brindisi a questi politici che se ne devono andare tutti a casa!"

Tutti risero, mentre Antonio scosse la testa.

"Tutti a casa dobbiamo mandarli!" continuò. "Con le loro ruberie, la loro incapacità. Ci vuole il nuovo adesso! Gente nuova, facce nuove, azzerare tutto e ripartire!"

Antonio cercò di concentrarsi su Francesca e le sue piccole mani strette a pugno. Si sforzò di far sì che il silenzio proveniente da quella culla attutisse quella voce pastosa e fastidiosa, ma si rese conto che era impossibile. Invidiò Francesca che ci riusciva.

"Svegli la bambina, Andrea" disse Antonio, continuando a guardare la culla.

Andrea si zittì per un attimo. Gettò uno sguardo imbarazzato a Tommaso e Caterina che gli sorrisero tranquillamente. Questo lo motivò a continuare. "Sarebbe bene si svegliasse tanta gente in Italia" disse, alzando il calice. "Tanta gente che dorme, tanta gente che non ha mai capito nulla, soprattutto in tutti questi anni!"

Antonio si alzò in piedi e gli si avvicinò. "Perché te in tutti questi anni, cosa hai fatto, Andrea?" chiese.

Antonio sentì su di sé lo sguardo di Marta, ma non si voltò verso di lei. Sapeva che una sua occhiata lo avrebbe fatto ritornare nei ranghi ed era quello che non voleva fare. Iniziava un nuovo anno, ci voleva un atteggiamento diverso. Andrea non rispose.

"Cosa hai fatto in tutti questi anni, Andrea? Chi hai votato?" lo incalzò Antonio. "Non mi pare di averti mai visto far parte di una minoranza silenziosa che si torceva le budella per la sua sconfitta elettorale, anzi ti ricordo spesso molto baldanzoso perché ce l'avevate fatta a vincere contro quei coglioni, per molti versi davvero coglioni, che sostenevo io. E come mai ora sei così deluso?"

"Antonio, la gente non riesce ad arrivare a fine mese…" rispose Andrea.

"Lo so" disse Antonio. "Ma non è mica da ieri. E' da molto prima. Dalla prima volta in cui sono successi dei fatti, non importa quali, e la gente ha deciso di ignorarli, perché non li riguardavano. Non era colpa loro!"

"Ragazzi, mancano due minuti alla mezzanotte!" disse Caterina, iniziando a distribuire i bicchieri di carta.

Antonio prese il suo. "Posso fare io il brindisi di fine anno, grazie?" disse, riempiendosi il bicchiere di sangria. Tutti lo guardarono. Tommaso e Caterina stupiti, Andrea con aria corrucciata.

"Io brindo a questo nuovo anno!" disse Antonio, facendo qualche passo indietro. "Che sia un anno di parole e non di silenzi. E che sia soprattutto un anno di autocritica, dove la gente impari prima a guardarsi dentro e solo dopo a guardarsi attorno e si chieda se i problemi che li circondano non sono indirettamente dovuti alla loro condotta! Io brindo ad un anno di cambiamenti dolorosi ma responsabili, che migliorino le persone e non le rinchiudano in un borbottio sciocco, in un sollevare i pugni a vanvera senza mai creare qualcosa di concreto. Io brindo a questo spettacolo che per molti può sembrare apocalittico, spaventoso e soprattutto poco utile, ma spero che accada. Che cambi il modo di pensare di tanta gente. E spero che mia moglie sia accanto a me in questo!"

Ci fu un applauso. Antonio puntò il proprio bicchiere verso Marta e la guardò per la prima volta dall'inizio del suo discorso. Teneva in mano il suo bicchiere ancora vuoto, le braccia incrociate sul petto, appoggiata alla parete. Sorrideva. Era contenta.

"Venti secondi, diciannove... diciotto..." annunciò Caterina, versando lo spumante nei bicchieri.

Appena Marta ebbe riempito il suo, si avvicinò a Antonio, mentre alle loro spalle partiva il conto alla rovescia.

"Non prendi lo spumante?" chiese.

"No, voglio provare a vedere se con un alcolico diverso va meglio".

Si abbracciarono al cinque. Avvicinarono i loro volti al due. Il nuovo anno li trovò ad occhi chiusi in un tenero bacio.

Antonio entrò nell'ufficio sventolando alcune bolle. "Ho lasciato Daniela in cassa" disse. "Devo finire di aprire quei piccoli editori che erano rimasti dalla settimana scorsa".

"Hai fatto benissimo" disse Teresa con un sorriso divertito. "Come premio ti annuncio che a fine mese arriverà la nuova opera letteraria di Stefano Ponziani!"

Antonio storse la bocca. "Davvero?" disse.

Teresa indicò lo schermo del computer. Antonio si avvicinò e si sporse per leggere, scorrendo velocemente. "Che bella notizia" mormorò senza entusiasmo. "L'anno inizia in maniera davvero positiva".

"Guarda che bel titolo ha scelto! *In Memoriam*. Addirittura latino".

"Si vede che le scuole serali funzionano" commentò Antonio. "Dovrebbe provare pure con i corsi di scrittura!"

"Antonio, se sei qui per lavorare, bene, ma se devi fare ironia, puoi uscire".

Antonio si mise sull'attenti, facendo un ossequioso inchino. "In sala hanno bisogno di me" disse, dirigendosi verso la porta.

"Scemo" disse Teresa, tornando a scrivere al computer. Mentre chiudeva la porta, lo sentì ridere.

La giornata di lavoro era proseguita tranquillamente, eppure Antonio aveva sentito una sensazione strana crescere dentro di lui col passare delle ore. Aveva rimesso a posto i titoli di narrativa e nel farlo gli erano capitate tra le mani alcune copie dei romanzi di Ponziani. Aveva osservato la foto sulla quarta di copertina, come se quelle immagini in bianco e nero che ritraevano lo scrittore sorridente, gli richiamassero alla mente qualcosa di più profondo.

Chiusero la libreria mentre iniziava a piovere. Antonio accompagnò cortesemente Teresa al motorino, ma la donna rifiutò di farsi coprire dalla pioggia con l'ombrello. "Tanto non potrai corrermi dietro a piedi, quindi tanto vale che inizi a bagnarmi da subito" disse.

C'era sciopero degli autobus quel giorno e Antonio aveva lasciato l'auto in una piazzetta lì vicino. Si era diretto alla macchina sempre con un pensiero indefinito nella testa e stava ancora cercando di dargli forma quando mise in moto. Nell'uscire dal parcheggio udì un tonfo. Aveva tamponato un'auto che stava aspettando per prendere il suo posto.

"Cazzo!" disse Antonio.

Si infilò il giubbotto e uscì sotto la pioggia. L'altro automobilista, un corpulento uomo sulla quarantina, era già fuori e stava osservando il bozzo che Antonio gli aveva fatto sul paraurti.

"Mi scusi. Sono veramente un idiota" disse Antonio.

"Cose che capitano" minimizzò l'uomo.

Antonio si sentì rinfrancato dal non essere stato investito da una valanga di insulti. "Prendo subito il modulo della constatazione amichevole" disse, tornando verso l'auto.

Aprì lo sportello del lato passeggeri e si mise a sedere. Aprì il cruscotto. Tolse il giubbotto catarifrangente, il libretto di circolazione e due cd che aveva dimenticato in auto. Frugò a fondo. Il modulo non c'era. Rimase per un attimo perplesso sul sedile, mentre nello specchietto retrovisore vedeva l'uomo tamponato che lo guardava con aria interrogativa. Poi si ricordò che c'era un cassetto anche sotto il sedile del passeggero e si chinò per sfilarlo.

Ai suoi occhi comparve subito il modulo della constatazione amichevole. Guardò oltre. Sul fondo del cassetto, era adagiata la cartuccia del videogioco di Davide. Antonio la guardò in silenzio, la bocca che si apriva in un'espressione muta di incredulo stupore. La toccò con la mano destra, tremante. Il contatto con quel pezzo di plastica dura e fredda lo fece rabbrividire. Si portò una mano alla bocca, cercando di reprimere un singhiozzo.

L'uomo tamponato si avvicinò. "Scusi, va tutto bene?" chiese.

Antonio non riuscì a rispondere. Chiuse gli occhi e scoppiò in lacrime.

"Io avevo pensato a questa! Che te ne pare?" chiese Miranda, porgendo a Stefano una foto.

Di solito la richiesta di un parere da parte di Miranda implicava che l'autore avrebbe già dovuto dare il suo entusiasta e spontaneo assenso, ma in questo caso la sincerità da parte di Stefano fu incondizionata. La foto scelta ritraeva una rosa in primo piano contro uno sfondo grigiastro, invernale. La stessa rosa sembrava congelata, una specie di scultura di ghiaccio.

Stefano la osservò attentamente. Miranda aveva deciso di puntare tutto sul nuovo racconto che avrebbe dato il titolo all'intera raccolta. Avevano deciso strategicamente di piazzarlo per ultimo, in modo che si ponesse simbolicamente alla fine di un percorso e il suo cambio di tono, radicale rispetto al resto dei racconti scelti, cogliesse di sorpresa il lettore. Quindi, anche se la maggior parte dei racconti parlava di storie ingenue, equivoci amorosi, drammi risolvibili e misere cazzate, un titolo come *In Memoriam* finiva obbligatoriamente per richiedere una certa serietà nell'immagine di copertina.

"E' magnifica!" disse Stefano.

"Lo so" disse Miranda. "Ho già manifestato il mio interesse all'autore, giusto per avere una prima opzione. Ovviamente, mi faceva piacere avere anche il tuo assenso!"

"Hai fatto bene" disse Stefano, restituendole la foto. "E' una scelta ottima. La approvo con entusiasmo".

"E questa è fatta. Dopodomani hai l'appuntamento col fotografo a Ostia per la foto della quarta".

"A Ostia?"

"Sì, ho pensato ad un'ambientazione marina ma invernale. Sai, quel tocco di malinconia…"

"Vuoi proprio che la gente si tagli le vene ancora prima di leggere il mio libro…"

Miranda inarcò un sopracciglio. "Faccio tutto per il tuo bene" disse. "E lo sai. Vestiti in maniera casual, senza sembrare troppo fighetto".

"Agli ordini…"

"Per la presentazione, voglio provare a coinvolgere Fulvio Mascioni" disse Miranda, scrivendo un appunto su un post-it.

Stefano rimase sorpreso. "Mascioni?" chiese. "Ma è il…"

"Sì, è una personalità intellettualmente molto forte, ma non devi avere paura. In fondo hai scritto qualcosa di intellettualmente altrettanto forte, no?"

"Se pensi che potrebbe piacergli…"

"Non fissarmi perplesso. Io so sempre quello che faccio" disse Miranda. "Tu pensa solo a farti trovare a Ostia dopodomani mattina. Ti metto subito in contatto con il fotografo".

Chiunque passasse fuori dall'ufficio di Miranda, quel pomeriggio, faticava a lungo per ignorare le urla rabbiose che provenivano da dietro la porta scura.

"La tua è pura ottusità mentale, Fulvio!" attaccò Miranda.

"No, la mia è decenza!" ribadì Mascioni. "Perché sono stanco di vedere tanti, troppi colleghi che per un po' di visibilità si prostituiscono, facendosi vedere accanto a illetterati di successo!"

"I tuoi sono solo pregiudizi…"

"Sono dati di fatto, invece" insistette Mascioni. "Miranda, non capisco… Non l'ho mai dichiarato apertamente come altri, ma pensavo che sapessi che i romanzi di Ponziani per me sono solo letture da salone del parrucchiere!"

"Lo sapevo, infatti. Ma se ti ho cercato, è perché stavolta ha scritto qualcosa di diverso!"

Mascioni rimase in silenzio. La determinazione di Miranda riusciva a fare qualcosa in più dei miracoli.

"Togliti i paraocchi per un attimo, Fulvio" continuò Miranda, abbassando la voce. "Se ti ho chiesto questo favore, è perché ho le mie buone ragioni".

Mascioni sospirò all'altro capo del telefono. "Miranda, ho una mia integrità intellettuale" disse. "E vorrei continuare a difenderla in maniera coerente, senza fare la figura del buffone come fanno tanti altri miei colleghi!"

"Ti prometto che la tua integrità non subirà nessun contraccolpo. Anzi, potrai vantarti di aver saputo guardare oltre il pregiudizio e di essere stato il primo a scoprire un vero talento!"

All'altro capo del filo ci fu una nuova pausa di silenzio. "Posso almeno leggerlo prima?" chiese Mascioni la cui voce segnalava una resa ormai prossima.

Miranda sorrise allo schermo del computer. Aveva bisogno di congratularsi con qualcuno e il pc andava più che bene. "La avrai tra cinque minuti" annunciò.

"Se non mi piace, non se ne fa nulla" disse Mascioni, recuperando vigore nella voce.

"Nessuno ti obbliga. Buona lettura".

Si salutarono e Miranda riattaccò. Una volta inviato il manoscritto alla casella postale di Mascioni, tornò al lavoro, scaricando il pdf del manoscritto di un romanziere su cui voleva puntare e mandando un paio di mail. La mail di risposta di Fulvio Mascioni arrivò nella sua casella di posta un'ora dopo. "Devo ammettere che è un ottimo racconto" c'era scritto.

Miranda lesse con soddisfazione quelle righe. "Per stavolta ti perdono" mormorò.

Ad Antonio venne istintivamente da ridere, quando lesse il nome *In Memoriam* sulla bolla d'accompagnamento del carico. Sette anonimi scatoloni, impilati con ordine, ignari di contenere quello che era già stato definito un titolo "emozionante e avvincente", silenziosi custodi di "una perla della letteratura contemporanea". Pensò che Ponziani doveva aver ampliato a dismisura il suo giro di amicizie, se anche le riviste più prestigiose si erano sbilanciate favorevolmente a favore della sua opera. O meglio, di quel singolo racconto.

Perché, stando a quanto aveva letto, chiunque teneva a precisare che il resto era robetta per persone in cerca di emozioni facili, ma quel singolo racconto sarebbe potuto essere l'inizio di una nuova folgorante carriera.

Antonio sollevò il primo scatolone sul tavolo del magazzino. Teresa aprì la porta in quel momento. Vide Antonio perplesso, di fronte allo scatolone ancora chiuso.

"Fatti forza e aprilo" disse.

La guardò, scuotendo la testa. Poi prese il taglierino e con precisione chirurgica incise il nastro adesivo che lo chiudeva. Un colpo preciso e netto. Ai loro occhi comparve quella che, ad un primo impatto, sembrava la copertina di un manuale di giardinaggio. Con grafia elegante, in bianco, arricchita da questa bellissima rosa di un rosso freddo, lessero il nome Stefano Ponziani e subito sotto *In Memoriam*.

"Guarda che stile raffinato..." commentò Teresa.

"Effettivamente" disse Antonio. "Di solito le copertine dei libri di Ponziani sono disegnini fatti da un bambino di cinque anni a cui qualcuno stava muovendo il tavolo. Stavolta vuole davvero fare l'autore serio!"

"Ora voglio meno congetture e più concretezza! Muoversi!"

Teresa aprì la porta e uscì, tornando nel salone. Antonio rimase a osservare le copie nello scatolone che aspettavano di essere tirate fuori. Ne prese una. Sorrise, pensando alle ragazze là fuori che avrebbero ucciso per averne una in anteprima.

A Sabrina. Come sempre era la dedica. Schietta, anche un po' banale, pensò Antonio. Eppure Sabrina Livi, pur non brillando particolarmente al cinema, era una ragazza molto bella e ora, anche di lei, si diceva che avesse fatto un esordio teatrale artisticamente potente. Antonio si chiese se ci fosse davvero una rinascita artistica di gente mediocre o se il livello della critica fosse talmente alla disperazione da elogiare in maniera eccessiva anche la pura sufficienza.

Scorse alcune pagine. Subito venne aggredito da due soprannomi decerebrati, una citazione di Ligabue e almeno sei o sette gridolini di ammirazione, che emersero dalla carta come un urlo virtuale che urtava gli occhi e le orecchie. Antonio era convinto che Ponziani detestasse inconsciamente le ragazzine per le quali scriveva romanzi, che le considerasse palesemente inferiori e che lo ammettesse proprio attraverso la costruzione di questi personaggi irritanti e stereotipati.

Diede un'occhiata al sommario. L'ultimo racconto era il cosiddetto capolavoro. Antonio aprì una pagina a caso e lesse un titolo *Quella notte al mare*, che lo spinse a non chiedersi nemmeno come fosse lo stile di quella storia. Andò avanti. I suoi occhi caddero su una ragazza in lacrime che mormorava a qualcuno "Sai perché il cuore è grande come un pugno? Perché entrambi, quando colpiscono, fanno molto male".

Sospirò e proseguì. Aprì su un paragrafo che parlava di Giulia e di come avrebbe potuto affrontare la vita, già solo guardando con decisione quel magnifico tramonto sulla scogliera. Andò ancora avanti, cercando di raggiungere una delle pagine di quel famigerato splendido racconto, ma la sua volontà si infranse su un ragazzo che bloccava il traffico della Quinta Strada a New York per dire alla ragazza che amava che si era pentito e voleva tornare con lei.

Antonio chiuse il libro e lo lanciò sul tavolo. Diede un'occhiata distratta alla foto di quarta di copertina, che ritraeva Stefano Ponziani sorridente su una spiaggia e continuò ad aprire le altre scatole.

"Ehi, non sarai mica nervoso?" chiese Miranda, appoggiandogli una mano sulla spalla.

"No, beh, un po' sì, diciamo..." balbettò Stefano, stringendo la sua copia di *In Memoriam*.

"Sei parole dette. Nessuna di senso compiuto" osservò Miranda. "Nemmeno fosse la tua prima presentazione. Fatti vedere tranquillo, la sala è strapiena".

Miranda aprì di uno spiraglio la porta che affacciava sul salone. Stefano riuscì a cogliere un rapido squarcio della sala. Intravide Sabrina in prima fila e Fred accanto a lei. Qualcuno si accorse della porta semiaperta e iniziò a indicare. Al primo brusio di entusiasmo, Miranda richiuse con un colpo deciso.

"Ora calmati" disse e si allontanò, emettendo un grido entusiasta alla vista del capiente Mascioni.

Stefano rimase a fissare la porta chiusa. Cercò di concentrarsi per carpire qualche discorso proveniente dall'esterno ma poté ascoltare solo un rumore di fondo indistinto e sovraeccitato. Il direttore della libreria, un uomo cortese dalla voce profonda, gli si avvicinò per chiedergli se volesse bere qualcosa. Stefano di essere a posto con un sorriso cordiale.

Osservò il direttore raggiungere Miranda che lo introdusse a Fulvio Mascioni. Si sentì quasi protetto da quell'angolo privato in cui era andato a posizionarsi. Miranda aveva torto. Per lui era una prima volta. La vide tornare verso di lui. Alle sue spalle, un sorridente Fulvio Mascioni protese il suo braccio destro verso di lui.

"Piacere di conoscerla" disse il critico, stringendogli la mano.

"Il piacere è tutto mio" disse Stefano. "Grazie per essere venuto".

"Ragazzi, si va in scena" disse Miranda.

Il direttore, rapido e solerte, aprì la porta. Stefano scorse i primi volti nella sala voltarsi di scatto verso di loro, facendo oscillare le teste per vedere meglio cosa stesse accadendo. Il direttore uscì per primo, seguito da Miranda e Mascioni, accolti da un applauso di incoraggiamento che prese forza e calore non appena Stefano si affacciò nella stanza. La prima cosa che vide fu Sabrina, intenta a firmare un autografo ad una ragazza seduta dietro di lei. La cosa lo fece sorridere e portò quel sorriso sul suo volto, sollevandolo verso la folla e alzando la mano destra in un cenno di saluto. Seguì uno sguardo affettuoso rivolto a Sabrina e Fred. Lo sguardo si mosse sulla platea fino ad intercettare, in piedi in un angolo, Christian De Matteis. Teneva le mani in tasca, aveva l'aria dimessa e timida di chi non vorrebbe disturbare in un posto sconosciuto. Rivolse a Stefano un sorriso e un inchino con la testa. Stefano ricambiò con un'espressione di cortese stupore.

Miranda si mise a sedere, osservando con compiacimento tutta quella gente. Stefano la vide salutare rapidamente sia Sabrina che Fred. Si mise a sedere. Sembrava in piedi anche da seduto, la schiena dritta come un manico di scopa. Stemperò la tensione con un sorriso di circostanza.

Dopo una breve presentazione del direttore, la parola passò subito a Miranda che ne approfittò per un breve saluto. "Voglio ringraziare tutti voi per essere venuti a questo incontro" disse. "Questo è un momento importante per voi fan di Stefano, perché siamo alla presentazione di una raccolta che vuol essere anche un bilancio della produzione artistica del nostro grande scrittore qui presente…"

Miranda lo indicò con un gesto. Partirono altri applausi e gridolini di entusiasmo, persino un paio di "Sei troppo bono!" che Sabrina in prima fila accolse con un sorriso di circostanza.

"Dovresti metterti un cartello con scritto *La fidanzata è presente*" mormorò Fred.

"Non ho paura" disse Sabrina. "Tanto lo sa che meglio di me non potrà mai avere niente".

Miranda continuò con la sua presentazione, un misto tra la critica elogiativa e il direttore del circo che presenta il numero degli elefanti. Per due minuti e mezzo si concentrò sull'elogio dell'opera di Stefano e su come il progetto di *In Memoriam* fosse stato curato da entrambi con attenzione, scegliendo i racconti migliori e decidendo su quale inedito puntare. Era un discorso di una lentezza ammorbante. Persino Stefano dovette trattenersi dal prendere il cellulare e mettersi a scorrere la home page di Facebook.

Quando Miranda ebbe finalmente finito, la parola passò, secondo il rituale a Fulvio Mascioni. Colui che era noto per intervenire nei talk show con spietata sicurezza e umorismo tagliente che lo avevano portato a vibranti litigi con altri ospiti per la gioia dei conduttori del programma, adesso parlava con voce pacata e piacevole della raccolta di racconti di un autore che in passato non aveva mancato di criticare. L'uomo imponente, la cui barba e capelli bianchi spesso contrastavano con un volto di un rosso così acceso da gigante della mitologia, aveva ceduto il posto a uno zio bonario che chiede ai nipotini cosa vorrebbero ricevere in dono da Babbo Natale.

Parlò molto bene di *In Memoriam*. Anzi, parlò soltanto di *In Memoriam*. Ad un orecchio attento, sarebbe parso evidente che quel sostegno ad un singolo racconto era la prova che gli altri non avessero valore, ma riuscì a essere così appassionato e intrigante che chiunque, a quel punto, sarebbe accorso a comprare il libro anche solo per quella storia. Stefano ne era perfettamente consapevole, eppure non riusciva a non sentirsi stupito. Guardò Sabrina che gli sorrise. Poi la vide voltarsi e cercare con lo sguardo la presenza di Christian. Gli fu chiaro che la presenza di De Matteis era stata su invito di Sabrina ma apprezzò quel tentativo di voler creare un ponte fra loro due.

Finalmente fu il suo turno di parlare. "Voglio ringraziare tutti voi per aver partecipato a questa festa" disse Stefano. "Voglio chiamarla così perché penso che per uno scrittore l'uscita di un nuovo libro sia un momento da festeggiare con le persone che gli vogliono bene e con quelli che lo seguono. Quindi per me avervi qui è una bellissima sorpresa e sono davvero felice. Ci tengo che lo sappiate".

Partì una nuova raffica di applausi e grida di entusiasmo. Stefano spostò lo sguardo su Sabrina alla ricerca di sostegno.

"Una raccolta di racconti non è mai facile da mettere assieme" osservò Stefano. "Bisogna ripercorrere tutto un periodo, fare delle scelte, creare un legame tra ciò che si decide di mettere assieme. Allo stesso tempo, bisogna dare l'illusione di un qualcosa di nuovo ma anche il piacere della riscoperta, del nuovo incontro con un vecchio amico. Alcuni hanno fatto il paragone con i Greatest Hits dei cantanti. Io preferisco l'immagine della foto di famiglia".

"Bravo!" mormorò Sabrina, applaudendo.

"E in ogni foto di famiglia, di solito, c'è sempre un neonato" disse Mascioni, suscitando l'ilarità contenuta di Miranda.

"Già" disse Stefano. "In questo caso si chiama *In Memoriam* e rompe la continuità rispetto ai racconti precedenti".

"Un titolo evocativo" disse Mascioni. "Che richiama gli antichi classici, ma anche la poesia inglese di Lord Tennyson, un titolo maturo, profondo, molto interessante. Nella copertina c'è il primissimo piano di un bocciolo di rosa. Puoi spiegarci il perché di questa scelta, direi neoclassica? E' in stile col libro?"

"Trovo che l'immagine del fiore sia evocativa per una raccolta di racconti" rispose Stefano. "Ogni racconto è un petalo, che si sfoglia ogni volta che arriviamo alla fine... Fino poi giungere al cuore, al centro del bocciolo... che è appunto *In Memoriam*".

Fred sorrise. La sera prima, a cena, Stefano aveva ripetuto lo stesso discorso, tutta farina del sacco di Miranda, scimmiottando il suo tono di voce entusiasta.

"Ci sono tredici racconti in questa raccolta" disse Mascioni. "Ma io vorrei soffermarmi proprio su *In Memoriam*, perché penso, anzi spero, che verrà definito come un punto di svolta nella tua carriera d'autore".

"Lo spero anche io!" commentò Stefano, facendo nascere tra il pubblico una risata di complicità.

"Mi ha colpito molto..." continuò Mascioni. "...e spero colpirà tutti l'incredibile effetto-sorpresa di questo racconto, di come arriva, dopo dodici storie leggere, a gettare una luce di bellissima, profonda malinconia... Cosa volevi raccontare, quando hai deciso di mettere *In Memoriam* per iscritto?"

Ci fu un attimo di silenzio. Stefano sentì sospiri ansiosi dal pubblico. Immaginò giovani fan che già non vedevano l'ora di potersi immalinconire tra le pagine del racconto e poi sperare di potergli comunicare personalmente quanto a fondo lui era riuscito a commuoverle.

"Beh, il racconto è nato così..." spiegò Stefano. Poi ebbe un attimo di esitazione. Ripensò al bambino, per una frazione di secondo fu quasi tentato di citarlo, ma represse questa possibilità, riprendendo a parlare. "In un attimo. Come nascono i racconti e come nasce ogni progetto. E' il loro bello, no? Non ti lasciano niente da spiegare o da capire. Fioriscono nella tua testa all'improvviso e... beh, volendo, anche questo si può leggere come un rimando alla foto di copertina!"

La nuova citazione della copertina causò un sorriso compiaciuto sul volto di Miranda che applaudì Stefano, seguita docilmente da tutti.

Stefano continuò a parlare: "Non saprei spiegare cosa ha ispirato concretamente *In Memoriam*. Forse niente, è stato solo un accumulo di sensazioni che si sono mischiate assieme e hanno dato vita a questo. Parla di perdita, mi hanno fatto notare, ma personalmente non vi è nulla di autobiografico, visto che ho la fortuna di vivere una splendida storia d'amore…"

Sabrina sorrise, senza alzare lo sguardo.

"…ma in fondo è meglio così, no?" proseguì Stefano a ruota libera. "Cioè, non si può scrivere sempre di se stessi! Io credo che sia una grande conquista quando uno scrittore riesce a parlare in modo credibile di qualcosa che è diverso da sé, di qualcosa che appartiene ad altri, però lui riesce a farlo suo…"

Applauso. Per un attimo Stefano ebbe la tentazione di voltarsi verso Christian per vedere se era riuscito a suscitargli qualche sensazione. Ma continuò a fissare Sabrina e il gruppetto di persone attorno a lei. Troppa tensione, troppi volti da osservare. Era meglio astrarsi in una zona franca.

"Vorrei concludere leggendo un breve passo proprio da *In Memoriam*" disse Stefano, alzandosi in piedi.

Nella sala calò il silenzio. Non squillava un cellulare. Stefano lesse con voce pacata, lasciando scivolare ogni singola parola nel silenzio della sala, con gusto, dandole peso. Tutti lo ascoltarono rapiti. Fu una lettura struggente. Miranda si passò una mano sugli occhi, forse a togliere una lacrima. Il sorriso di Sabrina si velò di commozione.

Stefano terminò la sua lettura. Nella sala nessuno sembrava voler prendere la parola, ma ci pensò Miranda a sbloccare l'impasse.

"E con questo" disse con la voce lievemente commossa, "direi che possiamo terminare. Non poteva esserci conclusione migliore a questo incontro… Stefano tra poco deve salutarci, ma è disponibile ancora una mezz'ora per foto e autografi…"

La folla si alzò in piedi appena lei ebbe detto *disponibile*, avvicinandosi verso il palco ma salendo ordinatamente le scale per gli autografi di rito. Sabrina e Fred sparirono rapidamente agli occhi di Stefano che si predispose con un sorriso ad accogliere richieste entusiaste di foto e autografi. Non andò così. Persino le sue fan più giovani, alcune già note per essere sempre presenti a tutte le sue presentazioni, sfilarono in silenzio, con gli occhi lucidi, al massimo mormorando un "Grazie". Nelle foto di rito, gli abbracci che Stefano sentì su di sé non furono appassionati o vivaci ma solidi e sentiti, come quando si trova sollievo da un dolore.

In platea, Christian si fece largo tra le sedie rimaste vuote, raggiungendo Sabrina e Fred.

"Tutto molto interessante" disse, sedendosi fra di loro.

"Oh, ce l'hai fatta a venire!" disse Sabrina con entusiasmo. "Federico, ti presento Christian, il regista di *In tuo onore*. Christian, questo è Federico, il fratello di Stefano".

"E' un piacere conoscerla, signor Ponziani" disse Christian con cortesia. "Lei, da fratello, cosa ne dice?"

"Me lo chiede perché in quanto fratello, allora darò un appoggio incondizionato o perché, a volte, sono proprio i consanguinei a mettere i bastoni fra le ruote?"

Christian rise. "Devo ammettere che ha delle battute notevoli, signor Ponziani" disse. "Avrebbe funzionato bene anche lei come scrittore!"

"Ce n'è già uno in famiglia. E le assicuro che sa svolgere il suo lavoro molto meglio di quanto la gente sappia".

"Non voleva essere una critica. Purtroppo so benissimo che le regole di mercato spesso imbrigliano il talento di una persona in un percorso lontano dal suo".

"Io sono convinta che Stefano oggi abbia allentato quelle briglie e continuerà a stupirci ancora a lungo" disse Sabrina.

"Se riesce ad avere un po' di indipendenza" disse Fred, voltandomi verso Christian. "Mio fratello può stupire veramente tante persone. Ha talento, ha sensibilità. Forse dovrebbe avere un po' più di coraggio per imporre le sue scelte rispetto a quello che gli viene chiesto, ma questo alla fine non è un peccato così grave rispetto ad altri".

Christian lo guardò in silenzio. "Concordo con quanto ha appena detto" disse.

Sul palco, Stefano stava finendo di firmare gli ultimi autografi. Quando ebbe congedato una coppia, alzò lo sguardo verso di loro e sorrise, facendo una smorfia buffa. Miranda e Mascioni si erano messi in un angolo a parlare. Stefano scese con un salto dal palco. Sabrina lo abbracciò e lo baciò con forza.

"Sono orgogliosa di te!" disse.

"Anche io ti amo!" disse Stefano. "Allora, fratellone, che te ne è parso?"

Fred sorrise. "Li hai proprio stesi" disse.

Per un attimo fu sorpreso di vedere lì anche Christian ma lo accolse con cordialità. "Christian" disse. "Grazie per essere venuto alla presentazione".

"La tua compagna sa essere molto insistente" disse, stringendogli la mano. "Ma devo farti i complimenti. Per la serata. E per quello che hai scritto".

Sul volto di Stefano comparve lo stupore. "Hai letto *In Memoriam*?" chiese.

"Sì" disse Christian. "Come ti ho detto, hai una compagna molto insistente. Comunque, bravo, un lavoro molto valido! Mi hai davvero stupito!"

Sabrina guardò Stefano con entusiasmo. Lui sembrava quasi intimorito. "Ti ringrazio" disse.

"Stai già lavorando a qualcosa di nuovo?" chiese Christian.

"Beh, no" disse Stefano. "Ora devo pensare a questa raccolta e come vedi... Il racconto sta attirando così tanta attenzione".

"Bene. Non avere fretta, Stefano. Stai volando alto, ora. Sarebbe un peccato sprecare tutto questo sorprendente credito che stai accumulando. E per sorprendente, intendo dire inaspettato".

"Era quello che pensavo io" disse Stefano. "Grazie del consiglio. Cercherò di seguirlo".

"Voi adesso dovete assolutamente festeggiare" disse Christian, appoggiando la mano sulla spalla di Sabrina. "Quindi io me ne torno nel mio studio e con te, Sabrina, ci vediamo domani per la ripresa delle repliche".

"Senz'altro, Christian" disse Sabrina. "Grazie ancora per essere venuto".

Christian sorrise. "Complimenti vivissimi" disse a Stefano.

Christian scorse lungo la fila e si allontanò nella libreria, scomparendo lungo il corridoio laterale. Sabrina strinse forte la mano di Stefano e appoggiò la testa contro la sua spalla.

"Ehi, io ho prenotato il tavolo per le otto e mezza!" tuonò dal palco, Miranda. "Odio arrivare in ritardo a cena!"

"Miranda, sarebbe più facile per tutti sapere cos'è che non odi!" disse Stefano.

"Ponziani, ti preferisco quando sei sotto pressione" disse. "Almeno sei meno simpatico!"

Era stato un giorno intenso ed estremamente redditizio. Antonio e Teresa avevano trovato i fan più agguerriti di Stefano Ponziani in attesa fuori dalla libreria ancora prima di aprire.

"E' bello?" avevano chiesto alcuni.

"Lo scoprirete presto" avevo risposto Teresa, mentre Antonio tirava su la saracinesca.

Una volta aperta la libreria, la piccola folla si era ulteriormente ingrossata. Teresa si era messa in cassa con accanto una pila alta mezzo metro di copie di *In Memoriam*, andata esaurita in una decina di minuti. Antonio poteva pensare quello che voleva di Stefano Ponziani, restava il fatto che era una delle macchine da soldi più efficaci della letteratura italiana, necessario alla sopravvivenza di ogni piccola libreria.

Alle quattro del pomeriggio, il Cliente Molesto si affacciò in negozio. Guardò Teresa e sorrise, mormorando un timido "Buongiorno".

"Antonio è di là?" chiese, indicando la stanza a destra.

"Sì, vada pure..." disse lei. Dalla sua postazione intravedeva la sagoma di Antonio intento a mettere a posto l'ordine alfabetico.

Il Cliente Molesto sorrise e scivolò in silenzio nella stanza a destra.

"Ciao, grande! Come stai?" disse, avvicinandosi alle spalle di Antonio.

"Ehilà, era tanto che non ti facevi vedere".

"Eh, ho avuto un po' di cose da fare..."

"Avevi bisogno di un libro?" chiese Antonio, cercando di arrivare subito al dunque. "Oggi sono un po' indaffarato..."

"Tranquillo!" rispose il Cliente Molesto, mettendo le mani avanti. "So già cosa voglio! Sono venuto per coso... quello famoso... Ponziani!"

Antonio sospirò. "Capisco" disse.

"Lo vuole leggere la bimba, sai com'è..."

"Certo..."

"Mi ha detto che di solito le faceva schifo"

"Posso capirla..."

"Però dal modo in cui parlano di questo ultimo romanzo, pare abbia scritto un capolavoro!"

"E' quello che ho sentito dire anche io. Ma non si tratta di un romanzo, bensì di una raccolta di racconti. E nemmeno tutti sono belli. Quello di cui si parla è l'ultimo".

"Ah... E tu lo hai letto?"

"Non ancora. Buffo, no? Per una volta sarai tu a consigliarmi un libro".

Il volto del Cliente Molesto si illuminò: "E' vero!" disse. "Grande Antonio! Dammelo allora, voglio leggerlo subito!"

"Guarda, lo teniamo in cassa. Oggi vendiamo solo quello".

"Allora vado subito!" disse il Cliente Molesto, già con le gambe in movimento. "Grazie, Antonio! Sei il migliore!"

"Grazie a te" disse Antonio, tornando al suo lavoro e rimpinguando la sezione all'altezza di D. H. Lawrence.

Continuò a sistemare libri, fischiettando le canzoni di Battiato che aveva messo in audio. Era a metà di *E ti vengo a cercare*, quando udì una gentile voce di donna.

"Buonasera Antonio".

Antonio si voltò e le sorrise. "Buonasera" replicò con gentilezza.

La signora Lotti indossava un cappotto scuro e un cappellino d'altri tempi dello stesso colore. Aveva una sessantina d'anni, ma era ancora una donna di una bellezza molto semplice, che in quel momento racchiudeva nel sorriso con cui stava salutando.

"Come posso aiutarla?" chiese Antonio.

"Mi ero solo affacciata a salutarla, signor Berardi" rispose lei. "Ma non voglio disturbarla. Vedo che è molto impegnato!"

"Già. Devo approfittare di questi pochi momenti liberi per rifornire l'ordine alfabetico. Oggi siamo dietro a, ehm… il libro del giorno!"

La signora Lotti sorrise, restando in silenzio. Sembrava perplessa. Antonio, che era arrivato alla P, sfilò una pila di *Cronache di poveri amanti* e le inserì in uno spazio rimasto vuoto.

"Non dovrebbe sottovalutare quel racconto" disse la signora Lotti.

"Come, prego?" disse Antonio. Poi sorrise. "Non volevo fare lo snob, scusi. E' che Stefano Ponziani non è fra i miei autori preferiti".

La signora Lotti sorrise di nuovo. "Nemmeno fra i miei, se devo essere sincera" disse. "Ma prima ho letto quel racconto e mi ha colpito molto".

"Lo ha letto?" chiese Antonio stupito.

"Sì. Lei era in pausa pranzo, signor Ponziani" disse. "Mi scusi, lo so che questa è una libreria e non una biblioteca. Ma l'ho sfogliato per curiosità, ho letto le prime pagine di *In Memoriam* e… beh, mi sono ritrovata a finirlo di getto".

Antonio guardò la donna, visibilmente colpito dalla serietà con cui gli stava parlando. Aveva portato la mano al collo, stringendosi delicatamente la sciarpa. Sembrava che volesse dire qualcosa, ma non trovasse le parole esatte.

"E' così bello come dicono?" chiese Antonio.

"Racconta una storia che riesce a dare conforto a chi la legge".

"Conforto…" mormorò Antonio.

"Sì" continuò la signora Lotti, con maggior decisione nella voce. "E' una voce amica accanto che parla e ti tiene per mano. Ha una prosa molto dolce, appassionata in certi punti, ma piena di struggimento. Mi viene da pensare che ci sia una forte sofferenza personale dietro quelle parole".

"Addirittura…"

La signora Lotti fece una breve pausa, visibilmente commossa. Scacciò una lacrima dagli occhi, poi riprese a parlare, guardando Antonio. "Sono contenta di averlo letto" proseguì. "Ne avevo bisogno in questo momento…"

Antonio annuì, serio. "Capisco. Ho saputo di suo marito e le faccio le mie condoglianze. Mi scusi se finora non…"

"Non deve scusarsi. Io ho saputo di suo figlio".

Antonio rimase in silenzio, lo sguardo assente, per un attimo di nuovo consapevole della morte di Davide, una scomparsa che, per quanto volesse, non poteva restare al di là delle porte della libreria. In quel momento tornava all'interno assieme alla vedovanza della signora Lotti e gli si poneva davanti. Ad accompagnarle entrambe, le parole di Stefano Ponziani. Quel pensiero lo turbò.

"La lascio lavorare" disse la signora Lotti, portandosi verso l'uscita. "Ma la prego, legga quel racconto".

Era seria. Attendeva una risposta.

"Cercherò di farlo" disse Antonio, abbozzando un sorriso, non ancora del tutto sicuro di poter mantenere quella promessa.

Rientrò a casa stanco. Chiuse la porta di casa alle sue spalle e ci si appoggiò contro, chiudendo gli occhi per un momento. "Sono tornato" disse.

La voce di Marta gli rispose dal salotto. "Bene!" disse. "Io sono in ritardo con la cena!"

Antonio si affacciò sulla soglia del salotto. Marta era seduta sul divano, la luce dell'abatjour accesa al suo fianco e un libro in grembo, di cui Antonio non riusciva a scorgere la copertina, ma della cui lettura Marta stava arrivando alla fine.

Marta gli sorrise. "Sono rimasta presa dalla lettura, scusami" disse con un sorriso sereno.

"Fa niente" disse Antonio, togliendosi il cappotto.

"Com'è andata oggi al lavoro?"

"Era facile immaginarlo. Vendite monotematiche. Ponziani. Ponziani. E ancora Ponziani".

"Teresa sarà stata contenta…"

"Era il ritratto della felicità!" commentò Antonio. "Tu cosa stai leggendo?"

"Un libro che mi incuriosiva. E che mi sta piacendo molto".

Antonio fece una smorfia di divertita sorpresa. "Come siamo evasivi…"

"Dimmi piuttosto com'è questo famigerato nuovo romanzo!"

"E' una raccolta di racconti" puntualizzò Antonio. "Che ti devo dire? E' il solito festival del luogo comune. Personaggi scadenti, sia maschili che femminili, con una disponibilità economica inversamente proporzionale al numero dei loro neuroni. Storie inverosimili con eventi che capitano dal nulla senza un nesso logico. E' la morte di ogni tipo di creatività".

"Che giudice spietato".

"E' la verità" disse Antonio, uscendo dalla stanza.

Marta rise. Quella risata fermò Antonio sulla soglia. "Mi spieghi cos'hai da ridere?" chiese. "E' qualcosa nel libro che stai leggendo?"

"No" disse Marta. "E' quello che ne pensi tu…"

Marta sollevò la copertina. Antonio riconobbe con stupore la foto di quella rosa. "Non posso crederci…" mormorò. "Quando sei passata?"

"Sono andata alla concorrenza. Tu non me lo avresti mai venduto" rispose Marta.

"Che cosa? Addirittura in un'altra libreria! Io non capisco come…"

"Ero curiosa. Mica facevo niente di male".

Antonio annuì perplesso. "Almeno è interessante?" chiese a mezza bocca.

"I racconti sono fondamentalmente una valanga di sciocchezze…"

"Lo vedi allora?"

Marta lo fissò in silenzio. "Tranne l'ultimo" disse. "Quello che mi interessava".

Antonio squadrò il libro che Marta aveva appoggiato sul bordo opposto del divano. "Davvero?"

"Sì".

"Sei già la seconda insospettabile che me lo dice oggi" disse Antonio, continuando a fissare la copertina.

"E leggilo, no? Mettila così. Se non ti piace puoi sempre parlarne male ma con maggiore cognizione di causa".

Quella risposta parve convincere Antonio. "Hai ragione" disse. "Io vado a farmi una doccia".

Marta annuì. "Questo lo lascio sul tavolo, per quando ne avrai voglia" disse.

Antonio non rispose. Gettò un ultimo sguardo poco convinto alla copertina di *In Memoriam*, poi uscì dalla stanza.

Lo avevano visto intento e concentrato e forse avevano pensato che fosse perso in qualche profonda riflessione. In realtà, quando le due ragazze avvicinarono Stefano all'interno del supermercato, lui stava pensando a quale tipo di sugo fosse più adatto alla pasta che avrebbe dovuto preparare quella sera a cena.

Lo avevano avvicinato con un sorriso entusiasta e una voce molto timida, come se fossero state in un bosco e Stefano fosse un animale raro da avvicinare di soppiatto. Furono contente di trovarlo sorridente e cordiale. Parlarono per qualche minuto: loro, dicendogli quanto spesso avessero riportato le citazioni dai suoi romanzi in diari e conversazioni, lui, annuendo con gentilezza e cercando di regalare qualche aneddoto di cui le ragazze si sarebbero potute vantare con le amiche.

Il discorso cadde inevitabilmente su *In Memoriam*. Le ragazze si impegnarono molto per mostrare a Stefano tutta la loro commozione. Entrambe cercavano di esprimere il concetto più emozionante, la frase più profonda, in un rimbalzo di affermazioni entusiaste, volte l'una a superare l'altra. Gli chiesero un autografo. La firma di Stefano finì su un foglio di carta mezzo stropicciato sotto le scritte *1 barattolo di sottaceti* e *Ammorbidente*. Una foto di rito, saluti emozionati e baci sulle guance e le ragazze proseguirono con la loro spesa, voltandosi a guardare Stefano, di nuovo intento a porsi il problema del sugo, prima di sparire in un altro corridoio. Lui si era ormai convinto per un banale ragù, quando qualcun altro richiamò la sua attenzione.

"Signor Ponziani" disse una voce molto calma.

Stefano si voltò. Alla sua destra c'era un uomo. Avrà avuto una cinquantina d'anni ma dimostrava molto di più. I capelli erano di un grigio smorto, pettinati male, forse lasciati in balia del vento. Le rughe sulla faccia sembravano comparse all'improvviso, come se avesse subìto un trauma molto doloroso e il suo volto si fosse sfaldato di colpo. Aveva un sorriso dolce e degli occhi miti.

"Buonasera" disse Stefano, curioso di sapere cosa volesse quello sconosciuto da lui.

"Ci sono anche io a cena, in caso non te ne fossi accorto..." disse Sabrina con aria divertita.

Stefano alzò la testa dal piatto. Era stranito, riflessivo, molto più del solito.

"Terra chiama Stefano!" disse Sabrina, mangiando un fusillo. "La pasta non è scotta, in caso te lo stessi chiedendo. Stai migliorando come cuoco!"

Stefano abbozzò una risata ma senza togliersi dal volto quell'aria melanconica. Sabrina intuì che voleva dire qualcosa, perciò continuò a mangiare in silenzio senza aggiungere altro o cambiare argomento.

"Mi è successa una cosa davvero assurda, oggi" disse finalmente, appoggiando la forchetta sul tavolo.

"Materiale narrativo?" chiese Sabrina.

Stefano attese un momento prima di rispondere. "Ero al supermercato" disse. "Stavo facendo la spesa quando mi ha avvicinato un uomo…"

"Chissà cosa avrebbe detto tuo fratello!"

"Sabrina, cazzo, fammi parlare!" sbottò Stefano.

Sabrina si stupì. Si era davvero arrabbiato. "Scusa…" disse. "Era solo una battuta".

"No, scusami tu" disse Stefano, mortificato. "E' una cosa che mi ha fatto un certo effetto. Mi ha avvicinato un uomo. Non sapevo chi fosse. Aveva uno sguardo gentile. Molto triste ma gentile. Era sulla cinquantina. Mi ha chiesto se poteva parlarmi un paio di minuti".

Stefano fece una breve pausa. Sabrina si protese verso di lui, attenta.

"Ho accettato, tanto pensavo… Vai a sapere… Vorrà raccontarmi quanto gli piacciono i miei romanzi e mi riproporrà la cronologia completa, come è sempre accaduto" proseguì Stefano. "Invece mi ha raccontato la sua vita. Mi ha detto che aveva una ditta che è fallita e che era rimasto vedovo sei mesi fa. E' stato straniante…"

"Voleva soldi?"

"No, voleva solo parlare. Aveva letto *In Memoriam*. Era rimasto colpito dal titolo e poi lo è stato dal racconto. Ha detto che, mentre leggeva, gli sembrava di udire una voce amica che lo confortava".

"Non era un pazzo?"

"No, Sabrina, non lo era assolutamente" disse Stefano, serissimo. "Ormai ho imparato a riconoscerli. Lui era sincero. Mi ha… Non lo so, non mi era mai capitato!"

Stefano sembrava smarrito. Il suo sguardo oscillava tra il vuoto e Sabrina, in attesa di un suo parere su quanto accaduto. Sabrina si versò del vino e sollevò il bicchiere.

"Io penso che dovremmo essere contenti di quello che hai appena detto" disse. "Se davvero non era un mitomane, ma una persona che aveva bisogno di aiuto… Tu glielo hai dato. E se ora sta meglio, beh, in fondo il compito di uno scrittore è questo, no?"

Stefano sorrise, contento di quelle parole. Sabrina prese la bottiglia del vino e si sporse a versarlo nel bicchiere di Stefano.

"Stasera dobbiamo festeggiare" disse.

Le parole di Sabrina avevano illuminato gli occhi di Stefano che ora sollevava il bicchiere, tenendolo ben saldo nella sua mano. Brindarono.

"Sono orgogliosa di te" disse Sabrina, guardando Stefano.

"Anche io ti amo" rispose lui.

Appena Teresa lesse la mail, premette immediatamente il pulsante di stampa. Quasi strappò il foglio fuori dalla stampante, troppo contenta per quello che voleva subito condividere con Antonio. Lo raggiunse in cassa dove stava mettendo a posto alcune matite.

"Bimbetti! Guarda che casino hanno fatto!" borbottò quando la vide arrivare.

Teresa teneva il foglio dietro la schiena come una ragazzina. Lo guardò senza riuscire a trattenere un sorrisetto sul volto.

"Cosa c'è?" disse Antonio, rabbuiandosi. "Non ho mai apprezzato le tue risate, sono sempre state foriere di brutte notizie. Per me."

"Hai seguito il consiglio di Marta?" chiese Teresa, trattenendo a stento le risate. "Quello di leggere *In Memoriam*?"

Antonio sospirò. "Ancora no" disse. "Perché? Ponziani ha chiesto un mio giudizio personale?".

"Potrebbe farlo davvero…"

Lasciò cadere il foglio sul piano della cassa. Antonio lo osservò con curiosità per poi prenderlo in mano e leggerlo con attenzione. Lesse quel nome che tanto artisticamente disprezzava. Stava per venire a trovarli. Dopo una trattativa complicata, Teresa era riuscita a far includere la loro libreria tra quelle che Stefano Ponziani avrebbe visitato durante il tour promozionale di *In Memoriam*.

"Resta inteso che sarai tu a presentarlo" annunciò Teresa.

"Io?" chiese Antonio.

"Sì, tu. Non c'è niente di meglio di un intellettuale prevenuto per promuovere adeguatamente un romanzo popolare!"

Antonio rimase in silenzio, guardando il foglio con aria stupita.

Aspettò che Marta andasse a letto. Erano tornati a casa stanchi morti con il peso degli abiti che si era ormai fatto insostenibile e i volti, tirati dai continui sorrisi, che avevano solo voglia di disfarsi in un'espressione esausta.

"Mi preparo un tè" aveva proposto Marta ed Antonio aveva subito accettato.

Lo avevano sorseggiato in silenzio, al tavolo di cucina, ormai lontani dai rumori della festa, dalle grida dei bambini che giocavano tra i tavoli e il brusio del chiacchiericcio di parenti e amici. Da fuori, ogni tanto, proveniva il rumore di un'auto che passava. Troppo stanchi anche delle luci del ristorante, erano rimasti in penombra, illuminati soltanto parzialmente dalle luci dei lampioni accesi fuori.

Antonio osservava il volto di Marta soffermandosi sui suoi occhi accesi che emergevano dalla semioscurità, circondati dai ricci biondo scuro. Fu in quel momento che comprese che i suoi sforzi erano stati scioccamente vani. Capì che era proprio in virtù di quegli occhi che Marta aveva voluto compiere determinate scelte, come in quel giorno. Pensò che avrebbe dovuto fare altrettanto. Con calma. E, inizialmente, senza pressioni esterne.

"Sei stata splendida oggi" le disse con tenerezza.

Marta sorrise. "Ti ringrazio" disse. "Anche tu".

Mentre Marta si faceva una doccia, Antonio riesaminò le foto che aveva fatto al battesimo: Caterina e la sua famiglia; i suoi genitori, soprattutto suo padre che aveva parlato dei gattini a tutti; Marta da sola appoggiata ad una colonna della chiesa;, Marta con in braccio la bambina; Marta che tiene la candela in mano mentre la bambina viene battezzata; Marta abbracciata a sua sorella. Infine Marta sorpresa in un momento privato, una foto scattata senza che nemmeno lei se ne accorgesse, seduta accanto a una finestra con lo sguardo verso la campagna attorno. Uno sguardo dolce, velato di malinconia, nel quale sembrava di cogliere l'attesa per l'arrivo di qualcuno che mancava alla festa. Antonio aveva scattato quella foto di nascosto e aveva deciso di non mostrargliela mai. L'avrebbe conservata per se stesso, come esempio.

Marta era andata a dormire. Lui aveva atteso in salotto che si fosse addormentata, leggendo una rivista. Poi si era allungato verso il tavolino del salotto e aveva preso in mano *In Memoriam*. Lo aveva soppesato tra le mani con curiosità, sfogliandolo a caso, soffermandosi con attenzione su quelle frasi che aveva letto con disprezzo nel magazzino. Il suo giudizio non si stava spostando di una virgola.

Arrivò alla pagina bianca che riportava in alto il titolo del racconto. La sfogliò. Ai suoi occhi comparve subito una prosa radicalmente diversa da quanto gli era passato sotto gli occhi fino a quel momento. Diede una rapida scorsa alla prima pagina per sincerarsi meglio di quell'impressione, poi ricominciò a leggere dall'inizio. Attentamente.

Quando ebbe sfogliato la prima pagina, la sentì. Aveva ascoltato la voce di Stefano Ponziani in un paio di occasioni e ora gli pareva di udirla di nuovo, accanto a lui, mentre leggeva le parole di quel racconto. Non aveva mai stabilito un contatto così intimo con un testo, non gli era capitato nemmeno con i suoi autori viventi preferiti. Ma quelle parole erano effettivamente dosate con sapienza, disposte secondo un ordine preciso che non era pura architettura di termini, un crescendo che portava strumentalmente all'empatia e alla commozione. In quelle parole c'era una sincerità di fondo plateale, una confessione dell'autore, un bisogno di vicinanza a chi stava leggendo. Era una lettera personale, le parole di un amico sincero. Era intimo pur se stampato in migliaia di copie e comprato ovunque in Italia da chiunque. Era privato. *Un racconto privato* era il titolo alternativo perfetto.

Verso la quinta pagina, una frase lo ferì. Si soffermò un attimo, rileggendola, e si chiese perché avesse provato una dolorosa fitta interna per quelle parole. Proseguì nella lettura, con addosso ancora quella piccola macchia di dolore che si era attenuata dall'impatto iniziale ma che restava stabile, un dolore sordo e sotterraneo che lo stava accompagnando nelle pagine successive.

Poi quella sensazione di dolore si trasformò. La sentì avvolgersi allo stomaco, risalire pungendo il cuore e arrivare al cervello e lì invase tutto, gettando alla rinfusa le sue analisi delle parole, le riflessioni che stava facendo sulla lettura, persino il ricordo della giornata appena trascorsa. Non udì più la voce di Ponziani. Divenne un'eco lontana, prima di frantumarsi in decine di rifrazioni sonore e ricomporsi di nuovo in un'unica voce, diversa, più giovane.

Una parte della sua mente si allontanò dalla lettura ed alzò gli occhi dalle pagine. E vide il ragazzo, seduto proprio davanti a lui, le mani giunte, i gomiti appoggiati alle ginocchia, proteso verso di lui. Avrà avuto venticinque anni, uno sguardo sereno ma serio e dei bellissimi capelli biondi corti. Antonio lo guardò. Non lo conosceva ma aveva un aspetto familiare. Si concentrò su di lui che intanto gli stava parlando attraverso le parole del racconto.

Capì chi fosse quando sorrise. Era Davide. Il Davide di venticinque anni che lui non avrebbe mai conosciuto, un ragazzo bello e dallo sguardo sveglio che non sarebbe mai esistito e di cui nessuno avrebbe potuto parlare né bene, né male. Quello che non si sarebbe innamorato e di cui nessuna ragazza o ragazzo avrebbe scritto nel proprio diario. Quello che non si sarebbe diplomato o laureato. Che non avrebbe trovato lavoro in Italia o, avvilito dal nichilismo che lo circondava, sarebbe andato a cercarlo all'estero. Davide, con cui non avrebbe litigato nella fase adolescenziale. Davide, che non avrebbe avuto figli.

Mentre i suoi occhi continuavano a leggere il testo, Davide rimaneva lì, parlandogli con le parole di Stefano Ponziani. Antonio poteva solo ascoltare. Quando sfogliò una pagina e si accorse che era giunto alla fine, provò una sensazione di paura ma continuò a leggere. Quando raggiunse l'ultima riga e l'ultima parola fu letta, l'immagine di Davide iniziò a farsi indefinita e svanì. La sua mente cercò di catturarne uno scampolo per imprimerla come ricordo. Riuscì ad attrarre a sé solo una vaga idea, una sensazione.

Antonio richiuse il libro e lo appoggiò sul tavolino senza guardarlo. Rimase in silenzio sulla poltrona, gli occhi fissi nel vuoto. Pianse, senza singhiozzi, lasciando che le lacrime fuoriuscissero senza sforzo dai suoi occhi.

"Che te ne pare?" chiese Sabrina.

Stefano finì di leggere l'ultima pagina, poi appoggiò il copione con cura sul tavolo di salotto.

"Non è male" disse. "E' una commedia divertente e intelligente".

"Infatti stavo pensando di accettare" disse Sabrina, mettendo il copione in borsa. "Volevo farlo vedere anche a Christian, comunque…"

"Non ti pare di coinvolgerlo troppo?" obiettò Stefano, infastidito. "Va bene dare il massimo nella sua pièce, ma non deve condizionare le tue scelte artistiche anche al di fuori".

"Stefano, per me Christian è una persona molto importante" disse Sabrina. "Mi sta dando dei consigli essenziali a impostare la mia carriera. Gli devo molto. E' ovvio che poi sarò io a scegliere, ma mi piace consultarmi con lui e sentire cosa ha da dire vista la sua esperienza".

Stefano sospirò, non potendo evitare di mostrare un'espressione contrariata. Sabrina gli sorrise, si avvicinò a lui e lo baciò in fronte.

"Penso che qualcuno qui abbia paura di perdere il suo ascendente…" disse, accarezzandogli la testa.

"Dai, non dire cazzate!"

"Sai cosa penso anche?" disse Sabrina, alzandosi in piedi. "Che dovresti muoverti a prepararti o arriverai tardi agli studi televisivi".

"Chiamerò un taxi fra mezz'ora".

"Ste, c'è anche la partita…" disse Sabrina, con tono di rimprovero. "Non fare tardi!"

"Okay, okay, okay!" disse Stefano, alzandosi in piedi e seguendola nel corridoio. "Vado a prepararmi!"

"Così va meglio!" disse Sabrina, prendendo le chiavi dell'auto. "L'hai messa in registrazione?"

"Sì e la registra anche Fred…"

Sabrina annuì e si diresse verso la porta di casa. "Okay" disse. "Allora, in bocca al lupo!"

"Anche a te… E… beh, dì a Christian di non menarla tanto, eh?"

"Sei proprio un neonato! A dopo. Ciao!"

Sabrina chiuse la porta di casa. Stefano rimase in piedi nel corridoio con le mani sui fianchi.

"Non sono un neonato…" mormorò.

Non lo aveva colpito il fatto che fosse una ragazza molto bella, che avesse un carattere visibilmente spregiudicato e sicuro di ciò che volesse. E nemmeno il fatto che nella foto avesse scelto un abbigliamento elegante ma con una sottotraccia sexy, apparentemente invisibile alla vista, ma che si infilava di soppiatto nel cervello, raggiungendo gli ormoni in un battibaleno. Non fu neanche il tono del provino, dove dimostrava di essere brava, ma ancora con quelle acerbe incertezze che caratterizzano le esordienti. No, il motivo per cui Stefano rimase colpito dal video in cui Sabrina Livi mandava la sua candidatura al ruolo di protagonista del film *Tutti i battiti del mio* cuore fu Ugo Tognazzi.

Il videoclip di presentazione lo aveva fatto girare ad un amico, quasi sicuramente innamorato perso di lei senza il coraggio di confessarglielo. Probabilmente lei se ne era accorta e lo aveva scelto, perché sicura che avrebbe fatto l'impossibile per farla risaltare al meglio in video e agli occhi di chi lo avrebbe esaminato. C'era riuscito. Il ragazzo le aveva fatto anche una piccola intervista, ponendo domande in modo anonimo e monocorde a cui lei aveva risposto con una grinta sincera. Un provino eccellente.

Ma mentre Stefano lo stava visionando assieme al regista e ad uno dei produttori, tutti e tre già concordi sul fatto che a Sabrina Livi una chance bisognava dargliela, arrivò una domanda classica "Chi vorresti incontrare domattina, uscendo di casa?" seguì una risposta niente affatto scontata.

"Ugo Tognazzi" disse Sabrina nel video. E per un attimo la sua sicurezza lasciò il posto ad una dolcezza appena accennata.

Il produttore si mise a ridere, il regista non disse niente. Era un tipo che sul set non faceva trapelare nulla di quello che pensava, neanche stesse girando *Psycho*. Stefano si era avvicinato allo schermo, incuriosito da quella risposta.

"Perché?" chiedeva l'intervistatore con falso interesse.

Nel video, Sabrina si scostava una ciocca di capelli che le era caduta sulla guancia, guardava per una frazione di secondo in alto e poi rispondeva. "Perché è il mio attore preferito nel cinema italiano e penso che in questi anni la sua grandezza sia stata molto sottovalutata".

"Esperta di cinema!" commentò il produttore.

"Pensa bene ai suoi personaggi, a quanto sono attuali" continuava Sabrina nel video. "Mastroianni era la star. Gassman il divo nel senso classico del termine, il Grande Attore. Sordi, il portabandiera dei difetti dell'Italiano Medio. E Volonté, il simbolo della denuncia sociale. Tutti attori eccellenti, ovvio, grandiosi! Però l'unicità di Tognazzi, quello che secondo me lo rende il più grande, è che tutti loro rappresentavano qualcosa. Tognazzi non rappresentava niente, nei suoi film. *Era*. Era il medio borghese, l'imprenditore quaranta-cinquantenne alle prese con i cambiamenti della vita…"

Stefano era colpito da quella risposta. In fondo, sapeva benissimo che il provino era per una commedia molto semplice, anche se aspirante ad un grande successo. Avrebbe potuto cavarsela con molto meno. Invece aveva dato sfoggio di una passione cinematografica sincera, argomentandola con profondità ed entusiasmo. Alcune attrici nemmeno sapevano chi fosse la persona a cui era intitolata la via in cui abitavano.

"I personaggi che interpreta sono ancora attuali" diceva Sabrina. "Li vedi per strada, al ristorante il sabato sera Girano con macchine lussuose che devono compensare non confessate carenze affettive. E hanno tutti quello sguardo obliquo e malinconico, come se avessero capito che dalla loro vita è fuggito qualcosa, ma loro non sanno cosa e il non saperlo e averlo comunque perso, li renderà per sempre quel tipo di persone falsamente felici. Lo hai mai visto *La voglia matta*?"

Stefano pensò che no, non lo aveva visto, e si ripromise di farlo.

"Qual è la tua canzone preferita?" chiese l'intervistatore, evitando di rispondere alla domanda di Sabrina.

"*Deathly* di Aimee Mann " rispose lei con sicurezza. Nemmeno quella conosceva. Si sentì una capra.

"Perché non ce la canti?"

"Perché non so cantare e perché questo video non va ad un concorso per giovani talenti musicali".

Il regista bloccò il video sul suo sorriso spontaneo. Poi si voltò verso Stefano. "Questa ragazza è interessante" disse con voce paradossalmente atona. "Cosa ne pensi, Stefano?"

Stefano si regalò altri due secondi di contemplazione del sorriso di Sabrina. All'epoca si vedeva senza impegno con una soubrette e qualcosa di Sabrina aveva già iniziato a scavare dentro di lui.

"Più che d'accordo" disse Stefano, gli occhi sempre fissi su quel fermo immagine.

Lo scoramento di Stefano bucava lo schermo. Era buttato su una poltrona, lo sguardo smarrito, che si alternava su una nota opinionista famosa per il tono estremamente elevato dei suoi decibel, impegnata a discutere con un onorevole più abile a fare la comparsa televisiva che il legislatore. Nel mezzo, lui. Invitato, grazie a *In Memoriam*, come nuovo esperto di sofferenza e dolore.

Il tema della puntata era la crisi e come essa stesse acuendo il malessere degli italiani. L'opinionista si era infervorata contro l'onorevole, urlandogli contro con toni populisti, lanciando slogan e evitando di proporre da parte sua qualcosa che non fosse un "Fuori tutti!" o "Ve ne dovete andare a casa!". L'onorevole confermava l'idea che Stefano si ero fatto di lui, cioè che fosse un idiota, balbettando supercazzole e sciorinando una serie di intenzioni. Era tutto riassumibile in Imperativo contro Futuro con in mezzo Stefano a cui toccava il compito di impersonare il Presente, ma che avrebbe voluto essere estremamente assente.

Il presentatore si avvicinò a Stefano. La sua proverbiale postura servile mise lo scrittore ulteriormente a disagio.

"Signor Ponziani" disse, piegandosi su di lui. "Lei ha pubblicato quello che è stato subito definito il caso editoriale dell'anno. Amato da tutti per la profondità con cui, in alcune pagine, ha saputo parlare al cuore delle persone. Che opinione si è fatto della situazione politica attuale? Cosa ha da dire a chi contesta con aggressività l'attuale classe dirigente?"

Stefano reagì con un impercettibile ingrandimento degli occhi e un silenzio che tutti scambiarono per riflessione, ma che in realtà celava un profondo imbarazzo.

"Io..." disse Stefano con il presentatore sempre curvo su di lui e l'opinionista che si era presa un break verbale per sistemarsi sulle propria poltrona. "Beh, penso che sia un discorso troppo grande da riassumere in una sera o in una frase. Io credo che alla base ci sia stata... voglio dire... beh, una grossa mancanza di responsabilità da parte di tanti..."

"Lo senti? Parla come te!" disse Marta, stringendo il braccio di Antonio.

Antonio fece una smorfia stupita e si rilassò sul divano. "Il fatto che abbia scritto cose stupide non significa che lo debba essere per forza anche nella vita" disse.

"Vedi che stai cambiando opinione?" insistette Marta. "Teresa sarà contenta!"

"A Teresa importa solo che io faccia una bella presentazione quando verrà a trovarci. Poi, mi lascerà libero di pensarne quello che voglio".

Marta scosse la testa e tornò a guardare la televisione. Stefano Ponziani aveva fatto un discorso molto incerto ma altrettanto sincero sulla mancanza di autocritica da parte di molte persone, soprattutto in politica, che le aveva riportato alla mente i leitmotiv sociali di Antonio. Alla fine, l'onorevole Pagliazzi aveva balbettato qualcosa, dando un po' ragione a Ponziani ma in parte autoassolvendo la propria corrente politica che si era impegnata, secondo lui, a fare qualcosa. Ponziani era poi stato velenosamente attaccato da Emma Scaroli che, come ogni brava populista, rifiutava l'autocritica a favore di un non meglio precisato nemico esterno e soltanto l'invio della pubblicità aveva impedito che lei mettesse le mani addosso all'incolpevole scrittore.

"Vado in bagno" annunciò Antonio. "Anzi, credo che ne approfitterò per andare a dormire".

"Fra poco vengo anche io…"

In bagno, Antonio si lavò i denti con cura come faceva sempre. Tenne lo sguardo fisso sul proprio riflesso, cercando di dare una risposta a quella sensazione che lo affliggeva dalla sera precedente. Da dopo che aveva letto *In Memoriam*. Quella lettura aveva risvegliato in lui determinate sensazioni. Alcune per dargli pace e una risposta. Altre erano rimaste in circolo nella sua mente, indefinite. Avrebbe voluto dar loro una precisa configurazione, ma gli sfuggiva. Così, lavandosi i denti, di fronte allo specchio, sperava di trovare una risposta, un'immagine per quella sensazione di malessere che non smetteva di abbandonarlo, ma sfregarsi vigorosamente i denti non sembrava essere la miglior soluzione.

Aprì la porta dell'erboristeria, osservando la signora Lotti che sistemava uno scaffale, dandogli le spalle. Il campanello suonò e la signora si voltò con aria sorpresa salvo rivolgere subito un sorriso aperto a quell'ospite inaspettato.

"Buongiorno signor Berardi" disse con cortesia. "Come posso aiutarla?"

"Buongiorno, signora Lotti" disse Antonio con cordialità. "Ero passato per farle un saluto".

"Mi fa piacere. E' anche fortunato a trovare un momento di calma qui in negozio".

Antonio annuì, rimanendo in silenzio, mentre la signora Lotti tornava dietro il bancone e segnava qualcosa su un foglio di carta.

"Sto preparando degli ordini" disse. "Ma parli pure".

"Ho seguito il suo consiglio" disse Antonio.

"Ha letto *In Memoriam*? Mi fa molto piacere!" rispose lei, finendo di annotare i suoi appunti. "E, mi dica, da libraio cosa gliene è parso?"

"E' un racconto molto bello" disse Antonio. "Riesce a dare dei notevoli spunti di riflessione".

"E' quello che ho pensato anche io. Ci ho riflettuto tutto il giorno, sa, dopo averlo letto. Era riuscito a tirare fuori delle sensazioni che avevo più o meno inconsapevolmente nascosto dentro di me dopo la morte di mio marito".

"Ho provato la stessa cosa" disse Antonio, sforzandosi di trovare le parole giuste. "Ma anche qualcosa di più, non so... di più profondo... a livello inconscio".

"Sua moglie ha letto il racconto?"

"Sì".

"E ha provato le sue stesse sensazioni?"

"Sì, ma... lei si è sentita pacificata da quella lettura. Io no. E' come se ci fosse qualcosa che non mi torna... qualcosa che sta cercando di tornarmi in mente ma non riesco a focalizzarla bene".

La signora Lotti lo guardò con un sorriso candido. "Io non sono una psicologa, signor Berardi..." disse.

"Guardi, non c'entra nulla la psicologia!" la interruppe Antonio. "E' qualcos'altro. E' come se... ci fosse... non so..."

Antonio agitava le braccia attorno a sé, le mani che si aprivano e si chiudevano, afferrando l'aria. La signora Lotti uscì da dietro il bancone e gli si avvicinò, prendendogli le mani nelle sue.

"Signor Berardi" disse con voce calma. "Si calmi. Cerchi di non pensarci. E non dimentichi che choc ha subito. Se si affanna così, non ne verrà mai a capo. Lasci che la sua mente si rilassi e vedrà che qualsiasi cosa stia pensando ora, finirà col chiarirsi meglio".

Antonio annuì. "Va bene" disse, calmandosi. "Ha ragione. Devo tornare a lavoro, ora. Io la ringrazio".

"Io ringrazio lei, invece, per avermi voluto fare questa confidenza" disse la signora Lotti con un sorriso dolce. "Ho molto apprezzato. Mi saluti tanto sua moglie".

"Senz'altro".

Antonio si diresse verso l'uscita, aprì la porta e sulla soglia si voltò verso la signora Lotti con un sorriso di saluto. La signora replicò e tornò a sistemare gli scaffali. Antonio chiuse la porta e trasse un profondo respiro. Stava iniziando a piovere di nuovo. Si incamminò a passi svelti verso l'ingresso della libreria.

Stefano fu contento di veder uscire Sabrina per prima e da sola dal retro del teatro. Si sporse ad aprirle la portiera della macchina e lei vi saltò dentro rapidamente.

"Grazie, avevo davvero paura che ricominciasse a piovere!" disse Sabrina, mentre Stefano rimetteva in moto.

"Com'è andata stasera?" chiese Stefano.

"Tranquillo. Anche se mi aspettavo un po' più di gente".

"Cosa ne pensa Christian della sceneggiatura?"

"Ha detto che è carina" disse Sabrina, controllando il suo smartphone.

Stefano si era accorto che Sabrina non aveva completato la frase. L'ultima sillaba si era leggermente trascinata in avanti, come se avesse dovuto legarsi ad altre parole che però lei non aveva pronunciato.

"Ma…?" chiese Stefano.

"Secondo lui, potrei trovare di meglio" disse.

Stefano fece una smorfia di delusione. "Glielo hai detto che hai già un agente?" disse con fastidio.

"Stefano, quella di Christian era un'opinione" disse Sabrina, visibilmente infastidita. "Come la tua".

"Scusami, non volevo aggredirti…"

"Non devi scusarti" disse Sabrina, calmandosi. "Solo che mi dà fastidio pensare che le persone a cui voglio bene mi possano credere manovrabile. O da loro o da altri".

"Ho solo detto che secondo me sbagli a rifiutare quella sceneggiatura. E' simpatica, non è stupida…"

"Non ho detto che la rifiuterò!" lo interruppe Sabrina. "Ho ascoltato i vostri pareri e ora voglio sentirmi libera di capire come e se aderiscono ai miei. Fine del discorso".

Stefano rimase in silenzio. Sabrina guardò fuori dal finestrino la pioggia che ricominciava ad aumentare d'intensità.

"Appena in tempo" commentò. "Tu cos'hai fatto oggi pomeriggio?"

"Miranda mi ha chiamato per mostrarmi le date del tour promozionale" disse Stefano, fermandosi ad un semaforo rosso. "Poi ho avuto un'intervista radiofonica nel pomeriggio. Tutto tranquillo!"

"Spero che la presentazione a Milano combaci con le date del mio tour. Così almeno stiamo un po' di tempo insieme…"

"Sì, ma niente shopping in via Montenapoleone" scherzò Stefano.

"Stefano, mi hai già fatto arrabbiare abbastanza per stasera. Vuoi continuare?"

Stefano rise. Scattò il verde. La loro auto ripartì.

"Eccomi" si annunciò Stefano, aprendo la porta dell'ufficio..

Miranda gli dava le spalle. Era in piedi e stava guardando il panorama fuori dalla parete a vetri. Non gli rispose subito. Anzi, sembrava non averlo sentito entrare.

"Miranda…?" chiese Stefano, stupito.

Miranda si voltò di colpo. Sembrava scossa, lo sguardo era smarrito e al contempo determinato a riprendere il suo proverbiale autocontrollo.

"Scusami, mi ero distratta" disse, tornando alla scrivania.

"Figurati!" disse Stefano, avvicinandosi. "Non importa vivere sempre sul chi va là".

Miranda abbozzò un sorriso. Poi prese alcuni fogli da una cartellina e li sistemò davanti a Stefano. Lui non poteva fare a meno di notare quanto, sul volto di Miranda, fosse presente un'inquietudine che lei si sforzava inutilmente di mascherare. Il suo cinismo sembrava stanco, le battute pungenti erano molto semplici. La guardò per vedere cosa accadeva.

"Questo è il programma delle presentazioni. Un numero non troppo impegnativo ma ben mirato" disse Miranda. "Ho anche visto che Sabrina sarà in tour a Milano con la pièce, quindi ho fatto in modo che la data meneghina e quelle di Torino e Bergamo possano essere vicine. Così potrete stare un po' assieme…"

"Ti ringrazio, Miranda. Sabrina sarà felicissima!"

Stefano si mise a esaminare il foglio. Avrebbe fatto una quindicina di incontri nelle librerie, disposti da Miranda in maniera molto intelligente per evitare di fare la spola continua tra Nord e Sud Italia. Una libreria attirò la sua attenzione.

"Questa libreria a Pisa?" chiese Stefano. "Non l'ho mai sentita nominare…"

"Oh, ci ho fatto un paio di presentazioni di autori del posto" disse Miranda. "E' una libreria abbastanza piccola. La proprietaria, però, è una donna molto energica e di grande iniziativa. Aveva contattato l'ufficio per sapere se fosse stato possibile averti da loro e ho deciso di farle un regalo. Ti ci troverai bene. Sono librai nel vero senso della parola, non commercianti".

"Bene. Non vedo l'ora".

"Mi fa piacere" disse Miranda. A quel punto, in una circostanza normale, Miranda lo avrebbe congedato senza troppe cerimonie. Ma rimase in silenzio, mantenendo quel sorriso di circostanza sul volto, salvo poi contrarre la bocca in una smorfia impercettibile di disagio.

"Allora?" continuò. "Sei contento di questo grande successo?"

"Oh, beh, certo!" rispose Stefano, un po' stupito da quella domanda così personale. "E' bellissimo aver scoperto di aver creato qualcosa di bello con questo racconto. Un po' meno lo è stato scoprire quanto fosse bassa la stima di tutti nei miei confronti. Come scrittore, intendo…"

"E' il prezzo da pagare" osservò Miranda.

Ci fu una breve pausa di silenzio. Stefano si era accorto che la voce di Miranda si era indurita. Non il suo consueto ringhio competitivo, ma qualcosa che veniva dal cuore piuttosto che dal cervello. Aspettò che fosse lei a fare la mossa successiva. Stefano tenne lo sguardo su Miranda. Lei lo rivolse per un attimo alla sua destra, verso le finestre del palazzo accanto.

"Sai c'è una storia che volevo raccontarti" disse lei, senza guardarlo in faccia. "E' buffo. Di solito sono gli autori che raccontano storie agli editori e non viceversa, no?"

Stefano si sistemò sulla poltrona. "Beh, gli autori però sono sempre ben disposti ad ascoltare storie" disse.

"E' una storia triste" precisò Miranda.

"A me piacciono le storie tristi…"

Miranda sorrise. "Siete proprio dei vampiri" disse. "Quando qualcuno vi racconta lì qualcosa, siete già lì a pensare come riportarlo nel vostro stile e monetizzarlo".

"Non è così. O almeno non per me. Visto il lavoro che fai, dovresti essere contenta. Più storie troviamo, meglio è!"

"Certo che lo sono. Ho molta fiducia nella vostra capacità di osservazione".

Stefano non sapeva cosa dire. Miranda continuava a guardare fuori dalla finestra. I suoi occhi si fecero lucidi.

"Il nostro è un lavoro benedetto, Stefano, non credi?" proseguì. "Che dono abbiamo! Poter prendere il vissuto di qualcuno e renderlo bello come la realtà non potrebbe mai fare! Magnificare i momenti d'amore, acuire le tragedie, rendere individui miserabili dei veri cattivi, dotati anche di fascino o denunciare con passione fatti che in bocca ad altri, nessuno considererebbe mai".

Stefano continuò a guardare Miranda..

"Tu poi hai anche la fortuna di stare con un'attrice!" disse lei, finalmente guardandolo in faccia. Era uno sguardo di accusa. Come se Stefano non potesse comprendere da solo la fortuna che aveva e toccasse a lei renderlo consapevole di quanto egli avesse. "Non è meraviglioso? Come ti sei sentito quando hai potuto scrivere delle parole per lei? Era un atto d'amore, no? Donare la tua creatività alla persona che amavi, così che quello che pensavi, lei lo potesse dire. L'arte che diventa amore e lo rafforza".

Stefano si prese qualche secondo per rispondere, ancora incredulo che fosse Miranda a esprimersi con quelle parole.

"Io e Sabrina ancora non stavamo insieme quando ho scritto *Tutti i battiti del mio cuore*" disse, quasi vergognandosene. "E' successo tutto dopo. Però è vero quello che dici. Che è bello poter scrivere qualcosa per qualcuno che si ama. Io spero di poterlo fare presto e espressamente per lei".

"*In Memoriam* non era per Sabrina?"

"*In Memoriam* è nato in maniera così strana… Alla fine, nemmeno io ancora ho capito come sia nato…"

Miranda tacque. Sembrava delusa.

"Io quella storia la volevo sentire…" disse Stefano con un sorriso.

Miranda si appoggiò al tavolo e iniziò a giocherellare con una penna. "E' la storia di una ragazza…" disse.

Tacque. Alzò la cornetta del telefono e la appoggiò sul tavolo. Poi si alzò in piedi ed andò alla finestra. Rimase lì, dando le spalle a Stefano, lo sguardo fuori dalla finestra.

"Una ragazza che è cresciuta in una grande città e in una famiglia benestante. Ha i lineamenti duri, talmente duri che dall'esterno tutta questa rigidità è finita col penetrare all'interno della sua anima e del suo carattere…"

Miranda parlava a voce bassa ma veloce. Stefano doveva stare in silenzio per poter sentire quello che lei stava, più che dicendo, buttando fuori da se stessa.

"Questa ragazza cresce da sola. Anche a scuola non si fa molti amici. E' diffidente. Professionalmente è ineccepibile, ma non c'è un ragazzo che la baci o un'amica che le faccia una confidenza. Arriva il giorno in cui deve iscriversi all'università. E' ambiziosa e non sceglie un'università italiana. Sceglie l'estero".

Stefano provò a immaginarsi una Miranda ventenne, lo sguardo già determinato, ingentilito dall'età e dall'assenza di segni di vecchiaia, magari anche da un look giovane o giovanile.

"All'inizio è sola. Troppa gente intorno. Va avanti così per qualche mese. Poi un giorno una ragazza le chiede se ha da accendere una sigaretta…"

Miranda fece una pausa. Emise un sospiro, ma continuò a fissare l'esterno, senza cercare la complicità o il sostegno dello sguardo di Stefano.

"Disse che le ragazze così a modo erano le perfette insospettabili a cui chiedere una sigaretta. Che, secondo lei, una ventenne esteriormente così rigida poteva divertirsi come voleva, senza correre il rischio di essere scoperta".

"Teoria interessante…" osservò Stefano.

"Sì. Iniziarono a parlare. Nonostante le differenze, avevano qualcosa in comune, una sorta di visione del mondo come un luogo in cui dover stare sempre attenti, anche se da diversi punti di vista. La ragazza pensò che avrebbe voluto lo sprezzo del pericolo della sua nuova amica, che a sua volta avrebbe voluto un po' della saggezza prematura che caratterizzava lei".

La voce di Miranda tremava lievemente, come se una mano al suo interno stesse scavando per estrarre tutti questi ricordi.

"Divennero ottime amiche. Frequentavano gli stessi corsi. La ragazza iniziò a vestirsi in maniera diversa. I voti della sua nuova amica, nel mentre, erano migliorati, perché le aveva trasmesso un po' del suo metodo di studio".

"Che bello…" commentò Stefano.

Quel commento rafforzò l'espressione rigida di Miranda.

"Sì" disse. "Poi venne l'estate. Venne il caldo. E forse fu colpa del caldo… forse quel vino era troppo forte… Ne avevano bevuto una bottiglia a testa praticamente e non riuscivano più a reggersi in piedi. Tornarono a casa. Scherzavano. Ridevano…"

La voce di Miranda stentava a uscire. La mano destra era stretta a pugno contro il vetro. Tacque di nuovo. Stefano la guardò senza dire niente.

"Il bacio ci fu quasi per caso" disse rapidamente. "Pochi minuti dopo che si erano sdraiate sul letto a ridere. Rapido come era iniziato, si svolse poi con lentezza e tranquillità, con piacere. La ragazza sentì il suo cuore battere con forza. Era il suo primo bacio adulto e non pensava che sarebbe potuto essere così. Al bacio seguì il resto. Fu tenero. La ragazza scoprì di essere in grado di trasmettere affetto e piacere in una sfera, quella del sesso, che non conosceva assolutamente. Scoprì di essere sensuale, vera, viva".

Stefano avrebbe voluto che Miranda si voltasse, che stabilisse anche con lui un contatto come quello di cui stava parlando. Si sentiva allo stesso tempo gratificato per la possibilità di ascoltare quel momento privato ma anche usato. Miranda parlava e basta. Non sembrava cercare con lo sguardo la sua comprensione o amicizia.

"La mattina dopo la ragazza era sola. Si erano addormentate in un abbraccio, si svegliò con addosso solo un cuscino. Lei non c'era più. Pensò che avesse avuto un appuntamento urgente e fosse andata via. La sera provò a chiamarla a casa. Quando lei rispose, lei la salutò. Poi sentì il clic del telefono. Volle pensare che fosse caduta la linea".

Miranda lasciò che una lacrima le scivolasse sul volto, forse nemmeno se ne era accorta.

"Così come volle pensare che la mattina dopo fosse in ritardo all'appuntamento con un professore, quando le passò accanto di corsa senza nemmeno salutarla. Si sentì troppo abbattuta per avere il coraggio di parlarle. La cosa finì lì. Guarì le sue ferite in silenzio. Tornata in Italia, poi pensò a concentrarsi sul lavoro".

Finalmente Miranda si voltò. Guardo Stefano con aria dura, quasi minacciosa.

Stefano abbassò lo sguardo. "Mi dispiace molto per quella ragazza..." dico.

Miranda sorrise. Era un sorriso acido, di resa. "Il tuo stramaledetto racconto..." mormorò. "E' così sincero nel suo dolore,... Li sento in giro i commenti. La gente che ti ferma per strada... I messaggi... Come cazzo ti sarà venuto in mente..."

Per un attimo, Stefano ebbe la tentazione di dirle del bambino. Ma lo tenne per sé. "Un giorno te lo dirò, forse" disse.

Miranda fece una risatina. "Puoi andare ora" disse, senza voltarsi. "Mi raccomando. Chiudi la porta."

"Okay" disse Stefano, alzandosi. "Miranda, grazie per…"

Miranda si voltò verso di lui con aria quasi scocciata.

"Grazie per… questo sfogo, questa confessione…" mormorò Stefano, mostrandole un sorriso amichevole.

"Quale confessione? Ti ho solo raccontato una storia. Non mi sembra di aver specificato che parlava di me".

"Scusami, io…" disse Stefano imbarazzato.

"Sarà bene che oltre alla porta tu chiuda accuratamente anche la bocca, caro Stefano" osservò Miranda, tornando a guardare fuori dalla finestra.

Stefano voleva replicare, ma si rese conto di non avere in mente parole che avrebbero potuto scongiurare una nuova risposta di Miranda, magari più acida di quella appena ricevuta. Quella piccola parentesi emotiva si era chiusa. Si diresse verso la porta. Prima di aprirla, si voltò a guardare Miranda. Si chiese se l'avrebbe mai rivista così fragile.

"Sai, mi è dispiaciuto lasciare il teatro" disse Sabrina. "Quel palco stava diventando una bella abitudine…"

A Stefano erano dispiaciuti tutti gli abbracci che Christian aveva dato a Sabrina, persino durante la cena, quando lei si era ritrovata seduta accanto a entrambi. Ma non poteva dirlo a voce troppo alta.

"Beh, ci sono altri palchi in arrivo!" osservò Stefano. "Vedrai che diventeranno belle abitudini pure loro. E Miranda ha fatto in modo che le mie presentazioni siano in zona, quando tu sarai a Milano".

"Ma è fantastico! Ringraziala tanto!"

"Già fatto. Sapevo che avresti gradito".

"Come sta Miranda?"

Stefano esitò un attimo a rispondere. L'immagine di Miranda così fragile e bisognosa di confessare i suoi segreti emerse prepotentemente nella sua mente e ugualmente forte fu la tentazione di parlarne con Sabrina. Ma resistette.

"Bene" disse con naturalezza. "La solita polemica. Come vuoi che stia?"

Sentì la sabbia entrargli nelle scarpe. I mocassini che indossava affondavano e ogni volta risultava sempre più difficoltoso tirarli fuori. Il sole brillava, senza picchiare sulla fronte. Non sentiva il bisogno di togliersi la giacca o la camicia. Nemmeno quello di pararsi gli occhi dal riverbero della luce sulla sabbia.

Il mare era calmo. Uno specchio. La pedana galleggiante era immobile. Nessuna increspatura sui bordi. Non sembrava una struttura posta a fluttuare sull'acqua, ma piuttosto un monolite che emergeva da essa.

Antonio si fermò sul bagnasciuga. Il confine con l'acqua era una linea retta che sembrava disegnata. Avanzò con le scarpe, dove la sabbia aveva una consistenza più solida, impregnata di acqua. Vi camminò sopra come se si fosse trovato su un pavimento. Si fermò sulla linea dell'acqua. Non avvertiva nessuna sensazione di bagnato nei piedi.

Antonio iniziò a mormorare qualcosa. Frasi. Prima pronunciate con voce incerta e stentata, poi mano a mano più sicure. Erano le stesse. Ripetute come un mantra o come se servissero a richiamare qualcos'altro alla mente. Avvertì di nuovo il dolore che gli avevano provocato quando le aveva lette all'interno di *In Memoriam*.

Chiuse gli occhi per concentrarsi maggiormente. In quello stato, gli parve presto di udire un'altra voce pronunciarle alla sua stessa bassa tonalità, a breve distanza da lui. Aprì gli occhi. Alla sua destra, poco lontano, dove la sabbia era ancora asciutta, vide Stefano Ponziani. Indossava un costume da bagno a pantaloncino, i piedi immersi nella sabbia, il torso nudo, le braccia che scendevano mollemente lungo i fianchi. Lo guardò.

Una terza voce. Quella di Davide.

"C'era uno famoso, credo…" ripeté con la stessa voce noncurante di quel pomeriggio in spiaggia.

Antonio osservò Ponziani. Lo scrittore tacque. Si fissarono in silenzio.

"C'era uno famoso, credo…" disse di nuovo Davide. Antonio si guardò attorno. Non c'era. Non lo vedeva nei paraggi, nemmeno in lontananza.

"C'era uno famoso, credo…"

Antonio abbassò lo sguardo per terra, verso l'acqua. Guardò il bagnasciuga su cui era stato posato il corpo del figlio. Era vuoto, anche se gli sembrò che la sabbia disegnasse la sagoma di un bambino.

"C'era uno famoso, credo…"

Stavolta aveva individuato da dove proveniva la voce. Oltre Ponziani, dall'interno della pineta. Non capiva come potesse giungergli così forte, ma non aveva importanza. Davide era lì. Si incamminò in quella direzione, passando accanto a Ponziani. Lo scansò con una spinta, per farsi largo. Tra lui e chi, visto che erano soli, era impossibile capirlo. Ma lo spostò. Ponziani lo fissò attonito. Antonio si voltò per un attimo a guardarlo, poi tornò a correre verso la pineta.

Fatti pochi passi, rallentò. Si fermò e si voltò verso lo scrittore in costume che lo osservava in silenzio. Fu allora che capì.

Aprì gli occhi mentre un grido gli moriva in gola. Si alzò a sedere sul letto, stringendo le mani sul lenzuolo e colpendo involontariamente Marta che si svegliò a sua volta.

"Antonio!" gridò Marta.

Antonio non le rispose. Guardava il vuoto, respirando a fatica. Sentiva il battito impazzito del proprio cuore, mentre gli occhi si impegnavano a guardarsi intorno, ricostruendo gli elementi della propria stanza al posto della spiaggia che aveva sognato.

"Antonio…" mormorò Marta.

Antonio si alzò dal letto senza dire una parola. Aprì la porta di camera e corse fuori. Marta lo seguì, visibilmente preoccupata. Lo trovò in piedi, in salotto, intento a sfogliare febbrilmente le pagine di *In Memoriam*.

"Antonio, vuoi dirmi cosa ti prende?" chiese Marta.

Antonio alzò una mano verso di lei, in un gesto di attesa. Marta rimase in piedi, sospirando apprensiva. Lo guardò scorrere le pagine del racconto con il dito, mormorando a bassa voce quello che stava leggendo.

"Guarda!" disse Antonio, mettendole il libro sotto gli occhi.

Marta prese il libro in mano e lesse la riga che Antonio le stava indicando. La rilesse un'altra volta, con più attenzione, poi porse il libro al marito.

"Non capisco…" disse con voce smarrita.

"E anche qui!" disse Antonio, sfogliando un paio di pagine e indicando un altro punto.

"Antonio, che succede?" mormorò Marta. "Mi fai paura".

"Ma non…!" disse Antonio, agitando il libro in aria.

Poi si calmò. Respirò piano, osservando Marta che lo guardava con preoccupazione. Marta allungò una mano verso di lui, gentilmente. Sfiorò la sua, la sentì fredda e tremante. La strinse forte. Avvertì uno spasmo nella mano di Antonio, poi lui si rilassò.

"Torniamo a letto" disse Marta con voce calma.

Antonio guardò di nuovo il libro che aveva in mano, poi la moglie. Annuì, tenendo le labbra serrate. Appoggiò il libro sul tavolo. Tornarono in camera in silenzio.

"Ti saluta Michele".

"Grazie, salutalo da parte mia!"

"Lo farò appena esce dalla doccia".

"Sempre bella Porto Venere? Non sai quanto vorrei prendermi una vacanza, Fred..."

"Lo immagino, fratellino. Dai, aspetta che il tour di Sabrina sia finito, così come il tuo giro di presentazioni, e poi scapperete in un posto tranquillo e isolato!"

"Dove nessuno ha mai sentito parlare di *In Memoriam*" osservò Stefano, all'altro capo del telefono.

Fred, in accappatoio, sulla terrazza, rise. "Stefano, finirai col fondare una setta religiosa!" disse.

"Non fare l'idiota, Fred! Vorrei vedere te al posto mio. Persone che ti stringono le mani e ti parlano, guardandoti negli occhi come se si aspettassero la soluzione ai loro problemi. E' assurdo!"

"Beh, sei sempre stato molto popolare. Non capisco il problema".

"Ma prima era diverso..." disse Stefano, preoccupato. "Era solo entusiasmo, fanatismo. Era un gioco. Ora, non lo so.... La gente ha cambiato atteggiamento nei miei confronti. Sono seri".

"E ti dispiace?"

Ci fu una breve pausa dall'altra parte.

"Certo che no" disse Stefano con una strana punta di rassegnazione.

"Allora, goditela. Evita di dire cazzate. Ascoltali comprensivo e non uscirtene con frasi da santone. Prova a essere ovvio. A dire *Andrà tutto bene, non tema*. Purtroppo, spesso, le persone disperate si accontentano di poco per placare le loro ansie".

Seguì una seconda breve pausa.

"Qui il panorama è splendido" disse Fred, appoggiandosi alla ringhiera. "Non ci sono turisti che fanno casino. Il mare è calmo. C'è una barca in lontananza, ma non capisco se siano pescatori o lo yacht di qualche riccone".

"Che meraviglia… Dovrei portarci anche Sabrina".

"E' a Firenze ora?"

"Sì, ma fanno solo quattro serate. Quando avrà finito il tour, la porto un fine settimana in un posto tranquillo. Solo io e lei. Niente libri, registi teatrali o case editrici".

"Ora noi andiamo a cena. Se il posto è carino, ti mando un messaggio".

"Okay" disse Stefano. "Fred?"

"Dimmi".

"Sei felice, Fred?"

Fred non rispose subito. Quella domanda lo aveva piacevolmente sorpreso.

"Sì, sono felice" dissi. "E spero lo sia anche tu".

Dall'altra parte, Stefano rise. "Buona serata, fratello" disse.

"Anche a te, fratello".

"Quindi l'assessore ci presta la saletta degli incontri in Comune?" chiese Antonio. "Che favore deve ricambiarti?"

Teresa non dissi nulla, limitandosi a sorridere soddisfatta.

"Segreto professionale" disse. Poi aprì una cartellina e tirò fuori i volantini che aveva preparato. "Che te ne pare? Questi da adesso vanno appesi in tutta la libreria".

Antonio guardò i volantini. Al centro c'era una foto in bianco e nero di Stefano Ponziani che sorrideva, ripresa dal suo sito ufficiale. Era molto essenziale ma efficace. Antonio la rigirò con uno sguardo neutro, poi la passò di nuovo a Teresa.

"Molto semplice" disse. "Ma bella".

"Grazie dell'entusiasmo. Ma non pensare di stare lì a fissare il vuoto. Devi rileggerti il racconto e tutte le interviste. E, anche se lo detesti, devi dare una scorsa agli altri romanzi. Non voglio fare figuracce, è un colpo prestigioso per la libreria!"

"Ti ho mai deluso?" chiese Antonio, quasi con fastidio.

"Voglio solo che le cose vadano bene. Voglio che venga tanta gente e che Stefano Ponziani abbia un'accoglienza calorosa. Magari la sua editrice ci manda qualcun altro di importante".

Antonio rimase in silenzio, tamburellando le dita sul tavolo. Teresa si protese dalla scrivania.

"Magari qualche scrittore che piace anche a te" disse.

Antonio pensò. Non a qualche scrittore con cui Teresa avrebbe ripagato il dover sopportare la presenza di Stefano Ponziani. Pensò proprio a Stefano Ponziani. Lo ricollegò a quel sogno, alle sensazioni che da allora lo scuotevano ogni volta che passava accanto alla P nell'ordine alfabetico della letteratura e alla classifica in cui da due mesi ormai *In Memoriam* regnava incontrastato. Pensò alla sua faccia, alla quarta di copertina dei libri e infine alla foto che Teresa gli aveva appena mostrato. Quel volto. Non più su un foglio di carta plastificata ma dal vivo. Sorrise.

"Vedrò di non deluderti" commentò.

"Non hai fame?" chiese Marta.

Quella sera c'era minestra di verdure per cena. Era freddo. Si era alzato un vento gelido e sferzante sulla città che ci aveva costretto ad avvolgerci ancora di più in sciarpe e cappotti e a correre o pedalare più forte per tornare a casa.

Antonio era tornato quasi gelato, starnutendo e incolpando di ciò un improvviso colpo di fresco. Era stato lui a richiedere espressamente una minestra. Che però ora stava mangiando svogliatamente, preferendo muovere il cucchiaio all'interno del piatto, guardandolo emergere e immergersi nel liquido.

"Stavo solo pensando..." disse Antonio.

Marta lo osservò. Memore di quanto accaduto la notte precedente, ebbe paura di trovarsi di fronte a qualcosa che non avrebbe saputo fronteggiare. Ma il volto di Antonio non era contratto. Le guance erano rilassate, il respiro regolare. Se c'era qualcosa di strano era la luce negli occhi, così razionalmente concentrati.

"A cosa pensi?" chiese Marta, mostrando naturalezza.

Antonio smise di muovere il cucchiaio nella minestra, lo tolse e lo appoggiò sul bordo. Sembrava indeciso sul voler rivelare o meno il motivo del suo pensare. Guardò Marta. Lei continuava a mangiare, senza smettere di osservarlo. Il suo volto era serio, decisamente in attesa di una risposta.

"Se tu..." disse Antonio con voce insicura. Poi si fermò, si schiarì la voce e riprese a parlare più chiaramente. "Se tu avessi il sospetto che qualcuno si è appropriato di una cosa tua..."

"Ti hanno rubato qualcosa?" chiese Marta.

"Non sto parlando tecnicamente di un furto..." continuò Antonio. "Piuttosto di... come potrei dirti... Un plagio, forse? Facciamo finta che sia un plagio..."

"Si parla di plagio in campo musicale o letterario" obiettò Marta. "Non capisco cosa c'entri con te, Antonio".

"Non pensare a me, ora! Sto parlando per ipotesi. Tu cosa faresti se avessi il sospetto che qualcuno ti ha portato via qualcosa, ma non hai modo di poterlo provare?"

Marta rifletté per un momento. Si morse un labbro, incuriosita da quella strana domanda. "Perché non ho modo di poter provare che mi hanno derubato di qualcosa in questo caso?" chiese.

"Perché non si tratta di..." iniziò Antonio. "Oh, ti prego! Dimmi a grandi linee come ti comporteresti e basta!"

"Vorrei solo capire che cos'è che ti assilla..."

"Niente, Marta. E' solo una domanda che non so formulare bene".

Marta sospirò. "Tutto qui?" chiese.

"Tutto qui" disse Antonio con calma.

Marta si verso un bicchiere di vino. Lo osservò scendere dalla bottiglia. Poi prese il bicchiere e lo portò piano alle labbra.

"Se pensassi che qualcuno mi ha sottratto qualcosa" disse Marta. "Semplicemente mi muoverei per capire innanzitutto se è vero. Niente accade senza lasciare traccia. E una volta trovata quella traccia, sarei in grado di formulare accuse più concrete".

Antonio ascoltò in silenzio.

"Questa risposta ti soddisfa?" chiese Marta.

Antonio le sorrise. "Non avresti potuto rispondere meglio" disse.

Il martedì era il giorno in cui Marta teneva il maggior numero di corsi e non tornava a casa per pranzo. Antonio ne approfittò per chiedere un cambio di giorno libero, trincerando la motivazione dietro un privatissimo "C'è una cosa che devo fare...". Fu così che, di nascosto da tutti, salì in auto, prese l'autostrada e si diresse giù lungo la costa della Toscana.

Ebbe la fortuna di trovare una giornata bellissima. Le temperature si erano alzate di qualche grado, accarezzandoli con una parvenza di primavera. L'autostrada era semivuota. Antonio premette sull'acceleratore, correndo dietro le colline che gli nascondevano il mare, cercando di guadagnare più tempo possibile. Non degnò di uno sguardo il paesaggio. Ebbe solo un moto di emozione quando, scendendo da una collina, ebbe davanti a sé la piana con il Monte Argentario sullo sfondo.

Il parcheggio affollatissimo, dove avevano lasciato la macchina la scorsa estate, era chiuso. Le villette attorno semideserte, come se l'intera zona, ancora lontano il caldo, si fosse addormentata. Ogni tanto la presenza di biciclette con a bordo qualche turista straniero interrompeva il silenzio che lo circondava.

Antonio parcheggiò nella pineta, a pochi metri dall'ingresso agli stabilimenti. Ricontrollò che la macchina fosse completamente spenta. Ci mancava solo che la batteria si scaricasse così lontano da casa. Pensò che era incredibile quante paranoie potessero sorgere quando si faceva qualcosa di nascosto da tutti.

Sceso dall'auto, si sistemò il cappotto in silenzio, guardando avanti a sé. Non pensava a niente. La paura che il ricordo di quella giornata potesse sopraffarlo lo aveva spinto a mantenere un'espressione neutra e la mente sgombra. Si incamminò verso l'ingresso. Sotto i suoi piedi, il rumore gracchiante della ghiaia lasciò presto il posto a quello ovattato dell'asfalto misto a sabbia.

Si soffermò all'inizio della recinzione. Un mazzo di fiori era ancora legato alla rete, ormai secco e imbiancato dalla sabbia. Si avvicinò e lo osservò per qualche istante. Poi tese una mano a toccarlo. Uno dei fiori, al contatto delle sue dita, si sfarinò rapidamente. Antonio lasciò scivolare quei frammenti, continuando a sbriciolarli. Poi si alzò in piedi ed attraversò il confine con la spiaggia.

A differenza del sogno, sentì subito la sabbia entrargli nelle scarpe e vide le punte farsi bianche e polverose. Aveva fatto bene a portarsi dietro il lucido da scarpe per il ritorno. La spiaggia era deserta. Per un momento ripensò agli ombrelloni che la affollavano e che sarebbero tornati di lì a pochi mesi. Camminò, limitandosi a osservare. Tenne, non senza sforzo, lontani dalla sua mente qualsiasi tipo di ricordo o riflessione sul passato. Ma non poté fare a meno di camminare senza smettere di osservare il mare.

Udì un rumore di passi. Alzò lo sguardo e vide che sulla terrazza esterna dello stabilimento si aggirava un uomo. Era sulla settantina, i capelli radi lunghi e dei baffi folti. Indossava una maglietta sdrucita e camminava con passo pesante.

Antonio si avvicinò alla scala di legno che portava alla terrazza. L'uomo lo vide e si fermò.

"Buongiorno!" disse Antonio.

"Buongiorno a lei" disse l'uomo, affacciandosi all'altro capo della scala. Aveva una voce profondamente pastosa nella quale si potevano avvertire le influenze di cibo e sigarette. "Salga pure".

"Lei è il proprietario?" chiese Antonio, salendo i gradini.

L'uomo si indicò la maglietta su cui campeggiava la scritta *Stai parlando con Carlo*.

"No!" disse con un sorriso bonario. "Io sono Carlo. Il proprietario è mio fratello, ma oggi non c'è. Di cosa aveva bisogno?"

"Volevo qualche informazione sulle prenotazioni per la prossima estate".

Carlo fece una smorfia. "Allora io al massimo posso farle un caffè. Lo vuole un caffè?" chiese.

"Posso accontentarmi".

"Venga con me, allora!" disse Carlo, invitandolo a seguirlo con un gesto brusco delle braccia.

Antonio salì le scale. Raggiunta la terrazza, si voltò per un momento a osservare il mare. Avvertì qualcosa smuoversi dentro, ma entrò nel bar prima che potesse farsi più forte.

Il bar era avvolto nella penombra. Spoglio e desolato, sembrava fosse abbandonato da anni. Era ancora esausto della fatica fatta per accogliere i turisti dell'estate e ad Antonio sembrò che ci sarebbe voluto molto lavoro per rimetterlo in sesto. Carlo andò dietro il bancone e preparò la macchina del caffè. Antonio si guardò intorno. Le pareti erano quasi del tutto coperte dai tavolini e dalle sedie che d'estate erano fuori.

"Conosce il posto?" chiese Carlo, accendendo la macchina.

"E' la prima volta che vengo" disse Antonio, continuando a esplorare l'interno con lo sguardo. "Ma me ne hanno parlato molto bene".

Carlo sorrise. "Vedrà" disse con orgoglio. "L'acqua è bellissima e i dintorni davvero splendidi!"

Antonio la individuò accanto al calciobalilla. La bacheca delle foto vip era appesa in un punto di parete spoglio, senza altri poster o falsi cimeli marini a farle da corona. Era chiaro che nelle intenzioni del proprietario dovesse risaltare su tutto. Fece qualche passo verso di essa. Inquadrò per prima la foto con Antonello Venditti.

"E piace a personaggi famosi…" disse Antonio, scorrendo le foto con lo sguardo.

"Ah, quella è una fissa di mio fratello!" bofonchiò Carlo, quasi con fastidio. "A me non me ne frega un cazzo. Famosi, non famosi, basta paghino!"

Antonio continuò a osservare le foto, mentre alle sue spalle udì il rumore di una tazzina che veniva messa su un piatto e poi di nuovo i pesanti passi di Carlo. Più in evidenza delle altre, c'era una foto dove il barista stringeva qualcuno sotto al braccio con un'espressione orgogliosa. Guardò quel qualcuno. Con un sorriso imbarazzato, c'era Stefano Ponziani. Antonio deglutì con calma.

"Anche Stefano Ponziani, vedo…" disse, voltandosi.

"Chi?" chiese Carlo, avvicinandosi a lui e porgendogli la tazzina.

Antonio indicò con naturalezza la foto. Carlo si sporse a guardarla con un'occhiata interrogativa.

"Lui" spiegò Antonio. "E' uno scrittore molto famoso. E' stato qui questa estate?"

Carlo scosse la testa. "Mai visto né conosciuto!" disse. "Ma se la foto è così in evidenza, allora sì, è stato qui di recente".

Antonio si chiese mentalmente se era pronto per esprimere a voce ciò a cui stava pensando. Si disse di sì, rapidamente, e parlò senza darsi ulteriore tempo per pensare.

"Ho saputo che da queste parti è morto un bambino l'estate scorsa" disse.

Carlo sospirò. Antonio lo vide intristirsi.

"Non mi ci faccia pensare, povera creatura" disse, guardando verso il basso. "Che cosa terribile. Ma questo non toglie che il posto…"

"Non volevo insinuare nulla, non tema" disse Antonio, finendo di bere il caffè. "Mi ha detto che suo fratello domani è qui, vero?"

"Lo trova dalle otto" disse Carlo, riprendendo la tazzina.

"Molto bene. Allora tornerò".

Guardò di nuovo la foto che ritraeva Stefano Ponziani. I suoi occhi si mossero verso le estremità delle foto, verso quelle ombre o particolari di altri clienti che emergevano in uno spazio minimo, involontario coro dell'incontro di un appassionato di vip con uno dei suoi obbiettivi. Davide era uno di loro? Non riusciva a distinguere un tratto familiare. Tutto troppo indefinito.

Distolse lo sguardo. Carlo aveva messo la tazzina nel lavandino e ora lo guardava, piantato nel mezzo della sala, con un aspetto che lasciava intendere la disponibilità per altro aiuto ma anche la segreta speranza che se ne andasse e lo lasciasse lavorare.

Antonio gli sorrise e gli porse la mano. "Grazie di tutto e a presto!"

"Grazie a lei!" disse Carlo.

Antonio uscì sulla terrazza. Appena fuori, un colpo di vento lo schiaffeggiò sul viso. Sentì un granello di sabbia entrargli nell'occhio. Faticò per toglierselo, mentre scendeva le scale. Ad un certo punto, non lo avvertì più. Probabilmente era uscito dall'occhio, trascinato dalle lacrime che stavano facendo con discrezione il loro lavoro.

Stefano era contento che Pisa non fosse direttamente collegata con l'Eurostar, perché così avrebbe potuto viaggiare, godendosi il mare. Anche se faceva freddo, la giornata era molto bella e dal treno era stato possibile scorgere qualcuno che ne aveva approfittato per una passeggiata sulle spiagge che avevano costeggiato.

Una volta superata Ansedonia, quando aveva intravisto la pineta di Feniglia, per un attimo Stefano aveva rivisto il volto del bambino. Era stata come una sorta di visione interiore, un ricordo riemerso più forte di altri, ma era stato sufficiente a far rabbrividire Stefano e a togliergli il sorriso che lo aveva accompagnato fino a quel momento. Mano a mano che il treno si allontanava, quell'immagine si era fatta più sfocata e debole, sommersa da altri pensieri e impegni.

Si era soffermato a guardare gli altri viaggiatori. Uomini e donne, qualche ragazzo di colore con delle grosse borse di plastica e alcuni ragazzini. Nessuno di loro sembrava averlo riconosciuto. Cercò di scivolare nelle loro vite, afferrando brandelli di frasi dette al telefono o conversando con i compagni di viaggio. Provò a decifrare coloro che stavano zitti dalle espressioni. Fu un gioco divertente, fatto in silenzio, con la complicità di un paesaggio che mutava di continuo e che rendeva facile, a chi era all'interno del vagone, concentrarsi su quello che accadeva fuori piuttosto che accanto. Ad un certo punto, una ragazza parve incrociare il suo sguardo. Stefano abbassò gli occhi di colpo sul giornale che teneva in grembo. La ragazza non lo aveva riconosciuto. Forse si era solo accorta del suo gioco ed era infastidita nel sentire addosso gli occhi di uno sconosciuto.

Il treno entrò nella stazione di Pisa. Stefano chiuse il suo portatile e si preparò a scendere.

ANTONIO

"Prova. Prova. Uno. Due. Prova".

La sua voce atona riecheggiò nella sala ancora vuota, mentre da fuori arrivava il brusio eccitato dei fan di Ponziani in attesa di entrare. Guardò Marta, in piedi contro la parete di fondo. La vide fargli segno con il pollice in su e il volto soddisfatto.

"Prova. Prova. Uno. Due. Prova" ripeté.

"E' perfetto!" disse Marta, scostandosi dalla parete e scendendo lungo il corridoio verso di lui.

"Nessun rimbombo? Suono pulito?" chiese Antonio, restando in piedi sulla pedana.

"Sembra di stare al cinema" disse Marta,. Poi indicò la prima fila di sedie alle sue spalle. "Posso mettermi a sedere?" chiese.

"Certo, Marta! I primi due posti sono per te e Teresa".

Marta si accomodò, mettendosi la borsa in grembo. Antonio sentì la porta aprirsi e la faccia di Teresa fare capolino. Alle sue spalle, il brusio crebbe di intensità e vide alcune teste che cercavano di sporgersi per vedere almeno la stanza.

"Posso farli entrare?" chiese Teresa.

Il brusio si trasformò in gridolini di entusiasmo. Antonio si irrigidì tutto di un colpo.

"Solo qualche secondo" disse con voce piatta.

Guardò la stanza vuota. Era un ampio salone al piano terra, poco distante dalla libreria. Avevano disposto un centinaio di posti a sedere, garantendone la metà in piedi sullo sfondo o a corona addossati alle pareti. Avevano fatto stampare sei manifesti. Già tutti prenotati praticamente dal giorno prima. La quarta di copertina di *In Memoriam*. Stefano Ponziani sorridente in un bianco e nero neutro e rilassante. Antonio si voltò verso il poster appeso alle sue spalle. Lo guardò con involontaria durezza. Pensò soltanto dopo che fosse sciocco fissare un manifesto a quel modo.

"Emozionato?" chiese Marta.

"Ho visto di peggio".

Marta indicò la porta con un cenno della testa.

"Se pensi che sia tutto a posto, falli entrare. Non so quanto ancora potrà resistere Teresa".

Antonio alzò lo sguardo verso la porta. Teresa aveva lasciato socchiuso uno spiraglio, attraverso il quale lo stava guardando con supplice irritazione. Lui annuì con un cenno. Vide il sollievo sul volto di Teresa, prima che si spalmasse contro la porta, finendola di aprire. Per un attimo scomparve, sommersa da una massa di fan che correva verso le prime file o, per paura di non trovare posto, si lanciava direttamente verso le ultime. Vide volare borse e cappotti a occupare posti per chi era rimasto indietro. Teresa riemerse, addossata alla porta come il capitano Achab contro il fianco di Moby Dick. Lo sguardo era vagamente allucinato, ma era sopravvissuta.

Superato il momento del caotico ingresso, la folla si era ricomposta subito, una volta messi a sedere o disposti lungo le pareti. Teresa si fece largo tra le persone rimaste in piedi, diretta verso il palco. Antonio avvertì debolmente, in mezzo a tutto quel chiacchiericcio, la suoneria del suo cellulare. Teresa lo sfilò dalla tasca e rispose. Si accalorò immediatamente. Disse qualcosa, annuendo con la testa e sorridendo al suo interlocutore dall'altra parte. Riattaccò e accelerò il passo. Antonio si avvicinò al bordo della pedana, mentre lei lo raggiungeva. Intanto Marta cercava a fatica di spiegare ad una signora impellicciata il significato della parola *RISERVATO* sul foglio nel posto accanto al proprio.

"E' qui fuori!" mormorò Teresa, emozionata. "Vallo a prendere!"

Antonio non commentò. L'emozione che cercava di controllare avrebbe approfittato di quel momento per prendere il sopravvento. Si limitò ad un semplice "Va bene" e scese dal palco, dirigendosi verso una porta laterale. Teresa si piantò nel mezzo, le mani sui fianchi, dando le spalle alla pedana e osservando con emozionata preoccupazione le persone che continuavano a entrare. Un ragazzo cedette il posto alla donna impellicciata, che nemmeno lo ringraziò.

Una volta richiusa la porta, il brusio alle sue spalle tornò a farsi ovattato. Il corridoio che portava fuori era grande a malapena per una persona e mezzo. Lo percorse a passo svelto. Da fuori, la porta aperta sulla strada lasciava immettere la luce del tardo pomeriggio.

Uscì in una stradina laterale. Fece appena in tempo a voltarmi alla sua destra che un taxi si immise nella strada. Mentre frenava, Antonio scorse al suo interno la sagoma di Stefano che si muoveva sul sedile posteriore verso la portiera. Indossava una giacca scura con sotto una maglietta chiara. Look semplice tipico degli scrittori trendy.

Stefano scese dall'auto. Era un ragazzo alto, dal sorriso aperto e solare.

"Buongiorno!" disse, la mano tesa cordialmente verso il libraio. "Sono Stefano Ponziani".

"Antonio Berardi" rispose, stringendogli la mano.

Osservò che la sua era una stretta forte, piena di partecipazione. Altre volte gli erano capitate strette di mano mollicce, senza personalità, oppure forti ma sbrigative, come se non fosse stato degno di ricevere completamente la fiducia e la personalità della persona a cui era davanti. Antonio avvertì che quel sorriso e quella stretta di mano erano i primi indicatori di un dato di fatto: era davanti a una persona felice. Uno che dalla vita aveva avuto un successo decisamente facile, una stima oltre i suoi meriti e persino una compagna bellissima e famosa. Apprezzò però il fatto che quel tipo di atteggiamento indicasse una sua voglia di condividerlo con gli altri. Persino gli sconosciuti.

"Benvenuto a Pisa!" continuò Antonio. "Ha fatto buon viaggio?"

"Sì, grazie. Viaggio tranquillo e puntuale!"

Antonio sorrise. "Benissimo" disse. "Vuole prendere un caffè prima di cominciare?"

"Ci sono già persone in sala?" chiese, indicando l'interno del palazzo con sincera preoccupazione.

"Sì, li abbiamo già fatti accomodare".

Ponziani sorrise, contento. "Allora iniziamo. Non mi piace far aspettare la gente!" disse.

"I suoi fan le saranno molto grati".

Attraversarono il corridoio, Antonio precedendo Stefano a passo svelto. Sentì lo scrittore che si schiariva la voce. Poi aprì la porta.

Non appena Antonio si affacciò, calò un immediato silenzio nella sala. Si sentì gli occhi di tutti addosso. Entrando, lesse un lieve moto di delusione negli occhi degli spettatori che si trasformò subito in entusiasmo, applausi e gridolini, appena Stefano fece il suo ingresso subito dopo. Marta e Teresa applaudirono con entusiasmo, mentre Stefano saliva sulla pedana con un balzo atletico, il braccio alzato a salutare tutti e un sorriso radioso. Sembrava un candidato alla presidenza. Antonio, con discrezione, camminò dietro di lui, che ancora salutava, e prese il microfono.

"Bene!" disse. "Avete visto che non era uno scherzo? Stefano Ponziani è davvero qui con noi!"

L'applauso e le grida del pubblico ripresero vigore per poi smorzarsi di nuovo in piccoli scoppi isolati.

"E noi lo ringraziamo per essere venuto!" continuò Antonio.

Un nuovo applauso e nuove grida partirono. Sarebbero potuti andare avanti all'infinito.

"Sono io che ringrazio voi per avermi invitato!" disse Ponziani, avvicinandosi al microfono.

"Stefano, ti amoooooo!" urlò una ragazza dal pubblico.

Tutti risero. Stefano sorrise imbarazzato, mentre Antonio prendeva la parola.

"E' per questo che tanti scrittori vengono a presentare i loro libri a Pisa" disse. "Perché qui hanno i fan più appassionati d'Italia!"

Seguì una nuova risata, stavolta meno entusiasta e più complice. Antonio ne approfittò per invitare Stefano a sedersi. Il pubblico si calmò, pronto a seguire l'intervista. Antonio avvertì la presenza, nella tasca della sua giacca, di un foglio. Erano le domande che aveva preparato per l'occasione. Una pagina scritta e riletta almeno dieci volte negli ultimi tre giorni. Non lo prese. Guardò Marta e Teresa che con gli occhi lo invitavano a iniziare. Spostò lo sguardo su Stefano. Per un momento, rivide quel breve istante in spiaggia. La sua mano che urtava quella spalla nuda, ora coperta da quell'elegante giacca scura. Lui lo guardò a sua volta, in attesa della prima domanda. Uno sguardo innocente, senza la minima traccia dei ricordi che aveva Antonio.

"Stefano Ponziani, partiamo con una domanda semplice" disse.

"Come in un'interrogazione a scuola?"

Tutti risero.

"Più o meno".

Vide Teresa sussurrare qualcosa a Marta e lei toccarle il braccio in un gesto di rassicurazione. Temeva che lo investisse subito con una raffica di domande scomode e irritanti.

"Lei scrive romanzi molto popolari" proseguì, guardandolo negli occhi con tranquillità. "Il racconto, invece, è un genere di nicchia. Si aspettava tutto questo successo? Indipendentemente dalla notorietà del suo nome…"

Stefano si concentrò. Strinse il microfono in mano e rispose. Aveva una voce molto bassa e calma. Antonio pensò che fosse più adatta, paradossalmente, a scrivere qualcosa di complesso come *In Memoriam* piuttosto che le banalità di cui si era occupato in precedenza.

"Ogni libro è una nuova sfida" disse. "Non si può mai sapere come il pubblico reagirà".

"Direi che ha reagito bene".

Un altro applauso. Stefano sorrise, abbassando timidamente gli occhi.

"Tornando alla sua domanda…" proseguì lo scrittore. "L'idea della raccolta di racconti era venuta alla mia editrice. Già da qualche anno pubblicavo storie brevi su riviste e blog. Ha ragione nel dire che il racconto è un genere più particolare, intimo. Ma ho pensato anche che, rimettendoli insieme, avrei per una volta radunato dei vecchi amici. Era anche un modo per far conoscere o recuperare ai miei fan le storie che potevano aver perso nel tempo…"

Avrebbe potuto già legare a quel punto una domanda su *In Memoriam*. Ma era troppo presto. Sentiva di doverlo mettere più a suo agio.

"Quali sono le aspettative che si pone quando inizia un nuovo progetto?" chiese, cercando di usare il tono di voce più partecipe possibile.

"Sarò banale, ma ogni volta spero solo di poter ricambiare, grazie alle cose che scrivo, l'affetto di chi mi ha seguito finora".

"Lei mostra di essere molto generoso con il suo pubblico".

"Ogni scrittore dovrebbe esserlo" disse.

Antonio continuò con altre due domande di ripasso, soffermandosi sui suoi due romanzi precedenti e portandolo a raccontare alcuni aneddoti divertenti sulla loro creazione. Quando si rese conto che Stefano era rilassato, decise di testare la sua reazione a qualcosa di inaspettato.

"Posso permettermi una domanda provocatoria?" chiese.

Avvertì anche senza guardarla il panico negli occhi di Teresa.

Stefano sorrise. "Sono qui apposta" disse.

"Una critica che ho letto nei suoi confronti diceva" cominciò Antonio. Fece una breve pausa e poi ripresi: *Il successo di Ponziani è fondamentalmente dovuto al fatto che sa parlare alle persone e dice loro quello che preferiscono sentirsi dire*".

La critica non esisteva in nessun giornale. L'aveva inventata Antonio, mettendo insieme affermazioni e opinioni compresa quella, al vetriolo, espressa l'anno precedente da Christian De Matteis. Vide una smorfia di disagio comparire per un istante sul volto di Stefano e udì un bisbiglio sommesso ma irritato provenire dalla prima fila, di sicuro da Teresa. Qualcuno dal pubblico ridacchiò. Antonio fissò Stefano con un'espressione neutra. Non voleva assolutamente che si irrigidisse, ma che considerasse quella domanda come uno dei disagi del mestiere e niente più.

"Sì" disse con voce seria. "Credo di capire..."

Il suo volto si sciolse in un'espressione rilassata. "Non è una cosa bella da sentirsi dire" proseguì. "Ma la ringrazio per averlo ricordato. E sa perché?"

Adesso era Antonio a rimanere senza parole. Stefano lo fissava con aria di sfida, grato per quella possibilità di togliersi i sassolini dalla scarpa tramite la risposta a una domanda che finora nessuno aveva avuto il coraggio di fargli.

"Io spero di aver iniziato un nuovo percorso nella mia carriera" disse. Parlava con voce chiara e sicura, anche se il sorriso entusiasta era sparito a favore di un'espressività più consapevole e matura. "E sapere dagli altri che non ho scritto niente di consolante o banale, le cose di cui mi avevano accusato fino a ora, mi fa capire che forse sono sulla strada giusta!"

"Mi fa piacere vederla così carico di entusiasmo".

"E a me fa piacere che lei abbia voluto fare un confronto fra il prima e… quello che spero sia il dopo. La ringrazio di cuore. E' stato il primo a farmi una domanda così!"

Altri applausi. Molto più caldi di prima. Antonio rivolse finalmente lo sguardo al pubblico e vide Marta applaudire con entusiasmo, mentre l'espressione di Teresa significava che si ero salvato in corner, ma che avrebbe trovato il modo di fargliela pagare.

Controllò l'orologio. Avevano ancora quaranta minuti, ma era chiaro che tutti i presenti volevano almeno un autografo o una foto e bisognava dare un indirizzo alla discussione. Era venuto il tempo di affrontare *In Memoriam*. Antonio si irrigidì sulla sedia. L'immagine di Davide, seguita da quel rapido impatto con Ponziani sulla spiaggia, riaffiorarono con prepotenza e si fece forza per scacciarli rapidamente. Cercò di concentrarsi mentalmente sulle cose che aveva letto. Ne colse una e partì da lì.

"Su un noto blog" disse, cercando di mascherare la fatica nella mia voce. "*In Memoriam* viene introdotto facendo un paragone con le raccolte di successi dei grandi cantanti. Che, come tali, presentano qualche inedito. Salvo qualche eccezione, gli inediti in queste raccolte sono pezzi carini ma nemmeno lontanamente paragonabili alle canzoni a cui vanno a fare compagnia. Possiamo dire che il racconto che dà il titolo a questa raccolta è una di queste felici eccezioni?"

Stefano sorrise, riprendendo il microfono in mano.

"Questo sono stati i lettori a stabilirlo" disse. "Posso solo dire che ne sono felice e onorato".

Teresa fece un cenno. Aveva solo una domanda a disposizione. Antonio fissò Stefano, pronto a chiedergli cosa avesse ispirato *In Memoriam*. Avrebbe detto qualcosa, ne era sicuro. Ma poi guardò Marta. Guardò tutte le persone presenti. Ripensò alla spiaggia, a tutti quegli sconosciuti che li avevano circondati, al fastidio di quella folla che era lì a guardare suo figlio morire. Strinse le nocche sulla poltrona e scacciò quella domanda dalla testa.

"Solo un'ultima domanda" disse. "Lei è uno scrittore molto popolare e non ha niente da dimostrare a nessuno. Perché ha sentito l'esigenza di scrivere qualcosa di diverso come *In Memoriam*?"

Aveva riformulato quello che voleva chiedergli in maniera più blanda. La sua risposta fu molto formale.

"Beh, perché non è giusto fermarsi sempre sui soliti temi" rispose Stefano con semplicità. "Scrivere è creatività. Ripetersi la sua negazione".

"Bella definizione"osservò Antonio. Cercò di gettare un ultimo ponte. "Lei è stato definito fino a ora il Re dell'Amore. Pensa di diventare il Re del Dolore, adesso?"

"Spero di no. Spero di essere Stefano Ponziani e basta!"

Partì un altro applauso. Applaudì anche lui. Vide Teresa indicare il pubblico e fare il numero uno con la mano. Aveva tempo per una sola domanda. Guardò Stefano Ponziani, come a salutarlo per quella possibilità persa di sapere di più.

"Bene" disse Antonio rivolto al pubblico. "Il tempo è volato. Visto che Stefano è disponibile a firmare autografi a tutti, ho spazio per una sola domanda. Chi si offre?"

La possibilità di fare una domanda al loro autore preferito colse di sorpresa molti. E questa sorpresa li lasciò esitare. Tranne una persona che alzò prontamente la mano, rapidamente seguita da altri. Antonio le sorrise. Anche solo per il fatto che era una signora di una certa età, aveva il diritto di precedenza su tutti gli altri.

"Abbiamo una volontaria, prego!" disse, indicando la signora Lotti. "Vuole il microfono?"

La signora Lotti si alzò in piedi. Guardò Stefano con un sorriso dolce e salutò Antonio con un cenno. Antonio passò il microfono a Teresa che lo portò all'erborista, restandole accanto.

"Grazie" disse la signora Lotti. "Grazie a lei, signor Ponziani, per aver scritto delle parole così belle!"

Ponziani le sorrise, accennando perfino un inchino con la testa. La donna rimase in piedi, nel suo cappotto grigio, lo sguardo dolce rivolto verso lo scrittore.

"Mi scuserà se metto il mio privato in piazza, ma sono da poco rimasta vedova" disse. "Nel suo racconto ho ritrovato tante sensazioni che ho provato nei primi giorni di lutto, ma che non sapevo come esprimere".

Qualcuno nel pubblico si commosse. Stefano si protese verso di lei, ascoltandola con attenzione.

"Lei ha parlato del dolore con cruda sincerità" continuò. "Ma anche della bellezza del ricordo e del rimpianto di occasioni perdute. Se non sono indiscreta, vorrei chiederle che cosa l'ha ispirata a scrivere questa storia".

Antonio deglutì nervosamente, cercando di non far trasparire quell'ansia improvvisa. La signora Lotti aveva fatto la seconda domanda che nessuno fino a quel momento aveva avuto il coraggio di fare a Stefano Ponziani. Antonio guardò lo scrittore. Il suo volto si era fatto inquieto. Poi lo vide stringere il microfono e protendersi in avanti, schiarendo la voce. Si era fatto serio in volto. Ogni traccia della sua precedente, ingenua gaiezza si era dissolta.

"La sua è una domanda molto personale, signora" disse. "Ma l'ha preceduta una introduzione altrettanto personale, quindi merita una risposta. L'idea è nata da... da una persona che ho visto morire tempo fa".

Un brusio sommesso ma elettrizzato partì dalla platea. Antonio vide formarsi gruppetti che confabulavano fra loro, persone che si protendevano sulle sedie con gli occhi spalancati della sorpresa. Guardò Marta. Era concentrata nell'ascolto.

"Accadde tutto all'improvviso" continuò Stefano, molto serio. "E' una disgrazia che mi ha colpito e mi sono accorto che mi è rimasta dentro. Poco dopo è nato questo racconto..."

Fece una pausa, mentre tutti si erano calmati ed erano tornati a guardarlo con attenzione. Antonio si sentiva affondato nella sedia, come se un magnete lo stesse trattenendo contro.

"Non è direttamente ispirato a quanto è accaduto. Non parla esplicitamente di morte. Ma mi ha dato la possibilità di riflettere su cosa voglia dire perdere qualcuno a cui si tiene e come possa continuare la vita dopo".

Qualcuno si commosse, passandosi un fazzoletto sotto gli occhi.

"Mi piacerebbe sapere cosa ne è stato dei familiari di quella persona. Spero sinceramente che abbiano trovato la forza per rialzarsi" concluse Stefano.

Antonio allentò un attimo le corde dell'emozione. Il pubblico avrebbe pensato che fosse rimasto toccato da quell'affermazione, mentre Marta, che lo stava guardando con un sorriso dolce, avrebbe condiviso con lui, in silenzio, ciò che quelle parole avevano significato per loro.

"E' stato molto commovente, signor Ponziani" mormorò Antonio. "Anzi, direi che è stato rivelatore. Penso che questo incontro non potrebbe chiudersi su corde più emozionanti, quindi ringrazio Stefano Ponziani per essere stato con noi e invito chi volesse un ricordo della serata ad avvicinarsi ordinatamente al palco".

Gli spettatori, così carichi di entusiasmo all'inizio dell'incontro, si alzarono in piedi e si avvicinarono con dei grandi sorrisi carichi di emozione per Stefano. Marta si fece da parte, lasciando scorrere le persone. Antonio rimase in piedi sul palco, a controllare il deflusso. Non ce ne sarebbe nemmeno stato bisogno. Nessuno alzava la voce. Si avvicinavano a Ponziani e chiedevano l'autografo, spesso anche una foto. Tutto con garbo e gentilezza, senza spintoni. Qualcuno lo abbracciò.

La signora Lotti si era alzata in piedi, rimanendo immobile nella sua fila. Guardò Antonio e gli sorrise.

Forse era ancora emotivamente provato per la presentazione, fatto sta che Antonio ricordava vagamente come si fosse ritrovato a guidare il motorino di Teresa, svicolando nel traffico serale e con Stefano Ponziani seduto dietro. Avevano fatto tardissimo, tutti presi dalla forza emotiva della discussione, senza accorgersi di quanto il tempo fosse volato. Stefano Ponziani aveva prenotato l'ultimo treno disponibile per Roma. Si erano resi conto che rischiava di perderlo.

"Chiamiamo un taxi" aveva proposto Marta.

"Rischiamo di non farcela" aveva detto Antonio. "Soprattutto con i cantieri vicino alla stazione".

Stefano aveva sorriso. "Beh, domani non ho impegni" aveva detto. "Se dovessi perdere il treno, consigliatemi un buon albergo e una buona trattoria dove passare la notte".

"Non se ne parla affatto!" aveva detto Teresa. Poi aveva fissato Antonio con serietà. "Te la senti?"

Antonio l'aveva guardata con aria interrogativa. "Me la sento di fare cosa?"

"Prendi il mio motorino" aveva detto, dandogli le chiavi. "E' l'unica soluzione. Se si fida il signor Ponziani…"

"Guardi, peggio di come guido io a Roma non potrà fare!" aveva scherzato Ponziani, appoggiandogli una mano sulla spalla.

Antonio li aveva guardati tutti e tre: Stefano. Teresa. Marta. Era una situazione assurda. Forse aveva detto di sì, forse aveva annuito. Due minuti dopo, svicolavano tra un'auto e l'altra, diretti verso la stazione. Stefano era in silenzio. Dallo specchietto retrovisore, Antonio vedeva un sorriso divertito incorniciato dentro il casco.

Sbucarono sul binario, correndo su per la ripida rampa di scale. Antonio, sfinito, raggiunse Stefano che sulla pensilina si guardava attorno.

"Ce l'abbiamo fatta!" esultò lo scrittore.

"E con due minuti di anticipo!"

"Grazie davvero del passaggio!"

"Grazie a Lei della visita".

"Miranda mi aveva parlato molto bene di voi" continuò Ponziani. "Aveva ragione. Siete persone molto disponibili e carine!"

"Facciamo quello che ci sembra giusto fare verso i nostri clienti e autori" si schermì Antonio.

Stefano Ponziani sorrise. Una voce metallica annunciò l'arrivo del treno per Roma. Si voltarono entrambi in direzione di due puntini gialli in lontananza che si stavano avvicinando.

"Era un bambino" disse all'improvviso Stefano.

Antonio non era sicuro di aver capito bene. "Mi scusi?" chiese.

Stefano era tornato serio. C'era persino un velo di tristezza nel suo sguardo.

"Era un bambino" ripeté. "La persona che ho visto morire".

Antonio cercò di trattenere le sue emozioni. Si concentrò sui suoi occhi, anche se il suo corpo tremava e indietreggiò.

"Un bambino..." mormorò Antonio. "E come è successo?"

"E' accaduto l'estate scorsa" spiegò Stefano. "E' annegato. Ero in spiaggia quando è successo. Io e mio fratello abbiamo visto una grande agitazione. Ci siamo avvicinati in tempo per vedere i bagnini che portavano in braccio questo bambino privo di conoscenza. La folla però ci ha coperto. Lo hanno portato via in ambulanza. Che era morto, l'ho scoperto solo la sera al telegiornale".

In pochi secondi, rivide e risentì tutto. Il cappello di Marta che volava, le frasi preoccupate della gente. Avvertì di nuovo il sole sulla pelle e il salmastro appiccicato ai piedi, immersi nell'acqua.

"E' successo all'Argentario?" chiese, stavolta senza guardarlo.

"Sì!" esclamò Stefano. Era stupito, come se avesse finora temuto che nessuno avrebbe creduto a quella storia e finalmente trovava la persona che ne confermava la veridicità. "Ne ha sentito parlare alla tv?"

Il treno si stava avvicinando. Antonio alzò lo sguardo di scatto e lo fissò. Si sentì offeso. Come era possibile che non ricordasse? Perché lui ricordava benissimo il loro scontro in spiaggia e lui no?

"Deve essere stato terribile" disse Antonio.

Stefano scosse la testa. "Non immagina quanto" disse.

La motrice era a pochi metri. Stava procedendo ancora abbastanza velocemente. Secondo Stefano, lui non poteva nemmeno immaginare cosa fosse successo. Lo avrebbe spinto volentieri. Per un istante ci pensò. Una spinta rapida e improvvisa. Stefanp era proprio sul bordo della linea gialla e accanto non avevano nessuno. La motrice non avrebbe potuto fermarsi. Mosse il braccio in destro in avanti.

La motrice passò dietro di loro, iniziando a rallentare. Il braccio di Antonio rimase perpendicolare al corpo di Stefano, la mano tesa in attesa di essere stretta.

"E' stato un piacere incontrarla" disse Antonio, serio.

Stefano sorrise. Gli strinse la mano. "Il piacere è tutto mio" disse.

Alle loro spalle due persone scesero. Stefano si voltò e iniziò a salire sul treno.

Improvvisamente sentì l'impulso di chiamarlo. "Signor Ponziani!" disse Antonio.

Lo scrittore si voltò abbastanza stupito. Lo ero anche Antonio. Non si aspettava di chiamarlo per quell'ultima domanda.

"Mi dica" chiese.

"Ha mai pensato di cercare *veramente* quella famiglia?"

Stefano rimase fermo sulla scaletta, la testa e il busto protesi fuori verso Antonio.

"Sì" disse. "Solo che non saprei da che parte cominciare una volta che li avessi davanti".

"Capisco".

Il capotreno fischiò.

"Sarà meglio che si allontani da quella porta!" disse Antonio, abbozzando persino un sorriso scherzoso.

Stefano lo salutò con un cenno, mentre la porta si richiudeva rapidamente dietro di lui. Il treno si mosse. Lo scrittore gli lanciò un'ultima occhiata gentile prima di entrare nello scompartimento. Lo vide guardarsi intorno timidamente alla ricerca di un posto, mentre il treno prendeva velocità. Antonio rimase in silenzio sul binario, finché il convoglio non fu scomparso alla vista.

RICERCHE

Teresa non riusciva a crederci. Era una storia assurda, eppure le prove sembravano essere davanti ai loro occhi, esposte in maniera chiara e precisa. Chi gliene aveva parlato, in quel momento era preda di una rabbia incontenibile e la sua voce riecheggiava nel salone rimasto vuoto. Marta, seduta ancora in prima fila, aveva ascoltato tutto in silenzio.

"E tu lo avevi visto?" chiese con voce tranquilla.

"Sì!" aveva replicato Antonio, ancora furioso. "Cioè… Ci siamo urtati mentre stavo correndo all'ombrellone. Sul momento non mi sono accorto di niente. E' stato dopo… Giorni dopo… Quando ho rivisto la sua foto in libreria, qualcosa ha iniziato a riemergere e…"

Antonio si mise a sedere sulla pedana, le mani giunte appoggiate alla fronte. Trasse un respiro profondo, poi si alzò e cominciò a camminare nervosamente lungo il corridoio. Teresa sfogliò una copia di *In Memoriam*, cercando il punto che Antonio aveva indicato. Lesse quelle poche righe.

"Non ci posso credere…" mormorò.

"Davide aveva parlato di uno famoso al bar…" riprese Antonio.

"Lo hai già detto" disse Marta.

L'atteggiamento di Marta innervosì ulteriormente Antonio. Era rimasta seduta, esplorando il vuoto con gli occhi, persa dietro una riflessione della quale non voleva rendere partecipe nessuno. Antonio sbuffò, camminando lungo il corridoio verso la parete di fondo. I suoi occhi si fissarono su quei poster che ritraevano Stefano sorridente. Accelerò il passo.

"Dannato figlio di…" disse con rabbia, alzando il pugno in aria.

"Antonio!" gridò Marta.

Fu un ordine, accentuato da uno sguardo gelido, presente e puntato sul marito. Antonio rimase stupito da quel richiamo improvviso e restò in piedi, il braccio ancora sollevato.

"Falla finita" disse Marta con voce calma.

"Era nostro figlio!" replicò Antonio, abbassando il braccio. "Questo bastardo sta facendo soldi sulla morte di nostro figlio!"

"Ma quel racconto non parla di Davide!"

"Ah, no?" disse Antonio, risalendo il corridoio verso di noi. "Ma se me lo ha detto lui cosa lo ha ispirato! Me lo ha detto lui del bambino che ha visto morire e che ha trasformato uno scrittore di merda nel nuovo filosofo della società! Il Re del Dolore! Il Confessore di tutti! Il…"

"Basta!" disse Marta.

Si alzò in piedi. Rimasero a guardarsi a pochi metri di distanza nel corridoio, illuminati dalla luce dei neon, circondati dal sorriso di Stefano Ponziani. Antonio sembrava in procinto di arrendersi. Guardava Marta, lasciando ciondolare le braccia lungo i fianchi.

"Dov'è il cuore di Davide, Antonio?" chiese Marta.

"Cosa?"

"Il suo cuore" continuò Marta. "Lo hanno portato a Roma, no? Le cornee a Varese. Il fegato a Bari. Sai cosa penso? Se dovessi mai recarmi in una di queste città, passerò il tempo a chiedermi dove sia qualcosa di mio figlio. Guarderò chiunque mi passa accanto, pensando che una parte di Davide sia lì dentro. Un barista, una commessa, un passante accanto al quale aspetterò che un semaforo diventi verde. Ma io tutto questo potrò solo teorizzarlo… Senza avere mai la minima certezza che le mie impressioni siano vere o no".

Marta tacque, senza distogliere gli occhi da Antonio. Attendeva una sua reazione e fu sollevata nell'accorgersi che, sul momento, non ci sarebbe stata.

"Ho visto persone commosse" riprese. "Uomini e donne che ringraziavano Stefano Ponziani perché le parole di quel racconto avevano trasmesso loro qualcosa e le avevano fatte sentire meglio. La possibilità che Davide, con quei trapianti, abbia potuto salvare la vita di qualcun altro è l'unica cosa che mi ha mandato avanti in tutto questo. Io ci ho provato, Antonio, a dare un senso alla sua morte. Senza scomodare il destino o la religione. Mi sono semplicemente fatta delle domande. Non so se sia una buona risposta, ma pensare che qualcuno sia vivo grazie a lui, personalmente mi aiuta. Mi fa sentire meglio".

"Marta, lui ha..." protestò debolmente Antonio.

"Lui ha dato a me e a te la possibilità di vedere con i nostri occhi le persone a cui Davide ha potuto fare del bene. Perché, se è vero quello che dici e io ci credo, questo racconto non sarebbe mai nato senza... senza quello che è successo a Davide. Non mi interessano le possibilità di carriera che potrà avere Ponziani. Inoltre, te lo ha detto privatamente, quindi è sufficientemente onesto da non vantarsene. Lui ora, senza volerlo, sta facendo del bene a qualcuno. E tutto questo dipende da Davide. Per me è una consolazione enorme. Vorrei che lo fosse anche per te".

Teresa distolse lo sguardo dalla coppia. Si sentiva a disagio. Antonio strinse i pugni, la mano che tremava dalla frustrazione.

"Vorresti chiedergli dei soldi?" chiese Marta.

Antonio sospirò, chiudendo gli occhi. "No" disse.

Marta abbozzò un sorriso triste. "Lo vedi?" disse. "E adesso, basta. Non parliamone più".

Marta prese la sua borsa e si avviò verso l'uscita.

"Andiamo. Devo preparare cena" disse, senza voltarsi.

Teresa e Antonio si guardarono in silenzio. La donna si strinse nelle spalle. "Ha ragione lei" osservò.

Il treno aveva venticinque minuti di ritardo. Stefano si era ritrovato a suddividere rapidamente gli altri passeggeri del vagone in pendolari, rimasti in silenzio poiché abituati a disservizi che avevano imparato a sopportare, e viaggiatori occasionali, subito esplosi in proteste.

Fuori era già buio. Il panorama del tramonto su quei luoghi di mare aveva lasciato il posto al volto di Stefano riflesso sul vetro del finestrino. Si osservava da almeno quindici minuti. Aveva dimenticato di portarsi dietro il tablet e non aveva voglia di leggere o ascoltare musica. In quel momento stava pensando. E pensava alle parole che gli aveva detto quel gentile libraio di Pisa.

Prese lo smartphone. Anch'esso si stava scaricando e Stefano si maledisse per non essersi portato il caricabatterie. Avviò la connessione a Internet e notò con preoccupazione che la homepage di Google si caricava molto piano. Iniziò a digitare alcune parole. Annegamento. Bambino. Feniglia. Premette Invio. La pagina caricò a vuoto per qualche minuto. Stefano osservò, facendo segretamente il tifo, la linea verde di caricamento che si muoveva debolmente in avanti.

Ad un quarto dello schermo, la linea si arrese. Comparve una schermata bianca a indicare l'assenza di connessione.

"Merda!" imprecò Stefano.

"Vero!" disse l'uomo al suo fianco. "Questi treni sono proprio di merda! Ma io mi domando se sia possibile…"

L'uomo proseguì la sua invettiva, mentre Stefano rivolse di nuovo lo sguardo all'oscurità fuori dal finestrino. Oltre il suo volto riflesso poteva intravedere sottilissime strisce di mare. Onde che, nell'oscurità diffusa tra la terra e l'acqua, cercavano con la loro schiuma di segnalare la loro presenza ad un osservatore attento.

Antonio liquidò Teresa con uno sbrigativo "Buongiorno", motivandola a non chiedergli niente che non fosse relativo alle questioni di lavoro. Frasi stringate, discussioni di normale amministrazione e rapide consultazioni sugli ordini da fare. Lei gli porse il comunicato del fallimento di una casa editrice e della resa immediata che dovevano fare dei suoi volumi al precedente distributore. Duecento titoli che Antonio esaminò con attenzione e impassibile professionalità.

"Me ne occupo subito" disse.

Teresa annuì e raggiunse la cassa. Stava facendo scontrini da circa dieci minuti, quando fece il suo ingresso il Cliente Molesto. Lo salutò con un sorriso. Lui rispose con un "Buongiorno" sussurrato ma gentile. Una novità rispetto alla sua consueta esuberanza.

"Mi scusi, cercavo Antonio…" chiese con insolita timidezza.

"E' nel salone della letteratura" disse Teresa.

"Grazie" mormorò, dirigendosi verso l'altra stanza.

Antonio aveva impilato i libri su un tavolinetto e ora li stava spuntando dalla lista. Cercava di tenere la propria mente lontana dalla discussione avuta con Marta e ogni tanto lanciava un'occhiata verso gli scaffali della narrativa su cui era esposta la P.

Il Cliente Molesto si avvicinò timidamente.

"Antonio…" mormorò.

"Ciao" lo salutò Antonio, senza smettere di lavorare. "Come stai?"

"Normale…" rispose, lasciando la frase sospesa a metà.

Il Cliente Molesto rimase in silenzio a fianco di Antonio che, dentro di sé, si stupì che non avesse continuato a parlare senza sosta, ma apprezzò quella scelta, visto che in quel momento aveva solo bisogno di concentrarsi sul lavoro senza troppe distrazioni.

"Hai bisogno di un libro?" gli chiese. "Perché ho molto da fare, oggi".

"No, tranquillo. Ero solo passato per un saluto e due chiacchiere".

Antonio indicò le ceste di libri. "Come vedi, oggi due chiacchiere non le posso fare" disse.

"No, capisco…" mormorò il Cliente Molesto. Esitò ancora qualche secondo, poi si avvicinò. "Antonio, mi dispiace tantissimo".

Antonio alzò la testa dal foglio. "Per cosa?" chiese.

Il Cliente Molesto tossicchiò imbarazzato. "Per… di… di tuo figlio" balbettò. "Ho saputo solo ora. Ti faccio davvero le mie condoglianze…"

Antonio rimase colpito da quella improvvisa manifestazione di dolore. "Ti ringrazio" disse. "Scusami se non ti ho detto nulla, ma sono quelle notizie che…"

"Ci mancherebbe, Antonio!" lo interruppe il Cliente Molesto, recuperando parte del suo tono abituale. "Sono cose troppo personali e non si può giudicare nessuno per come decide di affrontarle. Io volevo solo farti le mie condoglianze".

Antonio abbozzò un sorriso triste, ma sincero. "Ti ringrazio" disse.

Il Cliente Molesto sorrise, emozionato, poi si strinsero la mano con affetto.

"Ma lo sai che mi ha lasciato?" disse poi con il suo tono entusiasta.

"Chi? La ragazzina?"

"Sì. Diceva che la nostra coppia era troppo sbilanciata" spiegò il Cliente Molesto, con tranquilla rassegnazione.

"Secondo lei, nella nostra relazione un elemento era troppo maturo e un altro era ancora troppo legato alla sua gioventù".

"Ha detto proprio così?"

"Sì, ma alla fine aveva ragione lei. Lo avevi detto anche te, no? Troppa differenza di età. E' giusto che lei continui a godersi la sua gioventù. Io, anche se ancora faccio il bischero, ero effettivamente troppo grande per lei".

Antonio lo guardò con un sorriso complice e gli diede una pacca sulla spalla. "Fa un po' male, ma passerà" disse. "Sai come si dice, no? Invecchiando si fa tanta esperienza e questa ci aiuta a superare i problemi".

"Guarda Antonio, sono davvero a terra!" disse il Cliente Molesto, appoggiandosi a uno scaffale. "Mi sento come se mi avessero levato un pezzo…"

"Te l'ho detto. Poi passa".

"Eh, passa…Quando succedono queste cose, ce ne vuole prima che passi. Te mi capisci, no?"

Antonio aveva appena riabbassato la testa sui fogli, ma la rialzò di scatto e lo fissò. Quell'uomo aveva ragione. Aveva capito cosa gli stava dicendo. Improvvisamente nella sua testa non c'era più nulla. Né Stefano Ponziani, né la discussione con Marta, né le tensioni con Teresa. Solo la faccia del Cliente Molesto che lo guardava con aria vagamente bovina in attesa di una sua risposta solidale.

"Come hai detto?" chiese Antonio, scandendo piano le parole.

Il Cliente Molesto riprese a parlare, senza accorgersi del cambio di registro nell'atteggiamento di Antonio.

"Che penso di poter…" disse.

"Ma ti ascolti quando parli?" lo interruppe Antonio senza alzare la voce.

Il Cliente Molesto tacque, sorpreso da quella reazione. "Cosa?" fece. "Antonio, io…"

"Vorresti paragonare la fine della tua storia con quello che è successo a me?" mormorò Antonio, lanciando un libro dentro una delle ceste. "Ma te ne rendi conto della stronzata che hai appena detto?"

Il Cliente Molesto indietreggiò, più spaventato dalla calma con cui Antonio gli stava parlando che da quello che stava effettivamente dicendo. "Su... Antonio..." balbettò.

"Vattene" disse Antonio gelido.

"Ma..."

"Fuori!" ruggì Antonio, indicando la porta.

Il Cliente Molesto non trovò la forza per dire altro. Corse fuori dalla libreria, balbettando. Antonio strinse con rabbia un altro volume prima di scagliarlo con violenza nella cesta. Il rumore dell'impatto rimbombò nella stanza vuota. Antonio chiuse gli occhi, respirando con rabbia. Sapeva che se li avesse tenuti aperti sarebbero tornati a fissare l'alfabeto all'altezza della P. Gli fischiavano le orecchie e sentiva la gola secca. Uscì dalla stanza della letteratura. Teresa lo fissava attonita, così come le due clienti che aveva in cassa. Porse loro lo scontrino e le due donne se ne andarono con passo rapido, imbarazzate.

"Non dirmi niente!" disse Antonio, furibondo, puntandole contro il dito. "Non dirmi niente! Io lo sapevo che sarebbe finita così! Quindi, zitta! Non dire niente! Facciamola finita con questa storia!"

Teresa rimase impietrita dietro il bancone. Antonio svoltò alla sua sinistra, diretto verso il bagno. La donna sussultò quando chiuse la porta, sbattendola violentemente.

Le prime due file erano occupate, in maniera quasi militaresca, da un gruppo di signore della Milano da bere, impagliate più che impellicciate, alle quali era impossibile manifestare la propria commozione causa botox. Stefano ascoltò divertito commenti entusiastici e sentiti provenienti da volti completamente inespressivi.

A rendere più emotivamente rocambolesca la presentazione c'era anche il fatto che Stefano aveva un occhio fisso sul pubblico e uno sull'orologio per riuscire a essere in tempo alla prima locale di *In Tuo Onore*. Riuscì a congedarsi con eleganza dalla processione delle *sciure*, aiutato anche dallo smoking che aveva preventivamente indossato per guadagnare tempo. Lasciò la grande libreria inseguito dai flash di alcuni fotografi per raggiungere il teatro, distante meno di cinquecento metri, in cui fu sollevato nel vedere i flash puntati solo verso Sabrina e il resto del cast.

Sabrina indossava un vestito di uno splendido verde scuro, regalo inaspettato ma gradito da parte di Roberto Cavalli. Accanto a lei Christian era in uno smoking nero, simile a quello di Stefano, con una lunga sciarpa bianca. Christian e Sabrina salutavano tutti, sorridendo. Lui le cingeva il fianco con un braccio e, ogni tanto, si divertiva a omaggiarla davanti a tutti con ironici e profondi inchini. I giornalisti si accalcavano per complimentarsi.

"Un'opera meravigliosa, Christian!" disse uno di loro.

"Grazie, siete tutti molto gentili" rispose Christian con pacata cortesia.

Stefano scivolò discretamente tra la folla, cercando di raggiungere uno degli ingressi. Un colpo di flash nella zona in cui si trovava fece voltare Sabrina che, appena lo vide, lo salutò con entusiasmo. Stefano le rispose con un cenno timido, indicando la porta. Sabrina fece segno di no con la mano e gli fece il gesto di raggiungerla. Stefano sorrise, scuotendo la testa.

"Scusatemi!" gridò allora Sabrina al gruppo dei fotografi. "Potete far venire qui il mio compagno, grazie?"

In nemmeno un secondo Stefano si ritrovò addosso gli occhi sorpresi del gruppo dei fotografi a cui fu in grado di dire solo un impacciato "Buonasera". La ressa si aprì, lasciando un varco nel quale da un lato c'era Stefano, visibilmente fuori luogo e dall'altro Sabrina che gli sorrideva, accanto a Christian, decisamente scontento di averlo vicino. Stefano sorrise e percorse il varco, entrando sul tappeto rosso e ricevendo l'abbraccio di Sabrina.

"Signori!" annunciò lei, entusiasta, tenendo Stefano e Christian sottobraccio. "Vi prego! Voglio almeno una foto con i due uomini più importanti della mia vita!"

I flash balenarono nella loro direzione. Stefano, anche se abituato, cercò di schermirsi da quella valanga di luci negli occhi. Sabrina, al contrario, stava in piedi, lo sguardo perfettamente illuminato, un sorriso aperto e una luce negli occhi che scacciava qualsiasi tipo di esitazione. Christian, invece, aveva perso la baldanza di pochi secondi prima e accoglieva i flash con un sorriso più di circostanza che di entusiasmo, eretto in piedi, abbracciato a Sabrina.

Ci volle solo qualche secondo prima che il primo giornalista puntasse il suo microfono verso Stefano.

"Stefano, sei soddisfatto della prova di Sabrina?" chiese.

Inizialmente Stefano non seppe cosa rispondere. Guardò Sabrina che gli sorrideva. E guardò oltre verso l'infastidito Christian. Sorrise. Sentì che il di lui talento non poteva nulla contro la sua popolarità. E pensò che adesso un talento veniva riconosciuto anche a lui. Si sentì più grande e più forte. Si rivolse al giornalista con entusiasmo.

"Certo!" rispose. "Come potrei non esserlo?"

"Diventerete la coppia dell'anno!" disse entusiasta un'altra giornalista.

"Sarebbe davvero una bella prospettiva, grazie!"

Un terzo giornalista cercò di emergere rispetto ai colleghi della prima fila. "Hai pensato a una riduzione teatrale di *In Memoriam*?" chiese. "E se sì, Sabrina ne sarebbe la protagonista?"

Questa domanda gli piacque. "E' una bella idea. Cercherò di tenerne conto!"

"Quali sono i tuoi progetti, ora?" chiese il primo giornalista.

"Stiamo facendo tardi…" mormorò Christian a Sabrina.

Stefano si voltò verso di loro. Vide Christian che, leggermente, cercava di tirare a sé la sua protagonista.

"I miei progetti ora sono di assistere a *In Tuo Onore*, una grande opera teatrale. Di un grande regista" disse, e nel dire questo, piantò il suo sguardo in quello di Christian, che rimase in silenzio. "Ma soprattutto con una grande attrice!"

"Un'altra foto! Un'altra foto!" implorarono i giornalisti.

Posarono tutti e tre assieme. Stefano radioso, abbracciato a Sabrina. Christian, dall'altro lato, una maschera impassibile.

Quando la porta si aprì, Stefano si voltò con un sorriso che sparì non appena vide chi aveva fatto il suo ingresso. Christian richiuse la porta senza dire niente, delegando ogni tipo di commento alla propria espressione. Stefano guardò quel volto, incancrenito in un paio di labbra piegate in giù e due occhi infossati.

"Hai finito di metterti in mostra?" chiese Christian.

A Stefano venne quasi da ridere. Si compiacque con se stesso per aver tirato fuori i reali sentimenti di Christian, cancellandone i sorrisi compiacenti e i tentativi di amicizia.

"Christian" disse Stefano, a cui stavolta spettava mostrare un sorriso ironico. "Sei nervoso? Rilassati, su, credevo fossimo amici!"

"Smettila di prendermi in giro! Tutto questo non ti appartiene!"

"Ma perché ce l'hai con me? Come se ti mancasse qualcosa! E' per i giornalisti? Capita a volte che arrivi quello che ti ruba la scena. E tu dovresti saperlo bene visto che sei sulla scena da molto più tempo di me!"

Christian lo guardò con un sorriso sprezzante. "I giornalisti?" fece. "Sono solo dei buffi cagnolini che corrono dietro a chi tira loro l'osso più grande".

"Allora devo dedurre che avevi terminato i tuoi…"

"Non sei divertente".

"Nemmeno tu lo eri quando mi definisti *L'amico del cuore delle ragazze tristi*. Non pensare che me ne scordi!"

"Ti dimentichi che ho detto che i tuoi libri sono il nulla con una bella copertina attorno!" ribatté Christian. "E ti dimentichi che, se sei qui, lo devi solo a Sabrina!"

"Smettila di usare la mia ragazza per umiliarmi!" ribatté Stefano con rabbia.

"Io non capisco neppure cosa ci trovi lei in te…" disse Christian, facendosi seriamente dubbioso. "Voglio confessarti una cosa. Io nemmeno la volevo nel mio lavoro. E' stata tutta un'idea del produttore".

"Che cosa stai dicendo?" fece Stefano, sorpreso.

"Ti giuro" continuò Christian con serenità. "Io avevo già una mia opzione, una giovane attrice che avevo visto in uno spettacolo d'avanguardia un anno fa, ma non c'è stato niente da fare. I produttori volevano lei. Ho minacciato, bluffando ovviamente, che non avrei mai portato in scena il mio lavoro ma alla fine mi hanno convinto almeno a parlarci. In fondo, un caffè non si nega a nessuno, no? Io mi aspettavo questa bella ragazza, anche elegante nei modi, ma nulla di più e invece mi sono trovato davanti questo vulcano di entusiasmo che aveva già capito come affrontare il personaggio. Sembrava una veterana del teatro. Ho dovuto dare ragione ai miei produttori per la prima volta ed è stato un vero piacere costruire il personaggio assieme a lei. Se penso a quanto dev'essere stato frustrante per lei confrontarsi fino ad ora con i tuoi scritti elementari!"

"Christian…"

"Perché? Non è vero, forse?"

"Falla finita di dire cazzate!"

"Sabrina ha talento, intelligenza e curiosità" continuò Christian come se nulla fosse. "E con chi si ritrova? Con un autore di romanzetti mediocri che non la valorizza quanto…"

Stefano non lo lasciò finire. Afferrò Christian per la camicia, sbattendolo addosso al grosso specchio del camerino. Christian non fece un piega, nient'affatto intimorito. Stefano lo sollevò, portandolo all'altezza dei suoi occhi.

"Bravo!" disse Christian. "Bella dimostrazione di forza!"

La voce di Christian aveva coperto il rumore della porta che si apriva. Si accorsero della presenza di Sabrina solo quando Stefano la vide riflessa nello specchio. Indossava il vestito di scena, tenendo le braccia incrociate sul petto. Dallo sguardo, sembrava ancora nel personaggio.

"Ne avete ancora per molto?" chiese con voce gelida.

Stefano lasciò andare Christian, che rimase appoggiato contro lo specchio, sistemandosi la camicia e il colletto e tossicchiando, per nulla preoccupato.

"Sabrina…" mormorò Stefano.

Sabrina era livida in volto. Il suo sguardo esprimeva disprezzo e una fortissima delusione. Si sarebbe detto che fosse sul punto di scoppiare in lacrime. Teneva le braccia distese lungo il corpo, come quando era nel personaggio. Tremavano e lei cercava maldestramente di nasconderle.

"Ho sopportato anche troppo questa situazione" disse, cercando di mantenere almeno nella voce la durezza che non riusciva a trattenere nel corpo. "Quindi, o la pianti con questi atteggiamenti infantili e odiosi oppure, non mi importa quanta stima dici di avere… Per me finisce qui".

Stefano fece due passi verso di lei. Sentì il battito cardiaco impazzire e il respiro farsi affannato. I suoi occhi si riempirono di lacrime.

"Sabrina, mi dispiace, io…" disse.

"Non sto parlando con te, Stefano…"

La sicurezza abbandonò il volto di Christian. Finì di ricomporsi e la guardò attonito. Ma Sabrina non muoveva un muscolo del volto. Christian le si avvicinò.

"Perdona la mia mancanza di professionalità" disse con voce calma. "Ti prometto che non succederà più".

Sabrina si limitò a guardarlo senza dire niente.

"Io ho una grandissima stima di te!" disse Christian, visibilmente allarmato. "Per favore, non abbandonare la compagnia!"

"Tu lascia stare il mio compagno" disse Sabrina, senza emozione nella voce.

Stefano udì il rantolo rabbioso di Christian e poi lo vide voltarsi verso di lui. Per un momento comparve di nuovo sul suo volto, l'espressione cattiva con la quale era entrato nel camerino, ma mentre tornava a guardare Sabrina, il suo sguardo si fece serio ma dimesso. Sconfitto.

"Vi lascio soli" disse e uscì a passo svelto.

Sabrina e Stefano rimasero dov'erano. Lei appoggiata allo stipite della porta. Lui in mezzo alla stanza. Fu lei a staccarsi e ad andargli incontro. Stefano le aprì le braccia e le sorrise, pronto a avvolgerla. Lei si avvicinò e, totalmente inaspettato, fece partire un violento manrovescio sulla guancia sinistra di Stefano.

Stefano era ancora sorpreso quando lei gli prese la testa fra le mani e lo baciò con violenza. Sentì le orecchie fargli male per la pressione dei palmi di Sabrina contro il suo cranio. Poi lei staccò le proprie labbra dalle sue e lo guardò.

"Azzardati a scrivere questo in qualche romanzo e ti uccido!" disse seria.

Stefano la guardò, inizialmente preoccupato. Poi le loro facce si sciolsero in una risata e tornarono a abbracciarsi.

Teresa trovò il cartellone gettato in un angolo, vicino agli altri da buttare. Lo sfilò dal mucchio e lo guardò con attenzione. La parte superiore presentava un violento strappo che attraversava i capelli e si interrompeva all'inizio della fronte di Stefano Ponziani. La parte centrale, all'altezza della bocca, era stropicciata per gli effetti di quello che sembrava un calcio, che aveva inciso parte della foto, strappando via una parte del labbro superiore e lasciando esposta il grigio del cartone sottostante. I bordi laterali erano stati stretti con violenza, come se Antonio, prima di eseguire la sua richiesta di gettare quel cartone promozionale ormai vecchio, lo avesse voluto osservare con rabbia, per poi scatenarsi in quell'offesa infantile a qualcosa che ormai era pronto per essere buttato via.

Quella sera, Antonio si attardò a tornare a casa. Il freddo dell'inverno se ne stava andando, lasciando il posto a giornate leggermente più lunghe e ad un clima più accogliente che faceva apprezzare l'aria aperta e invitava le gambe a muoversi meno velocemente per gustare quello che succedeva all'esterno.

"Mi fermo a guardare due vetrine" aveva detto a Marta. Aveva camminato piano, lungo il corso, osservando l'esposizione delle profumerie e dei negozi di abbigliamento. Il compleanno di Marta sarebbe stato tra due mesi, poteva cominciare a cercare un regalo.

Antonio si infilò in una traversa, con l'idea di dirigersi a un negozio di articoli per la casa dove di solito Marta si infilava a curiosare. I vestiti erano sempre stati un dramma per Antonio, soprattutto le taglie. Per quanto riguardava i profumi, Marta non brillava per ricercatezza di fragranze e lui nemmeno. Era meglio un oggetto. Qualcosa di simpatico da mettere in un angolo della cucina dove prima c'era la teiera che si era rotta quell'inverno. Ecco, avrebbe cercato una nuova teiera. Marta fino a quel momento si era arrangiata con un vecchio bricco di metallo, ma era ora che tornasse a servirsi di un bell'oggetto di porcellana.

Passò davanti ad un bar, affollato per l'aperitivo. Gettò un'occhiata distratta ai presenti. Erano perlopiù uomini giovani, sulla trentina, impegnati a ridere e a bere spritz. Si soffermò distrattamente su un paio di ragazze bionde che, in disparte, conversavano allegramente, poi riprese il suo cammino.

Aveva fatto solo pochi passi, quando udì una voce gridare "Antonio!" e si voltò. Dal capannello fuori del bar si era staccato un giovane sui trent'anni, vestito con una bella giacca ed una sciarpa arancione attorno al collo. Antonio lo riconobbe subito. Si chiamava Gianni Comparini e per due Natali era stato aiutante natalizio presso la libreria.

"Gianni!" disse Antonio, tendendogli la mano. "Come stai?"

Gianni lo abbracciò, stringendolo con affetto. "Io bene, grazie" disse. "Tu come stai? Scusami, sarei voluto passare ma non ho mai…"

"Va tutto bene" lo tranquillizzò Antonio. "Ho ricevuto le tue condoglianze e ti ringrazio. Se vuoi passare per una visita, anche Teresa ti saluterebbe volentieri!"

"Lo farò. Adesso ho un po' di tempo libero".

"Come mai?" chiese Antonio. "Non lavori più a Firenze?"

"Da inizio mese non più" disse Gianni, stringendosi nelle spalle. "Il negozio dove lavoravo ha chiuso e… beh, ora sto cercando qualcosa, ma in pochi assumono. E cercano gente più giovane di me. Sono nei casini, guarda. Stasera ho detto, Vengo qua, mi faccio un aperitivo con gli amici e mi rilasso, altrimenti vado fuori di testa e basta…"

"Mi dispiace" disse Antonio.

"Eh, c'è poco da dispiacersi" commentò Gianni. "Tanto le cose vanno male ovunque. O si scappa all'estero… Ma stanno scappando in tanti, ho paura di ritrovarmi a fare la fame da un'altra parte e allora…"

"Capisco. Ti piacciono sempre i libri?"

Lo sguardo di Gianni si illuminò. "Ma scherzi?" disse. "Non so che darei per tornare a lavorare in una libreria. Nella vostra, poi!"

Antonio sorrise. "Il tuo numero di cellulare è sempre il solito?" chiese.

"Mi manca solo dover cambiare numero di cellulare!"

"Allora… Non ti posso promettere nulla, ma potremmo chiamarti, o io o Teresa, prossimamente".

Gianni fece un'espressione sorpresa e appoggiò le mani sulle spalle di Antonio. "Antonio, io…" disse emozionato.

"Ti ho detto che non posso prometterti nulla".

"No, no, scusami…" disse Gianni, rimettendo giù le braccia. "E' che sai, quando stai così, anche solo una speranza…"

Antonio gli diede una pacca sulla spalla. "Goditi il tuo aperitivo e stai tranquillo" disse. "Ora devo salutarti, altrimenti Marta farà chiamare la polizia!"

"Antonio!" disse Gianni, tendendogli la mano. Antonio la strinse, la strinse forte. "Grazie davvero, anche se non succede niente!"

Si abbracciarono. Gianni lo salutò con un muto sorriso speranzoso e tornò dai suoi amici. Antonio aspettò che si fosse ricongiunto al gruppo e poi riprese a camminare. Accelerò il passo. Adesso voleva tornare a casa. E, una volta cenato, si sarebbe messo a scrivere.

La mattina dopo Antonio entrò nell'ufficio di Teresa, tenendo in mano e in bella vista, una busta da lettere. La appoggiò sul tavolo, proprio sopra le vendite di fine mese che lei stava controllando. Teresa alzò lo sguardo, preoccupata dal fatto che nessuna frase di accompagnamento fosse stata pronunciata durante quella consegna.

"Che cosa c'è qui dentro?" chiese.

"La mia richiesta di aspettativa".

Fu secco. Senza emozioni o giri di parole. Sembrava qualcosa già concordato da entrambi, senza bisogno di preamboli o descrizioni. Teresa rimase basita sulla sedia, guardando l'espressione neutra di Antonio.

"E' uno scherzo?"

"No".

Quella freddezza la indispose. "Hai trovato un lavoro migliore?" chiese, cercando di non spazientirsi.

"No".

A quel punto si arrabbiò. "E allora perché?" chiesi.

"Teresa, ho bisogno di tempo per pensare".

Antonio era perfettamente calmo e persino lui, interiormente, se ne stupiva. Lavoravano insieme da diciotto anni e credeva che, se mai fosse giunto un momento del genere, ci sarebbero stati impaccio e imbarazzo, dispiacere visibile, una voce tremante e delle frasi balbettate. Adesso

Teresa era quasi un ostacolo e non desiderava altro che accettasse la sua decisione senza fare troppe storie.

"Sai di cosa hai bisogno?" sibilò Teresa. "Tu hai bisogno di…"

Antonio scosse la testa e questo la irritò ancora di più.

"Antonio, tu non vuoi farti aiutare! Se tu ragionassi…"

"Infatti".

"Non fare cazzate! Se ti chiudi in te stesso…"

"So badare a me stesso, Teresa!"

Teresa avrebbe voluto prendere quella lettera e strappargliela in faccia, anche solo per vendicarsi di come l'aveva umiliata. Ma sapeva che sarebbe stato inutile. Abbassò lo sguardo su quella busta, il rettangolo bianco che interrompeva il flusso di dati che stava controllando.

"Almeno dammi il tempo di organizzarmi" disse senza guardarlo.

"Ho incontrato Gianni Comparini, ieri sera" disse Antonio. "E' senza lavoro e gli piacerebbe tornare da noi. Il suo numero di cellulare è sempre lo stesso".

"Non hai proprio lasciato niente al caso..."

Stavolta fu Antonio a non rispondere.

"Vattene ora" disse. "Ho tremila cose da fare e grazie a te ora sono seimila!"

"Mi trovi in salone…" disse Antonio e uscì chiudendo la porta.

Teresa si trattenne dal tirare un pugno sul tavolo ma non dallo scoppiare a piangere.

Erano in auto. Stefano aveva parcheggiato lungo la strada, davanti casa. Sabrina aveva aperto la porta per scendere, ma Stefano era rimasto a sedere con le mani ferme sul volante e lo sguardo rivolto al bagagliaio dell'auto davanti a loro.

"Stefano, cosa c'è?" aveva chiesto Sabrina.

Stefano non aveva risposto. Aveva solo chiuso gli occhi e appoggiato la testa sul volante.

"Stefano!" aveva chiesto Sabrina.

"Ma cosa vogliono da me, Sabrina?" aveva detto Stefano. La voce era stanca, stremata dal rimuginare a cui aveva sottoposto la sua mente fino a quel momento. Da quando, mentre erano a mangiare una pizza con alcuni amici, una donna gli si era avvicinata per un autografo e non era riuscita a trattenersi dal raccontargli di come le sue parole l'avessero aiutata a superare lo shock della perdita del lavoro. Stefano l'aveva ascoltata, con un misto di comprensione e imbarazzo, mentre la coppia dei loro amici mangiava la pizza, cercando di non guardarli. Sabrina aveva iniziato a raccontare loro della fine del tour, mentre Stefano, in piedi alle sue spalle, teneva per mano questa donna che non smetteva di ringraziarlo. Cinque minuti dopo, quando finalmente era riuscito a rimettersi a sedere al tavolo, si era sentito addosso gli occhi dell'altra coppia. Aveva sorriso loro e lasciato che Sabrina continuasse a condurre le conversazioni della serata, limitandosi a farle da parca spalla.

Sabrina era rimasta in silenzio, mentre le nocche di Stefano diventavano bianche per la stretta attorno al volante.

"Io ho solo scritto una storia…" disse. "Io non so come gestirlo tutto questo dolore. Io… Li ascolto, mi sento… onorato perché vogliono parlare con me, ma… Cosa vogliono da me, Sabrina?"

Sabrina sorrise. Sfiorò la sua mano destra. La sentì rigida e fredda. La strinse. Il suo palmo si scontrò con la spigolosità delle nocche di Stefano.

"Vogliono sfogarsi, Stefano" disse. "E' più facile con qualcuno che a tuo giudizio ha capito meglio come vanno le cose. Quante volte hai detto che gli scrittori hanno un dovere morale verso chi legge? Un dovere di onestà…"

Stefano sorrise. "Non so cosa mi fosse preso quando l'ho detto" disse. "Chissà chi mi credevo di essere…"

"Se parli così dai ragione a quelli che ti sputavano addosso. Compreso Christian!"

"Non è quello il problema, Sabrina…"

"E allora qual è?"

Stefano si voltò verso di lei. Tolse le mani dal volante e gliele mise sulle spalle. La strinse saldamente, guardandola negli occhi.

"C'è una cosa che devo risolvere" disse.

"Stefano, cosa stai dicendo? Che è successo?"

"Niente. Niente di pericoloso. E' una cosa che sento di dover sistemare ma per ora non posso parlartene".

Sabrina si appoggiò al sedile, perplessa.

"Ti fidi di me?" chiese Stefano.

"Certo" disse lei con un sorriso sincero.

Avevano fatto l'amore due volte. Senza tante tenerezze, con una passionalità ruvida e veloce. Avevano cercato i loro corpi con voracità, tentandosi, stringendosi l'uno all'altra. Poi si erano sdraiati accanto, lo sguardo rivolto al soffitto, in silenzio. La mano destra di Sabrina stretta in quella sinistra di Stefano era l'unica forma di dialogo che si erano concessi. Le loro dita giocavano assieme. Si carezzavano e si stringevano, mentre il resto dei corpi rimaneva muto e immobile.

"Ci lavora sempre quella tua amica presso l'Archivio Nazionale?" chiese Stefano.

"Non ci lavora la mia amica, ma sua madre" disse Sabrina. "Sì, penso di sì. Anche se era convalescente da un brutto incidente. Ti ricordi? Gli abbiamo anche telefonato questo autunno…"

"Vero…"

"Posso chiamarla, se hai bisogno di parlarci".

"Mi faresti un favore enorme, amore…"

"Ricordamelo domattina!"

Stefano si allungò per baciarla. "Sei un angelo" disse.

"All'angelo piacerebbe sapere cosa stai architettando".

"Ti dispiace se per ora resta un segreto?"

"Mi basta che lo resti anche per la mia amica e sua madre" disse Sabrina, carezzandogli la schiena.

Antonio sapeva che la calma che aveva usato con Teresa non sarebbe bastata con Marta. Tornando a casa, pensò a come affrontare l'argomento, come scegliere parole e toni per dirlo e cercare di portarsi subito in una posizione di vantaggio che gli permettesse di ribattere alle sue obiezioni.

Quando giunse sul pianerottolo, esitò ad aprire. Girò la chiave nella porta, aprì e pronunciò il nome di Marta prima ancora di guardare all'interno di casa propria.

"Bentornato!" disse Marta dalla cucina. "Vieni qui. Devo parlarti!"

Antonio rimase sull'ingresso, col portone aperto. Pensò subito che Teresa avesse telefonato a Marta per avvertirla della decisione di Antonio e chiederle di ripensarci. Chiuse la porta, appese il cappotto all'appendiabiti e si affacciò sulla porta di cucina. Marta stava girando il brodo nella pentola con un cucchiaio e lo guardava con un'espressione serena. Se aveva saputo della lettera, lo stava mascherando in maniera eccellente.

"Tutto bene al lavoro?" chiese.

Antonio abbozzò un sorriso. "Tutto regolare" disse. "Giornata tranquilla".

"Mettiti a sedere" disse Marta, indicando la tavola.

Antonio si sedette, tenendo le mani giunte sul tavolo. Marta aveva già apparecchiato la tavola. Si versò un bicchiere di vino.

"Anche io devo dirti una cosa…" disse.

"Molto bene" commentò Marta. "Chi comincia?"

Antonio fece una faccia sorpresa, poi con un gesto cortese la invitò a prendere la parola. Marta si sedette davanti a lui. Il suo volto era rilassato ma l'espressione era allo stesso tempo risoluta e prometteva parole che lo sarebbero state altrettanto.

"Voglio tornare alla spiaggia" disse.

Antonio si irrigidì sulla sedia.

"Cosa?" chiese stupito.

"Hai capito bene" disse Marta, la voce ferma e chiara. "Ci sto pensando da qualche tempo e sento che lo devo fare. Ho bisogno di tornare lì. Di mettermi a sedere. E di riflettere. Vuoi venire con me?"

Antonio sentì il lavoro di autoconvincimento che aveva fatto su di sé disfarsi e rendersi confuso e indistinto.

"Che senso avrebbe?" chiese con voce incerta.

"Che razza di domande fai? Per me ha senso. E' il posto dove è morto mio figlio. E dovrebbe averlo anche per te!"

In quella discussione, Antonio stava finendo col trovarsi nella posizione che avevo rivestito poco prima. Confuso e sciocato di fronte a qualcuno che aveva già deciso in maniera irrevocabile.

"Io non so… Marta… Io non…" fece esitante.

"Se è per il lavoro, possiamo andare di domenica. Oppure puoi chiedere un permesso. Teresa capirà…"

"Marta, non dipende dal lavoro" disse Antonio, recuperando tono.

"Allora da cosa dipende?"

Antonio non rispose. Cercò delle parole con cui iniziare il discorso che aveva preparato, ma nessuna gli parve appropriata e le ricacciò nella mente, scuotendo nervosamente la testa. Marta gli toccò una mano.

"Antonio" disse. "So che quello che è successo è stato un ulteriore choc per te ma... possiamo farcela. Senza correre, con calma. Possiamo farcela. Voglio fare questa cosa e poi voglio entrare in quei gruppi di sostegno per genitori... beh, che non lo sono più come noi. Ce n'è uno qui a Pisa. Ho preso anche il numero. Sarà dura all'inizio, ma se siamo..."

"Marta, mi sono messo in aspettativa" disse Antonio.

Pronunciò quelle parole di corsa, alzando la testa verso di lei. Marta lo guardò con stupore. Istintivamente, ritrasse la propria mano dalla sua.

"Che cosa?" mormorò.

"Io... Io non ci riuscivo più..."

Marta lo fissò sconvolta. Spostò di lato il piatto e le posate che aveva davanti e si protese verso di lui dall'altro lato del tavolo.

"Antonio, ma è il tuo lavoro!" disse con la voce incrinata dall'emozione. "Perché?"

Antonio non rispose. Tenne lo sguardo basso. Si limitò a stringere le labbra per la tensione. Lo sguardo di Marta si fece severo quasi furioso.

"Antonio" disse. "Non lo hai fatto perché..."

La domanda le morì in gola, tanto le sembrava impossibile. Antonio sospirò.

"Marta, per favore..."

"Non ti sei licenziato per colpa di *In Memoriam*, vero?"

Il sospiro si trasformò in uno sbuffo rauco. Antonio strinse in mano il coltello, salvo poi lasciarlo ricadere sul tavolo. La lama picchiò contro il bordo del piatto, facendo un rumore stridente e fastidioso.

"Tutta quella gente che mi dice quanto è bello" disse Antonio, sollevando lo sguardo. "Tutti che stanno così bene, che sono felici! Io non lo sopporto più!"

"Non lo sopporti più?" fece Marta. "Non lo sopporti più! Io cosa dovrei fare, allora? Con tutti i bambini che vedo nuotare ogni giorno in piscina! E le loro madri che vengono a prenderli! Pensi di essere solo ad avere il diritto di nascondersi?"

"Non penso questo! Dico solo che…"

"Basta, Antonio! Hai detto anche troppo!" lo interruppe Marta. "Tu detesti quell'uomo perché ha scritto quella storia? Io detesto te perché stai facendo marcire il ricordo di Davide con tutte queste tue paranoie!"

Marta scoppiò in lacrime. Crollò sul tavolo con la faccia raccolta fra le braccia, singhiozzando. Antonio si mise le mani fra i capelli, isolando le orecchie da quel pianto sommesso. Poi le tese verso di lei, sfiorandole le braccia.

A quel contatto, Marta alzò la testa. Lo sfogo era stato rapido ma efficace. Lo guardò, recuperando fiato, il viso che perdeva quel rossore acceso e tornava alla carnagione naturale.

"Io torno alla spiaggia" disse con voce ferma. "Vieni con me o no?"

Antonio non rispose.

"Ti rendi conto di quello che mi stai chiedendo?" protestò Stefano al telefono. "Non posso farcela in così poco tempo!"

"Non dire sciocchezze, Stefano!" ribatté Miranda dal suo ufficio. "Si tratta solo di saper cavalcare l'onda. *In Memoriam* sta andando benissimo, ma ci vuole una risposta concreta a livello romanzesco. E ci vuole adesso! Voglio qualcosa di bello per l'autunno! Qualcosa che sia fantastico da leggere mentre inizia a fare freddo, cadono le foglie e si avvicina il giorno dei morti. Ma deve essere un romanzo, Stefano. Un romanzo".

"Miranda, ho tremila cose a cui pensare!"

"Lo so. E mi addolora che la tua carriera non sia una di quelle!"

"E se non trovo l'idea giusta?"

"Scommettiamo che se rivedo al rialzo il tuo contratto, la trovi?"

Stefano fece una pausa, sospirando per la rabbia. "E se ti porto un altro romanzetto per innamorati?" disse.

"Se ne muore uno all'inizio, mi va più che bene!"

Stefano aprì la porta di camera. Sabrina, in piedi nel corridoio con un trolley al suo fianco, gli faceva segno di muoversi.

"Miranda, senti… Non posso restare al telefono…"

"Voglio solo sperare che ti metta a scrivere" disse Miranda.

Stefano sospirò. "Prometto che mi applicherò" disse.

"Allora applicati" disse Miranda. "A presto!"

Miranda riattaccò. Stefano fece lo stesso, infilandosi il telefono in tasca. Uscì nel corridoio, fermandosi davanti a Sabrina.

"Scusami" disse Stefano.

Sabrina si strinse nelle spalle. "Fa niente" disse. "Ricordati di andare all'Archivio domani".

"E tu ricordati di guidare con prudenza!" disse Stefano, porgendole le chiavi dell'auto.

"Starò attenta. Ma vale anche per te".

Stefano sorrise. Si abbracciarono forte e si baciarono.

"Mi raccomando, telefona quando arrivi…" disse.

"Hai finito con le raccomandazioni?"

"Sabrina, il mondo è pieno di donne che si lamentano di uomini menefreghisti e tu ti lamenti che io mi preoccupi per te?"

"Io sono speciale. Lo hai sempre detto…"

Si sfilarono dall'abbraccio. Sabrina prese il trolley. "Fred viene a cena domani sera, allora?" chiese, avviandosi alla porta.

"Sì":.

"Meno male".

"Avevi paura che invitassi qualche mia fan?"

"Avevo paura che tu bruciassi la cucina nuova".

"L'amore non dovrebbe basarsi sulla fiducia?".

Sabrina si fermò sulla soglia e gli diede un buffetto sulla guancia.

"E' meglio che si basi sulla previdenza, no?"

Stefano si avvicinò a lei per un ultimo bacio, poi Sabrina andò all'ascensore. Mentre lo aspettava, si guardarono in silenzio, sorridendosi. L'ascensore giunse al piano e si aprì. Stefano la guardò entrare nella struttura di legno, mentre le porte si chiudevano. L'ascensore cominciò a scendere. Non appena gli occhi di Sabrina scomparvero sotto le scale di marmo del palazzo, Stefano rientrò in casa, chiudendo la porta.

Per quanto passasse le sue giornate in casa a non fare niente, Antonio faceva sempre in modo di uscire prima che Marta tornasse dalla piscina. Detestava farsi trovare in casa da lei, sul divano o in cucina o peggio ancora a letto. Rientrare mezz'ora dopo che lei era rincasata, serviva a dare l'illusione che anche lui stesse facendo qualcosa. O almeno provandoci.

Non andava quasi mai in centro. Solo una volta si era affacciato in libreria, per congratularsi con Gianni. Con Teresa saluti cortesi, ma un gelo di fondo, soprattutto da parte di lei. Spesso passeggiava nei dintorni della città. Alle volte andava nel parco di San Rossore o si spingeva con l'auto fino a Marina o Tirrenia. Camminava sul lungomare per ore, avanti e indietro, gli occhi fissi sull'acqua. Nella sua testa le domande avevano continuato a moltiplicarsi fino a diventare un brusio indistinto e poco chiaro.

Quella sera, quando aprì la porta di casa, trovò Marta ad attenderlo nel corridoio.

"Dopodomani, mi sono fatta dare un giorno libero" disse. "Vado all'Argentario. Dimmi cosa vuoi fare".

Antonio non aveva commentato, limitandosi a richiudere la porta, poi si era sfilato la giacca. Aveva oltrepassato Marta, dirigendosi verso il bagno.

"Fai come ti pare" aveva detto Marta con rabbia.

Avevano cenato in silenzio, dopodiché Marta era andata subito a dormire.

Stefano era stato accolto da una signora sulla sessantina che gli era venuta incontro, camminando appoggiata ad un bastone. Era una donna di media statura, con i capelli grigi e gli occhiali spessi. Aveva un sorriso aperto e cordiale che balzava agli occhi nonostante la cicatrice sul lato destro della faccia che le deturpava metà guancia.

"Giovanna Terzi, piacere di conoscerla!" aveva detto, stringendogli la mano.

"Stefano Ponziani. Il piacere è tutto mio".

Avevano camminato lungo un corridoio dell'archivio, fino a raggiungere in una saletta laterale. Stefano le aveva subito chiesto dell'incidente e Giovanna aveva iniziato a raccontargli nei dettagli di come era stata investita sulle strisce da un giovane, la cui descrizione aveva un che di grottesco.

"E bum! In terra!" aveva detto Giovanna, mentre la sua voce rimbombava in tutto il corridoio. "E tutto quello che potevo fare era guardare questo idiota lampadato dai capelli biondi orribili, di sicuro tinti, che mi fissava senza dire niente!"

Giovanna aveva aperto la porta della saletta con una chiave e acceso la luce.

"Ora ci scherzo ma me la sono vista brutta, eh!" aveva proseguito.

"Immagino" aveva detto Stefano. "Mi dispiace molto".

"L'importante è raccontarla" era stata la conclusione di Giovanna.

La stanza era piccola con sei computer. Tre su un lato destro e tre sul sinistro. Lo sfondo azzurro dello schermo ospitava solo tre piccole icone. Giovanna si piegò su un computer e premette la prima. Si aprì la schermata di un programma.

"Questo è l'archivio dei telegiornali" spiegò a Stefano, che si era sporto a vedere. "E' semplice da usare. Lei seleziona data, telegiornale che vuole consultare... Il database le fornisce tutte le informazioni e può vedere anche i video".

"Dovrebbero darle un Nobel" commentò Stefano.

"A me basta ricevere la pensione quando verrà il momento" scherzò Giovanna. "Comunque non l'ho ideato io. Mi sono solo dannata l'anima perché lo acquistassero. Se avessi avuto allora questo bastone da agitare in aria, lo avrebbero comprato pure prima!"

Risero entrambi. Poi Stefano guardò l'orologio. Erano le cinque e mezza e dopo un'ora l'archivio avrebbe chiuso.

"Prometto di essere velocissimo!" disse, mettendosi a sedere. "E grazie per la disponibilità!"

"Ci metta il tempo che le serve" commentò Giovanna, facendosi da parte. "E grazie per aver scritto quella storia così bella".

Stefano sospirò, ringraziandola con un sorriso. Fu felice che non avesse aggiunto altro.

"Io vado ora!" concluse Giovanna. "Lei deve lavorare!"

La donna si diresse all'uscita e chiuse la porta alle sue spalle. Stefano guardò la schermata del pc e iniziò a digitare qualche chiave di ricerca. All'inizio comparvero tutti i telegiornali nazionali, con rimandi e richiami. Stefano visionò qualcosa, ma si trattava di servizi con immagini di repertorio e senza alcuna indicazione chiara. Gli fu più di aiuto un lacrimevole servizio di un telegiornale specializzato in questo tipo di argomenti, dove riuscì a sentire che il bambino annegato si chiamava Davide e abitava a Pisa. Ma, in quanto a immagini, solo una bara bianca, mazzi di fiori e il peluche di un orso. Doveva riuscire ad arrivare al cognome.

Si concentrò sulle edizioni regionali dei telegiornali nazionali. La notizia venne trasmessa con il solito copione standard. Di un eventuale servizio il giorno del funerale nemmeno a parlarne. L'orologio intanto segnava le 18:05 e Stefano imprecò per il nervosismo.

Avviò un'altra ricerca, stavolta a livello locale. Saltarono fuori una miriade di piccole emittenti con i propri telegiornali. Iniziò a scorrerle velocemente senza esito.

"Dannazione, cazzo!" disse.

Erano le 18:25 ed era già stato dato il secondo avviso di chiusura, quando Stefano lo trovò. Un servizio che mostrava l'esterno del cimitero di Pisa. Una piccola bara bianca. Tanta gente commossa, che rifuggiva le telecamere.

E poi loro. Per prima, sullo schermo fu inquadrata la signora della libreria che commossa si asciugava gli occhi con un fazzoletto. La telecamera inquadrò un uomo anziano con i chiari segni di una malattia degenerativa e una signora, sua coetanea, che lo teneva per mano. La presenza della bara copriva i corpi dei due individui seduti alla sinistra della donna, ma non i loro volti. Vide piangere quella signora dal sorriso dolce che aveva visto in prima fila. E accanto a lei, lo sguardo distrutto dal dolore, l'uomo che gli aveva chiesto se avesse mai pensato di cercare la famiglia di Davide. La ripresa strinse sull'uomo che sollevò il suo sguardo verso la telecamera in un'occhiata carica di doloroso odio. Il cameraman se ne doveva essere accorto, perché aveva subito spostato la ripresa. Il servizio finiva pochi secondi dopo.

Stefano lo fece ripartire. Giunto a quel punto, premette il pulsante del fermo immagine. Quando Giovanna aprì la porta per dirgli che doveva uscire, era ancora seduto con lo sguardo fisso negli occhi dell'uomo.

Finita la cena, Stefano e Fred si buttarono sul divano. Iniziarono a vedere una commedia demenziale e, intenzionato a dare un input maggiore a quel momento di relax, Fred si preparò una canna.

"Attento al divano" disse Stefano.

"Non temere" disse Fred, spiegando un fazzoletto sul tavolino di vetro.

"E attento anche al tavolino!" puntualizzò Stefano.

"Guarda, questa serve a rilassarsi. Credo che farai bene a fare subito un tiro…"

Stefano fece segno di no con la mano. "Non mi va, dai…" disse.

"Oh, non gli va!" sbottò Fred. "Hai scritto un racconto di successo, mica sei diventato prete!"

"Ti ho detto di no, Fred!"

Fred si accese la canna e fece un tiro.

"Siamo inquieti, stasera…" osservò.

"Sono solo un po' stanco…"

"Con Sabrina tutto a posto?"

"Sì. Anzi, le cose vanno davvero alla grande. Ha accettato di girare quella commedia e la sceneggiatura la diverte tanto".

"Bene. Una commedia divertente la aiuterà ad apparire versatile. O l'avrebbero condannata a fare sempre la nevrotica".

Stefano abbozzò un sorriso. "Mi ha scritto Chiara Colzi" mi disse. "Vorrebbe fare un monologo teatrale da *In Memoriam*. Le ho detto che mi sembrava una bella idea e in settimana ci troviamo per parlarne".

"E' un'ottima notizia!" commentò Fred. "Immagino che al signor De Matteis scoppierà una vena".

"Ah, Christian non costituisce più un problema…"

"A maggior ragione, dovresti sentire il bisogno di festeggiare" disse Fred, porgendogli la canna.

Stefano scosse la testa, sorridendo. Gli sfilò la canna di mano e fece un tiro.

"Attento al divano, mi raccomando!" disse Fred.

Risero.

"Questo però non spiega il muso lungo che avevi fino a poco fa".

Stefano tornò serio. "Non saprei come spiegartelo…" disse.

"Puoi pensarci con calma. Io conto di stare qui ancora un paio di ore".

Stefano fece un altro tiro in silenzio prima di restituire la canna. Fissò inespressivo lo schermo del televisore. Fred si sfilò il cellulare di tasca, andando alla galleria delle immagini.

"Ti faccio vedere una cosa" disse.

Stefano voltò la testa verso di lui. Quella che gli stava mostrando dal cellulare era una foto della parete del suo ufficio, finalmente ridipinta di bianco. Dietro la poltrona, erano appesi tre piccoli quadri alla stessa distanza l'uno dall'altro in eleganti cornici di legno scuro.

"Che cos'è?" chiese Stefano.

Fred mostrò un'altra foto. Era un primo piano ravvicinato di uno dei quadri. Dove si scopriva che quadri non erano. Aveva deciso di incorniciare tre fogli di carta, ormai ingialliti, su cui erano scritte frasi fitte con una calligrafia adolescenziale ma spedita. C'erano alcune cancellature e correzioni, un paio di sbaffi sulla parte alta di un foglio. E la dedica finale, uguale in tutti e tre i testi, *Al mio fratellone, Stefano*.

"Hai incorniciato i racconti?" fece Stefano commosso, prendendo in mano il cellulare.

"Lo avevi detto tu che ci voleva qualcosa di speciale!"

Stefano guardò con affetto quelle foto, scorrendole una dopo l'altra. Fred fece un altro tiro, mentre osservava il suo volto contento.

"Che fine ha fatto *Il ragazzo in viaggio*?" chiese.

"Ogni tanto, ci ripenso…" disse Stefano, restituendo il cellulare. "Sai che forse potrei davvero scriverlo come nuovo progetto?"

"Sai che forse sarebbe una bella idea?"

Stefano si adagiò sul divano. Prese il telecomando e mise in pausa il film. Sullo schermo rimase l'immagine di un comico televisivo niente affatto divertente che faceva una smorfia ridicola.

"Devo parlare con una persona" disse Stefano.

"E chi è?"

"La persona che ha ispirato *In Memoriam*".

"Cazzo!" fu lo spontaneo commento di Fred. "Questa sì che è una notizia! Ma come… voglio dire, mica gli hai rubato la storia, vero?"

Stefano scosse la testa. "No" disse. "Potrei dirti che ho involontariamente preso in prestito qualcosa, ma… Sarebbe ancora più complesso di così!"

"Che casini combini?"

"Devo parlarci, anche se ho un po' paura".

"La paura è sempre stata una delle tue caratteristiche principali" osservò Fred.

"Non dire così! Sei uno stronzo!"

"Invece è vero. Ma non lo fai per vigliaccheria. Hai solo paura, boh… di deludere gli altri, direi. Come se tu non ritenessi le idee che hai sufficientemente forti per essere difese dal mondo".

Stefano lo guardò stranito.

"O mi sbaglio?" proseguì Fred.

"Ti riferisci a quando dovevo dire a papà che il contratto con Miranda non mi avrebbe lasciato molto tempo per gli impegni aziendali?"

"Ad esempio…"

"Ma lo sai anche te che papà non voleva un figlio scrittore!" protestò Stefano.

"Non voleva neanche un figlio frocio se è per questo!" replicò Fred. "Eppure, guardalo. E' sempre vivo, grasso e misantropo! E questo sarebbe accaduto anche se tu fossi rimasto al mio posto e io fossi diventato un avvocato sposato con una ex Miss Italia e quattro figli!"

Stefano scoppiò a ridere.

"Non avere paura e parlaci" continuò Fred. "Magari diventate amici!"

Stefano annuì. Si sentì soddisfatto per essersi tolto un peso. Fred tossicchiò e gli passò di nuovo la canna.

Spense il computer. Si infilò nella tasca interna della giacca il foglio di carta su cui si era segnato l'indirizzo. Stava prendendo le chiavi dell'auto dal porta oggetti accanto all'ingresso, quando il cellulare squillò. Era Sabrina.

"Ciao tesoro" disse Stefano, appoggiandosi alla parete.

"Ciao, scusa l'ora! Stavi pranzando?" disse Sabrina.

Era in una saletta isolata del palazzo genovese in cui si svolgeva il festival teatrale al quale *In tuo onore* era stato invitato. In lontananza, oltre la porta chiusa, si poteva udire un sommesso brusio.

"No, ho già mangiato" disse Stefano, approfittando di quella telefonata per ricontrollare se aveva chiuso tutto in casa. "Volevo andare a fare due passi. Qui è una splendida giornata!"

"Anche qua" disse Sabrina, guardando lo squarcio di mare che appariva dalla finestra. "Fatti trovare a casa dopocena. Rientro appena ho finito con le interviste".

"Ah, sì?" fece Stefano.

"Sì. Così domani sono già a Roma e ho un giorno in più per fare le cose con calma in vista dell'incontro con il regista" disse Sabrina. "Ho fatto due conti. Se prendo la litoranea, per le undici sono a casa!"

"Ottima idea…"

"Tutto bene? Ti sento perplesso…"

"Sì, tutto a posto!" disse Stefano, recuperando tono. "Non trovavo le chiavi di casa!"

"Okay. Io ora vado. Ci sentiamo più tardi. Un bacio!"

"Un bacio, amore…"

Chiuse la chiamata e rimise il cellulare in tasca. Sospirò, passandosi le mani tra i capelli. Era mezzogiorno e mezzo. Ce l'avrebbe fatta ad andare e tornare, doveva solo pestare un po' sull'acceleratore. Chiuse la porta di casa e scese di corsa le scale. Sperò di non trovare traffico lungo la costa.

Aveva lasciato Pisa con il sole, ma dopo Follonica aveva iniziato a vedere una sottile coltre di nubi stendersi in maniera orizzontale dal mare, coprendo una zona della costa e penetrando leggermente nell'interno della Maremma. Giunta in prossimità di Talamone, si era ritrovata sotto quel velo che non doveva essere meteorologicamente preoccupante ma che gettava su tutto una luce più fredda e meno rassicurante.

Marta era ferma sulla spiaggia. Il vento le scompigliava leggermente i capelli, ma lasciava intatta la superficie del mare.

Gli stabilimenti erano ancora semivuoti, abitati soltanto dai proprietari che iniziavano a prepararli per l'estate. Qualche ombrellone era stato piantato per i primi clienti provenienti da climi più freddi. Tutto quel rumore la infastidì.

Marta si tolse le scarpe e iniziò a camminare a piedi nudi sulla sabbia. Sentì il prurito dei granelli di sabbia che si infilavano tra le dita. Infilò con noncuranza le scarpe nella borsa, lasciando che sporgessero, i tacchi che battevano l'uno contro l'altro.

In lontananza, vide quattro figure in un tratto di spiaggia completamente deserto. Si avvicinò, osservandoli. Erano una madre con i suoi tre figli. La donna, bionda, più giovane di lei era intenta a leggere una rivista, in attesa che il sole tornasse a splendere. Sull'asciugamano c'erano due bambini di quattro e due anni. Il terzo figlio, un maschietto di otto anni, correva attorno a loro, ridendo.

Marta si fermò in un punto altrettanto vuoto, a metà strada tra la famiglia e gli stabilimenti. Guardò l'acqua in silenzio, respirando regolarmente e lasciandosi ipnotizzare dall'infrangersi delle onde sulla spiaggia. Lasciò che il mare le bagnasse i piedi scalzi, portando via la sabbia che si era accumulata. Chiuse gli occhi e represse la tentazione di una lacrima. Si inginocchiò, appoggiando la borsa a terra, sulla sabbia asciutta. Affondò le mani nella sabbia bagnata, stringendo i pugni. Sentì la sabbia scivolarle fra le dita e quando il pugno fu troppo stretto, rinsaldarsi in una massa di terra bagnata che faceva contrasto contro la sua pelle.

Marta riaprì gli occhi. Sentì due lacrime liberarsi dalla presa delle palpebre e correre giù lungo le guance. Udì un grido entusiasta e un tonfo. Si voltò alla propria destra. Il bambino più grande si era buttato in acqua e nuotava con vigore, diretto verso una pedana galleggiante. La madre, dall'asciugamano, gli gridò qualcosa con voce abbastanza tranquilla in una lingua che sembrava scandinava.

Marta tornò a guardare l'acqua. Sbottonò i pantaloni e tirò giù la lampo. Sempre continuando a guardare avanti, si sfilò la maglia da sopra la testa, lasciandola cadere sulla borsa. Sotto non indossava un reggiseno ma la parte superiore del costume. Quella inferiore emerse, al posto delle mutandine, quando lei si tolse i pantaloni, piegandoli e appoggiandoli sopra la maglia.

Osservò per un istante quella pila poco instabile di oggetti e poi entrò con calma in mare. All'inizio avvertì un brivido di freddo, quando l'acqua toccò i primi punti della pelle che ancora non si erano bagnati, ma continuò ad avanzare, lasciando che l'acqua le raggiungesse i fianchi. Si lasciò andare. Iniziò a scivolare in avanti, immergendo la testa sott'acqua. Si diede una spinta verso il basso con la schiena, assicurandosi che, almeno per un momento, il suo corpo fosse interamente sott'acqua. Poi riemerse e iniziò a nuotare. In acqua si sentì finalmente libera di piangere. Le lacrime uscivano dagli occhi, mescolandosi immediatamente con l'acqua salata, annullando così il loro significato di dolore nel mare.

Marta riemerse per prendere fiato e si voltò verso la costa. Era ancora abbastanza vicina. Il bambino, sulla pedana a pochi metri da lei, cercava di tenersi in equilibrio, ridendo. Marta lo guardò con un vago senso di inquietudine. Il bambino mise male un piede e scivolò a sedere sulla pedana. Marta ebbe un sussulto. Dalla spiaggia, la donna disse qualcosa al bambino, sempre con un tono di voce tranquillo. Il bambino le rispose. La voce era forte, senza alcun accenno di dolore conseguente a quella caduta.

Marta rimase a galleggiare nell'acqua. Muoveva braccia e gambe in movimenti circolari, abbracciando l'acqua, attirandola a sé. Come se quel gesto di affetto e di comunione potesse servire a riportarle Davide, impietosendo il mare che le avrebbe restituito il figlio come succedeva nella mitologia greca. Gli dei greci, anche se molto umorali, erano di lacrima facile e in una circostanza del genere avrebbe ritrovato Davide sulla spiaggia. O le sarebbe apparso qualcuno che le avrebbe indicato una stella, dicendole che ora suo figlio era stato trasformato in qualcosa di eterno.

Il tuffo del bambino dalla pedana la riscosse da quei pensieri. Marta lo vide iniziare a nuotare, poi cominciò a muoversi di nuovo, in direzione parallela alla sua, puntando verso la riva e continuando a tenerlo d'occhio.

Il bambino gridò qualcosa, ma la madre pareva essersi stesa sull'asciugamano. Forse si era addormentata. Marta si fermò. Il bambino riprese a nuotare e così lei, ma tenendosi leggermente più sulla sinistra, avvicinandosi. Qualche bracciata e il bambino smise nuovamente di nuotare. Quel tono, unito all'impossibilità di capire cosa dicesse, innervosì Marta. Con alcune bracciate più vigorose, si avvicinò ancora di più.

Poi il bambino andò giù. Marta lo vide sparire, come se qualcosa lo avesse risucchiato. Ebbe un sussulto improvviso e cominciò a nuotare furiosamente verso il punto in cui era scomparso. Era appena arrivata, quando il bambino riemerse improvvisamente dall'acqua. Marta lo tirò a sé con una stretta forte.

"Tranquillo! Ci sono io!" gridò.

Il bambino si impaurì e iniziò a gridare. Marta cominciò a nuotare verso la riva, tenendolo con la testa fuori dall'acqua.

"Va tutto bene! Non aver paura!" disse, mentre le urla del bambino coprivano le sue rassicurazioni.

Vide la madre in spiaggia alzarsi e correre verso la riva. La donna entrò di corsa in acqua, mentre i bambini più piccoli rimasero sull'asciugamano, piangendo. Marta sentì il fondo e si alzò in piedi, prendendo il bambino in collo. Il bambino iniziò a divincolarsi, mentre Marta cercava di tranquillizzarlo.

La donna le si avventò contro, urlandole qualcosa nella sua lingua. Il volto era stravolto dalla rabbia e dalla paura. Strappò il bambino dalle sue mani con uno strattone violento, che fece barcollare Marta.

"Stava annegando…" mormorò Marta.

La donna urlò ancora qualcosa. Poi tacque, riprendendo fiato. Marta la vide respirare affannosamente, guardandola con occhi carichi di rabbia.

"Stava annegando…" disse di nuovo.

Cercò di avvicinarsi alla donna, ma questa la spinse. Marta cadde in acqua in ginocchio. La donna, forse consapevole di aver esagerato, si allontanò verso la riva. Marta rimase in acqua, in ginocchio, guardando la famiglia recuperare le sue cose e allontanarsi in direzione della pineta. Il verde li inghiottì rapidamente. Sulla spiaggia non era rimasto nessuno. Marta rimase in acqua, la mente vuota e ancora sotto choc. Il vento che batteva sulla pelle emersa e bagnata la fece tremare per il freddo.

STEFANO

Parcheggiò lungo un viale alberato, cercando di non tamponare l'albero alle sue spalle o la macchina davanti. Avvertiva la tensione per quell'incontro che stava cercando di provocare, non riuscendo a immaginare un'unica reazione possibile di quell'uomo alla sua presenza. Sarebbe stato contento? Si sarebbe arrabbiato? E se invece non lo avesse trovato in casa?

Stefano aveva controllato su Internet gli orari della libreria e aveva persino telefonato, fingendo di essere un cliente che cercava un libro. Gli aveva risposto Teresa. Era stata molto cortese e solerte nella ricerca e aveva trovato quello che cercava. Aveva chiesto di metterlo da parte, ovviamente fornendo un nome falso. Sarebbe passato tra sabato e domenica. Molto gentilmente, Teresa aveva detto che la libreria, la domenica, era chiusa.

"Capisco" disse Stefano. "E' giusto che la domenica un negoziante stia con la sua famiglia".

"Esatto!" aveva risposto lei. "Visto che non siamo un ospedale o una centrale di polizia. Mi fa piacere che qualcuno lo capisca".

La strada che aveva cercato era una traversa del viale alberato. Il numero civico corrispondeva ad un palazzo di quattro piani, abbastanza anonimo, ma con un terrazzo fiorito su ogni appartamento, sufficienti ad allontanare l'atmosfera di depressione che certi quartieri residenziali suscitavano.

Cercò il cognome Berardi sul citofono esterno. Corrispondeva a un terzo piano al quale, fortunatamente, le tapparelle erano tirate su. Sospirò. Aveva cercato di preparare un discorso durante il viaggio, cercando persino di prevedere ogni sua reazione. Tutto quel lavoro veniva ora cancellato dalla semplice consapevolezza di essere davanti alla casa della persona con cui voleva parlare.

Stefano suonò. Il citofono non aveva la telecamera. Alzò gli occhi verso le finestre, per vedere se già da lì avrebbe controllato chi fosse, ma le tende non si mossero.

"Chi è?" gracchiò il citofono con voce neutra.

"Signor Berardi?" chiese Stefano, cercando di annullare il tremolio nella voce.

"Sono io. Lei chi è?" chiese di nuovo.

"Sono Stefano Ponziani".

Dall'altra parte ci fu una breve pausa di silenzio.

"Ed io sono Lev Tolstoj" disse Berardi, abbozzando quasi una risata. "Dai, Gianni, sei tu? Che scherzo cretino!"

"Signor Berardi, può affacciarsi alla finestra e vedere che sono veramente Stefano Ponziani" disse Stefano, avvicinandomi al citofono.

Ci fu una nuova pausa di silenzio. Riuscì ad avvertirne la pesantezza persino da quella distanza. Alzò di nuovo lo sguardo verso le finestre della casa. Vide la tenda muoversi.

Il citofono gracchiò nuovamente. "Le apro" disse in maniera sbrigativa.

Ci furono due clic in rapida successione. Quello del cancello e quello della porta all'ingresso. Stefano percorse il vialetto ed entrò nel palazzo. Non cercò nemmeno l'ascensore e salì le scale a piedi. Era sul pianerottolo del primo piano, quando udì la porta di casa sua aprirsi, due piani sopra. Accelerò leggermente il passo.

Quando iniziò a salire la rampa di scale che portava al terzo piano, lo vide. Sporgeva per metà dalla porta d'ingresso, indossando un maglione e un paio di pantaloni. Una tipica tenuta da casa. Nei suoi occhi si potevano leggere alternativamente una curiosità naturale ma anche una sorta di rassegnata consapevolezza per quella visita. Stefano si fermò a metà della scala. Forse sperava in un suo gesto o una parola, ma Antonio rimase immobile. I colori scuri del suo vestiario quasi lo confondevano con la porta. Stefano finì di salire le scale, fermandosi davanti a lui. Si guardarono.

"Buonasera" disse.

Lui non rispose subito. Lo squadrò per un momento con un sorriso ironico lievemente abbozzato in faccia. "Se qualcosa non le è piaciuto della presentazione" disse. "Ora è un po' tardi per lamentarsi…"

"Non sono qui per la presentazione" rispose Stefano, colpito da quella sua ironica spavalderia.

"Allora mi viene da pensare che si sia finalmente chiesto cosa ne sia stato di quella famiglia, signor Ponziani".

Stefano non rispose. Si sentiva in balia delle sue parole. Sembrava che qualsiasi cosa avesse potuto dire, lui avrebbe trovato il modo di farla riverberare con intensità, evidenziando le sue intenzioni. E con esse, le proprie.

"Venga in casa. Se vuole le preparo un caffè" disse, facendo cenno di entrare.

Stefano entrò nell'appartamento, fermandosi subito nell'ingresso. Nessuna luce era accesa, sebbene fuori la luce del giorno si fosse fatta debole e prossima al tramonto. Antonio chiuse la porta alle sue spalle.

"Sua moglie non è in casa?" chiese Stefano.

"No" disse Antonio, aprendo la porta del salotto. "Pensi, proprio oggi è voluta tornare su quella spiaggia. Mi aveva chiesto di seguirla, ma non mi sentivo ancora pronto. E adesso… guardi qui!"

Enfatizzò quell'esclamazione con un gesto rivolto verso Stefano e un sorriso rassegnato. Stava in piedi, accanto ad una poltrona orientata verso la terrazza. Sulla parete di fondo, una libreria piena di volumi. Sul tavolino, Stefano fu stupito di vedere, perfettamente al centro, una copia di *In Memoriam*.

"Ormai questo paese si divide in chi ha comprato il suo libro e chi non lo ha fatto" commentò Antonio. "Io, per motivi anche di lavoro, questa volta mi sono schierato tra i primi. Ma mi è piaciuto, sa? Solo quel racconto, voglio dire..."

"Immaginavo..."

La risata di Antonio fu breve e ironica. Stefano vi avvertì una specie di sensazione complice, che anche lui fosse consapevole della pessima qualità degli altri racconti. Questo infastidì.

Antonio cambiò argomento. "Al posto del caffè vorrebbe forse qualcosa di più forte?" chiese, dirigendosi verso un piccolo armadietto di liquori, sulla sinistra della libreria. "Ho dell'ottimo rosolio. Produzione artigianale".

"La ringrazio, ma non voglio niente. A parte capire perché sono qui".

"Me lo dica Lei!" rispose Antonio, divertito. "Non sono mica venuto io a suonare al suo citofono!"

Stefano sospirò, sottilmente esasperato. "Signor Berardi..." disse. "Mi... mi dispiace..."

"Di cosa? Che mio figlio sia morto o che ci abbia scritto un racconto sopra?"

"Io non ho scritto un racconto su suo figlio!"

Antonio non si scompose. "Ah, no?" disse. "A me risulta il contrario. E mi risulta per bocca sua, alla presentazione. Per non parlare di quella piccola e confidenziale precisazione che mi ha fatto al binario".

"Ma non parla direttamente di lui!"

"Guardi, dice le stesse cose che sostiene mia moglie. Che si chiede anche perché io ce l'abbia tanto con Lei, Ponziani..."

"Me lo chiedo anche io, se è per questo. Anche se qualche risposta ho iniziato a darmela".

"Perché non la esprime?" chiese Antonio. "Vediamo se ci ha azzeccato!"

"Perché non mi dice Lei il motivo?" ribatté Stefano. "Senza giocare tanto con le parole. Veniamo al dunque. Siamo due adulti, no?"

"Lei parla molto meglio di quanto scrive, sa?" osservò Antonio, avvicinandosi alla finestra.

"E Lei parla molto meno di quanto dovrebbe, sa?"

Antonio sorrise. Fece un cenno, una specie di inchino. Stefano lo prese come un ulteriore omaggio alla sua capacità dialettica. Poi il libraio guardò fuori dalla finestra. Sembrava in attesa di qualcuno.

"Si sente in colpa per la morte di suo figlio, signor Berardi?" chiese Stefano. "Sfoga sul mio racconto il suo senso di colpa?"

Antonio scosse la testa. Continuò a parlare senza voltarsi. "Non provo niente che non sia un dolore lancinante per la morte di Davide, caro Ponziani" disse. "Ma a parte quello… Mia moglie. Lei sì. Insegna nuoto. Sono stati mesi difficili con lei convinta che avrebbe dovuto intuire, fare, pensare qualcosa di più per salvare nostro figlio. Fortunatamente poi le è passata".

"E allora cosa? Forse ce l'ha con me perché quel racconto l'ho scritto io e non qualche scrittore che considera di maggior talento?"

"Non le sembra di essere un po' arrogante?"

"Risponda alla mia domanda".

Antonio non lo fece. Guardò Stefano con freddezza e persino un fremito di disgusto nelle labbra, continuando a tenere una mano appoggiata alla cornice della finestra.

"Mi dispiace" continuò Stefano con un sorriso amaro. "Mi dispiace che suo figlio sia stato commemorato da qualcuno che non lascerà tracce nella storia della Letteratura".

"La faccia finita, Ponziani. La gente la cita ovunque…"

"Oh, certo! Sui diari e sulle pagine Facebook!" commentò Stefano con ironia. "Sa che ho trovato dei post su Facebook con mie frasi che venivano attribuite a Marilyn, Bukowski o Che Guevara?"

"Da rivoltarsi nella tomba…"

"Fa ridere, no? Non sono questi i presupposti per diventare un candidato al Premio Nobel!"

"E' venuto qui a farsi compatire, Ponziani?" chiese Antonio con una punta di fastidio.

"No. Come le ho già accennato, io sono venuto qui perché me lo ha chiesto Lei, signor Berardi".

Antonio non ebbe la battuta immediatamente pronta questa volta. Guardò Stefano con aria sorpresa, senza cedere nella sua posizione impostata e seria, ma rimanendo con la bocca semiaperta. Si era reso conto che avrebbe dovuto rispondergli con altre parole rispetto a quelle che aveva immediatamente scelto e che, sentiva, Stefano avrebbe rapidamente smentito e ridimensionato.

"E io non ricordo di averla mai invitata qui, signor Ponziani" disse.

"Beh, non lo ha fatto con un biglietto in carta intestata. Si è limitato a pormi una domanda…"

"Quella sulla famiglia? Su di noi, praticamente!" disse Antonio. "Era una domanda come un'altra. Non capisco come…"

"Non era una domanda come un'altra e sa bene il perché".

La voce di Stefano si era fatta più sicura, al contrario del volto di Antonio sul quale si stava formando un'espressione di circospetto stupore.

"La sua non era una domanda. Era un invito" continuò Stefano. "Sa che uno scrittore, che abbia talento o meno, è comunque una persona curiosa. E se riceve un input, di qualsiasi tipo, è molto difficile che non lo segua. E' nella sua natura inseguire storie. E lo fa sempre. E' una droga".

Antonio si strinse le braccia al petto, appoggiandosi alla finestra. Cercò di ignorare quello che aveva detto Stefano, ma lo stupore sul suo volto si trasformò in un turbamento sofferente trattenuto a forza e senza troppa convinzione.

"Ho ragione o no?" chiese Stefano.

Antonio lo osservò. Lo sguardo era tornato freddo, anche se più amaro. E stanco.

"Non tutti hanno questa sensibilità" mormorò.

"Pensava che io ce l'avessi?"

Antonio appoggiò la testa al vetro, guardando fuori dalla finestra. Chiuse gli occhi. Tornò a guardare Stefano.

"Non volendo, ho seguito la tua carriera, Stefano, sin dall'inizio" disse, iniziando a dargli del tu. "Quei romanzetti del cazzo. Uguali a quelli di tanti autori che avevo visto passare di libreria prima di te, tutti osannati oltre misura, tutti ritenuti intellettuali, semplicemente perché la cultura vera non c'è più. C'è solo una stagnante mediocrità di fondo dove dei perfetti dementi sono presi come profeti e spesso capita il contrario".

Tacque. Sorrise. Per la prima volta con sincerità.

"Mi hanno chiamato il Re dell'Amore" disse Stefano. "Ma non mi sono mai arrogato nessuna di quelle pretese di cui stava parlando…"

"Infatti. Ho divagato, scusami…" mormorò Antonio. "Tutto questo non c'entra con te. C'entra però il fatto che uno di questi autori di romanzetti da bancarella, improvvisamente scrive questo!"

E indicò con rabbia la copia di *In Memoriam* che stava sul tavolino.

"Lo leggo anche io e mi commuovo" proseguì. "Ma poi capisco che tutto questo successo è dovuto solo alla morte di mio figlio! Tutti si commuovono, tutti trovano una risposta! E questo perché è morto mio figlio e uno scrittore privo di talento si prende il merito di farlo diventare un'icona, un simbolo!"

"Tutto qui?" chiese Stefano. "Non ha altro da dirmi, signor Berardi? E' davvero una persona così miserabile? Ho fatto tutti questi chilometri solo per ricevere la sua ironia e le sue offese?"

"Nessuno ti ha chiesto di farlo!"

"Non dica cazzate!"

Antonio aveva recuperato parte della sua fierezza e l'aveva incattivita. Per un attimo Stefano ebbe paura che lo avrebbe aggredito. Ma quella luce si appannò rapidamente. Lo sguardo si abbassò in un momento di incertezza e lo scrittore capì che avrei dovuto approfittarne.

"Cosa vuole da me?" chiese di nuovo.

Antonio alzò lo sguardo verso di lui. Divenne vecchio, più di quanto avrebbe mai potuto diventare in un processo naturale. Quella fierezza che aveva ostentato con cinismo fino a pochi secondi prima scomparve, sommersa da una massa melmosa di sfinimento che l'aveva avviluppata lentamente e imprigionata. Si sentì infinitamente stanco.

"Voglio che tu scriva…" disse a voce bassa, quasi trascinando le parole.

Poi tacque. Stefano aspettò che riprendesse a parlare.

"Scrivi di un ragazzo" proseguì Antonio. "Parla delle sue esperienze di vita. La scuola. L'università. I primi amori. I suoi primi sguardi verso la vita…"

Lo sguardo di Antonio si spostava da Stefano al tavolino al pavimento, senza un percorso preciso. Abbandonato a se stesso, perso, ubriaco.

"Potrebbe diventare uomo" continuò. "Anzi, non potrebbe, lo diventerà! Avrà dei figli. Un bel lavoro che gli permetterà di vedere il mondo e non restare inchiodato a dinamiche sciocche e provinciali!"

La sua voce si frantumò, interrotta dai singhiozzi. Fece due passi verso Stefano, fermandosi accanto alla poltrona e appoggiandosi a essa.

"Lo hanno fatto in tanti! Perché non puoi farlo anche tu?"

Stefano trovò finalmente il coraggio di parlare. "Vuole questo da me?" chiese.

"Io rivoglio mio figlio!" gridò. "Io lo rivoglio con me!"

Si lasciò cadere sulla poltrona, portandosi le mani al volto. Cominciò a piangere i gomiti piantati sulle ginocchia, la faccia premuta contro i palmi delle mani. Stefano si inginocchiò accanto a lui, in silenzio. Guardò quell'uomo piangere, senza parlare o toccarlo. Gli rimase accanto, dandogli il solo conforto del suo sguardo, rendendolo consapevole che se avesse avuto bisogno di aiuto, lui era lì a sua disposizione.

EPILOGO

La prima cosa che Antonio fece, non appena vide Stefano Ponziani svoltare l'angolo in fondo alla strada e sparire lungo il viale alberato, fu prendere la copia di *In Memoriam* sul tavolino e metterla con cura nella libreria, dove ancora non aveva una collocazione.

Poi sedette in poltrona, attendendo in silenzio il ritorno di Marta. In quelle ore, mentre faceva buio, ebbe modo di riflettere su tante cose. Pensò che avrebbe atteso la scadenza dei sei mesi di aspettativa che aveva preso per tornare al lavoro e nel mentre si sarebbe adoperato per trovare qualcosa per Gianni.

Marta tornò a casa sconvolta. Antonio la tenne stretta fra le sue braccia, mentre lei, in lacrime, gli raccontava cos'era successo. Le preparò con calma la vasca per un bagno caldo e dopo, mano nella mano, controllarono al computer il gruppo di assistenza che Marta aveva trovato.

Qualche giorno dopo, parteciparono alla prima riunione. C'erano già sei coppie nella stanza e Antonio, dalla soglia, si stupì che in una zona relativamente piccola come la loro, avesse potuto esserci così tanto dolore. Marta salutò tutti con un sorriso e entrò. Antonio, alle sue spalle, esitò per un momento. Marta allungò la mano e strinse forte la sua. Sentì la tensione di Antonio sciogliersi e quella mano venire dietro a lei. Poi Antonio chiuse la porta. E la riunione iniziò.

"Pronto?"

"Sabrina, dove sei?"

"Sono in una stazione di servizio oltre Piombino… Scusami, abbiamo fatto tardi e…"

"Non importa. Senti, quando arrivi all'Argentario, esci a Ansedonia".

"A Ansedonia? Scusa, ma… E tu dove sei?"

"Io sono già lì. Ti aspetto in spiaggia. A dopo!"

"In spiaggia?"

"Sì. Ci vediamo lì".

Sabrina rimise il cellulare in borsa. Pensò che Stefano fosse impazzito.

Stefano si strinse nella giacca per il freddo. Si era alzato un vento gelido che percuoteva la spiaggia e l'unico individuo che avesse deciso di farsi trovare lì alle nove di sera. Gli stabilimenti erano chiusi. Il promontorio di Ansedonia era un'unica macchia scura, con solo qualche debole luce qua e là a sottolineare pochi segni di vita. La marea si stava alzando. Le onde battevano con maggiore violenza sulla battigia e qualche schizzo era arrivato fino a Stefano che camminava avanti e indietro, tenendosi sull'asciutto.

Sentì un tintinnio e poi un tonfo sordo. Si voltò. La borsa di Sabrina era afflosciata nella sabbia, mentre la proprietaria stava cercando di scavalcare il muretto che delimitava l'ingresso in spiaggia. Stefano le corse incontro. Sabrina, a cavalcioni del muretto, lo accolse con un'espressione sorpresa e divertita.

"Ma che ti è preso?" gli chiese. "Voglio sperare che tu abbia le chiavi di casa con te!"

Stefano rise. "Invece no!" disse. "Sono venuto qui senza… senza niente!"

Sabrina lo guardò stupita, poi scoppiò a ridere a sua volta. "Dormiremo in spiaggia!" disse. "Dovrai mostrarmi tutto il tuo amore e voglia di protezione!"

Stefano la baciò. Poi la prese per mano e si diressero verso la riva.

"Si può sapere almeno come mai non hai preso nemmeno una coperta?" chiese Sabrina.

"Non ero a casa!" disse Stefano, continuando a camminare.

"Ah, no? E dove eri?"

Stefano si fermò sulla sabbia asciutta, a un paio di metri da dove, guardando il colore della sabbia, si era per ora posto il limite massimo di arrivo dell'acqua.

"Ero ad ascoltare una storia" disse Stefano, tenendo Sabrina per mano.

Sabrina si avvicinò a lui e gli passò una mano sul collo. "Oh" disse con scherzosa ammirazione. "E posso ascoltarla anche io?"

"Certo" rispose Stefano. "Dammi la mano".

Si presero per mano e rimasero in piedi, l'uno accanto all'altra a guardare il mare di notte. Sabrina, i capelli scompigliati dal vento, guardò incuriosita Stefano che sorrideva, osservando il mare. Strinse forte la sua mano.

Stefano si voltò verso di lei. E iniziò a raccontare la sua storia.

FINE

Printed in Great Britain
by Amazon